라스베가스로 간다

라스베가스로 간다

심봉순 소설집

bookin

작가의 말

인생도, 글 쓰는 것도 곡선이다

오사카 벤텐초에 있는 호텔 베이타워 32층은 전망이 좋았다. 특히 야경은 타국이면 늘 찾아오는 약간의 집 걱정과 여행의 피로감을 한꺼번에 보자기로 싸 보낼 수 있을 만큼 환상적이었다. 야경은 곡선이었다. 쭉쭉 일직선으로 펼쳐졌는데도 어느 순간 돌았고, 돌아서면 눈에서 멀어졌다. 하늘도 곡선이었다. 해는 불그스름하게 노을을 펼치다가 곡선의 어느 한 곳으로 순식간으로 사라져버렸다. 사람도, 동물도 곡선이다. 만약 사람의 몸이 탄성이 전혀 없는 네모나 세모였다면 인류는 이미 멸종이 되었을 것이다. 마음도 마찬가지였을 것이다. 스며야 할 때 스밀 수 없고 받아들여야 할 때 받아들일 수 없는 네모였다면 자기 마음만 마음이었을 것이다. 그렇게 되면 비극밖에 더 있을까?

이번 소설집을 내면서 유독 두려움에 떨어야 했다. 내 안에 있는 수많은 사람 중의 한 명을 선택해 옷을 짓는 것처럼 내 멋대로 바지를 만들었다가 치마를 만들었다가 소매를 잘랐다가 다시 소매를 붙여도 되는지 묻게 되었다. 비록 허구로 창작된 인물이긴 하지만 내 마음대로 사랑을 얻기도 하고 사랑을 잃기도 하고, 심지어 죽이기도 하는 것이 과연 온당한 것인지 의문이 들었다. 전지전능하신 하나님만이 해야 할 일이 아닐까 싶었다.

글을 쓰는 것도 어쩌면 곡선일 것이다. 구부렸다가 펼쳤다가 다시 구부렸다가 다시 펼치는 일. 곡선에서 위안을 받기로 했다. 어느 순간 원래의 상태로 돌아오는 것이니까. 내 안의 인물이 사랑을 잃기도 하고 사라지기도 하지만 어느 순간 되돌아올 수가 있으니까.

이번 소설집도 역시 혼자서는 되는 일이 없었다. 곡선이라서 그런 것일까. 곡선은 스며야 하니까. 이번에도 가장 뜨거운 날에 기꺼이 졸고를 받아주신 도서출판 북인 대표께 감사의 인사를 드린다. 송구스럽다. 곡선은 은혜를 잊으면 안 될 것이다. 잊지 않으려고 애쓸 것이다.

이제 정월 대보름날에는 호두나 잣으로 부럼을 깨무는 것보다도 더 중요하게 해야 할 일이 있다. 더위를 파는 일이다. 정월 대보름날 아침 가장 처음 만나는 사람에게 '내 더위 사세요' 할 것이다. 그러면 올해처럼 무지막지하게 뜨거운 여름날도 시원하게 보낼 수 있을 것 같다. 누진세 걱정 없는 에어컨이니 얼마나 인문학적인가.

2016년 가을에

심봉순

Contents

하지 감자

대청마루에 엎드려서 책을 읽고 있던 나는 벌떡 일어나 앉았다. 마룻바닥이 차서 아까부터 일어나고 싶었다. 퍼들퍼들했던 감자포기조차 척척 짜부라지는 한낮에도 마루는 시원하다 못해 선뜩했다. 뒤란의 자두나무 가지가 열려 있는 쪽문으로 곧 비집고 들어올 태세다. 가지에는 푸른 자두가 조롱조롱 달려 있었다.

대청마루에 앉아 있으면 동네 입구가 한눈에 다 들어왔다. 마루가 덩그렇게 올라앉아 있기도 했지만 집 앞에는 넓은 감자밭밖에 없기 때문이다. 감자밭 옆으로는 동네를 감싸며 강물이 흘렀고 그 위로 길게 놓인 출렁다리가 마을의 관문 역할을 했다.

감자꽃이 하얗게 피어 있는 밭둑으로 걸어오던 사람은 어느새 대추나무 울타리를 돌아 커다란 돌배나무가 서 있는 안마당 쪽으로 저벅저벅 들어오고 있었다. 대추나무가 울타리처럼 빙 둘러싸여 있는 바깥마당은 대청마루에서는 돌아앉아 있어 보이지 않았다.

"아지매 있능교?"

모습과 함께 목소리가 들려왔다.

"엄마 없는데……."

"이게 누고? 윤희 아이가?"

대답 대신 고개를 크게 끄덕이면서 오빠보다 오빠 옆에 서 있는 낯선 여자를 연신 흘끔거렸다. 오빠보다 키가 한 뼘은 더 컸고 덩치도 오빠보다 두 배는 커서 사바나에 사는 코끼리 같은 여자였다. 그런데 덩치에 어울리지 않게 오빠를 내려다보며 샐샐 웃고 있자 오빠는 마치 화답이라도 하듯이 코끼리 같은 여자를 쳐다보며 실실 웃고 있었다.

두 달 전에도 오빠가 우리 집에 왔었다. 감자를 심는 날이었다. 아버지는 전날에 얻어 놓은 일꾼들과 일찌감치 밭에 나갔고 엄마는 그들의 새참 준비로 부산한 아침이었다. 아침잠이 많은 나도 그날만큼은 눈치껏 일찍 일어나야 했다. 엄마는 이미 국수를 삶아 채반에 사려놓고 국수 위에 올릴 고명으로 커다란 팬에 호박을 둘둘 볶고 있었다. 내가 눈을 부스스 뜨고 부뚜막에 나와 앉아 있자 참깨를 빻으라고 했다. 플라스틱 작은 절구는 참깨나 마늘을 빻기는 맞춤이었다. 참깨가 밖으로 튀지 않게 한쪽 손으로 절구의 아가리를 막으면서 조심스럽게 빻고 있는데 부엌문을 떠억 막고 서는 누군가가 있었다. 아버지인 줄 알았다. 그런데 뜻밖에도 아침 해를 등지고 있어서 얼굴은 잘 보이지 않았지만 군인 아저씨였었다. 엄마가 먼저 알아보고는 호박을 볶던 나무주걱을 팽개치고 군복 입은 손을 덥석 잡았다.

"아지매 절부터 받으시소."

"절은 무슨 절, 이래 무탈하게 다녀온 것만 해도 됐지. 그래 이제 아주 제대를 했겠지. 형님이 얼마나 좋아하실까. 형님은 어디 편찮으신 데는 없던가?"

"어데요. 어제 제대하고는 밤 기차를 타고 아지매 집부터 먼저 와 모르겠니더. 감자 심는 날인가 보네. 그래 서 있지 말고 새참 어서 만들어 주소. 아재가 소리치기 전에 밭에다 날라줄랑께."

"아이고 내 정신 좀 보게. 자네 얼굴 쳐다보느라고 호박을 태워버리게 생겼구만. 그런데 오는 날이 장날이라고 제대하자마자 쉬지도 못하게 일부터 시켜 어쩌나?"

"아지매도 참, 일복도 복이라는데 그 복을 내가 왜 마다하겠능교. 글구 지금 감자를 심어놓아야 하지 때 캐 먹을게 아니겠능교. 아지매, 나는 하지 감자가 제일 맛있는 것 같니더. 감자꽃이 아직 다 수그러들지 않은 하지 무렵에 캔 햇감자는 껍질이 창호지보다 더 얄다라서 꼭 놋숟가락으로 싹싹 깎지 않았능교."

"맞네, 자네가 하지 감자로 떡을 해주면 참 잘 먹었어. 올해도 햇강낭콩으로 달달하게 소를 넣어 떡을 해줄 테니 꼭 와야 하네."

"감자떡도 만들어 주고, 아지매요 나 장가 가게 색시 좀 소개해주소."

그는 광주리에 국수가 담긴 채반과 고명과 빈 대접을 담으면서 책가방을 메고 나오는 나를 보더니 한쪽 눈을 찡긋하면서 윙크했다.

"어, 윤희 학교 가는구나. 선생님 말씀 잘 듣고 공부 열심히 하래이."

나는 오빠의 말에 건성으로 고개를 끄덕이며 마당으로 나와 아무도 안 보는 곳에서 혀를 날름 빼물었다.

"글쎄 매일 밭에 엎어져 사는 내가 예쁜 처자를 어디 구경을 했어야 말이지. 요즈음은 자기 짝은 자기가 찾는 세상이 되어 젊은 사람들이 자기 마음에 드는 짝을 찾기가 더 쉽겠지. 인물이 저래 좋은데 색시 자리가 없을까 봐."

그의 색시 타령에 엄마가 꼬리를 살짝 내리는 것을 보면 결국 나와 비슷한 생각을 한 것이 분명했다. 군대 제대를 한 지 하루밖에 지나지 않은 사람이 고작 한다는 말치고는 점잖은 말은 아닌 것 같았다. 그래도 제대하자마자 일을 시켜 먹는 것이 미안한지 칭찬도 곁들였다. 아무리 뜯어보아도 잘생긴 데라고는 한 군데도 없는 오빠를 잘 생겼다고 하는 것을 보면 알조였다.

그깟 남자 얼굴 잘생겨 봤자 얼굴값밖에 할 것이 없다는 엄마의 말이 그럴 듯하다면 키라도 커야 할 터인데 어깨에 소쿠리를 덜렁 얹어 밭둑으로 앞장 서가는 오빠나 뒤에서 육수가 든 주전자를 들고 따르는 엄마의 키가 도긴개긴이다. 엄마도 보통의 여자 키보다 작은 축에 끼이고 보면 오빠는 얼굴도 못생긴데다가 키도 난쟁이 똥자루만 해 소개해줄 색시가 옆에 있다고 해도 자신 있게 못 할 터였다. 그런데 볼 때마다 공부 열심히 하라는 말만 해대니 내가 콧방귀를 안 뀔 수가 없었다.

그런 그가 두 달 만에 알아서 색시를 옆에 끼고 보무도 당당히 마당에 들어서고 있었다. 하짓날이었다. 때마침 엄마가 한 손에는 감자가 담긴 소쿠리를 안고 한 손에는 호미를 들고 마당에 들어섰다. 감자밭에서 그들을 본 모양이었다. 그리고 건넛집에 사는 숙모도 마당에 들어섰다.

이 마을은 그랬다. 집성촌이라 낯선 사람의 등장은 금방 알 수가 있었다. 집배원이나 연락병이 있는 것도 아닌데 본능적으로 아는 모양이었다. 바람일 수 있었다. 낯선 바람은 감자밭에 엎드려서 감자를 캐고 있던 엄마에게도 부엌 봉당에서 나물을 다듬던 숙모에게도 전해지는 모양이었다.

엄마와 숙모가 대청마루에 자리를 잡고 앉기를 기다려 오빠와 그 여자는 큰절을 했다. 그리고는 그는 양반다리를 하고 앉았고 그 여자는 무릎을 한쪽으로 포개서 앉았는데 맨발이었다. 멀쩡히 잘 닦아놓은 큰길을 놔두고 감자밭 둑으로 걸어온 것은 우리 집에 빨리 오고 싶은 마음에서 일 것이다. 나도 학교에 오갈 때 꼭 밭두둑으로 다녔고 우리 식구 모두 그 길로 다녔으니 감자밭 두둑으로 다니는 것을 탓할 이유는 없었다. 단지 우리 집에 처음 인사를 온 그 여자의 발이 맨발이었다. 더군다나 흙이 잔뜩 묻어 있어 내가 봐도 낭패스러웠다.

이 마을에서는 특히 우리 집에서는 아무리 삼복더위라고 해도 여자가 발가락을 내놓은 맨발로 대청마루나 방으로 저벅저벅 다니는 것을 천하의 불상놈 짓이라고 했으니 말이다. 거기에다 여자가 남자보다 키가 큰 것은 절대 용납이 안 되는 집안인 것도 낭패였다.

우리 집안의 대부분 남자가 보통 체격에 보통 키를 가진 것도 문제였다. 아니 보통보다는 조금 미달이라고 보는 것이 정확한 표현인데 이것도 집안의 남자들은 자랑거리에 속했다. 누대로 내려오는 선비 집안이기 때문이란다. 큰 체격은 병기를 다루는 데 필요한 것이지 학문을 탐구하는 데는 필요가 없기 때문이라고 했다. 그래서 그들의 배우자도 그들 남자보다 작아야 하니 당연히 작은 사람들만 들어올 수밖에 없었다. 나와 육촌인 그는 집안 남자 중에서 가장 작은 축에 속했다. 그런데 시대가 바뀌면서 외모의 기준도 많이 바뀌자 무조건 그들의 주장을 밀고 갈 수가 없었다. 게다가 그는 학문 탐구의 재주도 없었기 때문에 선비 운운하면서 합리화를 할 수가 없었다.

그래도 이렇게 엄청나게 큰 여자를 데리고 올 줄은 아무도 예상을 하지 못했다. 키가 크더라도 덩치가 작았더라면 그냥 늘씬한 맛에 봐줄만도 하건만 덩치까지 한 덩치 해서 더 커보였고 더 우람해서 질려버릴 정도였다. 그러면 얼굴이라도 예뻤더라면 모든 것이 덮였을 텐데 광대뼈가 툭 튀어나왔고 매부리코에 길기만 할 뿐 어디 한 군데 예쁜 곳이라고는 없었다. 거기에다가 상상조차 하기 싫은 발가락이 보이는 훍투성이 맨발이니 엄마와 숙모는 기가 질릴 만도 했다. 그렇지만 내색을 할 수도 없었다.

그렇다고 처음 보는 처자에게 큰절을 받고 덕담 한마디 안 해주는 것도 양반 체면에 도리가 아닌 것 같아 절 받은 두 사람 중의 한 사람 정도는 무슨 말이라도 해야 할 처지였다. 그도 당연하다고 생각하고 있는지 벙글벙글 웃으면서 엄마와 숙모의 얼굴을 번갈아 쳐다보고 있었다. 그 여자는 흙투성이 맨발이 가지런히 포개져 있는 마룻바닥에 손가락으로 동그라미를 그렸다가 지우고, 그렸다가 지우는 데 열중하고 있었다. 이윽고 그래도 형님 자리인 엄마가 이렇게 한마디 했다.

“허우대가 이리 좋은 처자를 자네는 어디서 데리고 왔는가?”

엄마 나름 전략일 수가 있었다. 단 한 번으로 그와 그 여자에게 다 말을 해버렸으니까.

"흐흐, 아지매가 보기에도 크니껴? 아지매, 이야기는 차차 하기로 하고 밥은 언제 줄라꼬 이래 앉혀놓기만 하능교? 하지 감자 캐서 떡을 해준다고 철석같이 약속해놓은 것은 벌써 잊어버렸능교?"

그의 말에 숙모가 할 일이 생겨 반갑다는 표정이 얼굴에 그대로 드러났다. 얼른 감자를 캐와 감자떡을 만들어야겠다며 일어섰다. 우리 밭에 있는 감자는 감자꽃이 아직 한창이라 덜 여물었을 거라는 말도 보탰다. 그러자 엄마도 햇강낭콩을 따오겠다며 일어나서 나가버렸다. 과연 숙모가 한 구박 캐온 감자는 우리 밭에서 캐온 감자보다 굵었다. 그것을 숙모와 엄마가 둘러앉아 잘 벼려진 놋숟가락으로 싹싹 깎았다. 순식간에 한 구박의 감자를 다 깎았다. 그것을 마당 한 귀퉁이에 있는 수돗가로 가지고 가 씻은 다음에 강판에 쓱쓱 갈기 시작했다. 오빠가 감자를 같이 깎겠다고 나서자 햇감자는 잘못 깎으면 아까운 것이 다 나간다며 숙모가 말렸다. 심심해 죽겠다고 오빠가 엉너리를 치자 정 심심하면 색시에게 동네 구경도 시켜줄 겸 한 바퀴 돌고 오라고 했다. 그러자 오빠는 좋은 생각이라며 그때까지 대청마루에 앉아서 마룻바닥에 그림만 그리고 앉아 있는 여자에게 산책을 다녀오자며 불러냈다. 그 여자의 몸에 짝 들러붙는 티셔츠에 반바지 차림도 마음에 들지 않았지만 8㎝나 되어 보이는 높은 통굽 샌들도 기가 막혔다. 오빠와 그 여자가 대문을 나서자 그제야 엄마와 숙모는 하던 일을 멈추고 한숨을 폭 쉬었다.

"자네는 처자가 마음에 드는가?"

"형님은요?"

"녹삭군 같은 게 어디 한 군데라도 눈에 차는 데가 없네."

"덕소 형님은 더 기가 찰 것 같아 걱정이 되니더."

"덕소 형님 눈이 좀 높은가? 질부들 보라고, 하나같이 인물이면 인물, 자태면 자태, 거기다 살림 솜씨까지 물 하나 안 나게 잘하는 사람들로 봤는데 어디 저런 처자가 눈에 찰까."

덕소는 오빠의 본가가 있는 마을 이름이었다. 우리 집에서 버스로 두 시간을 타고 가면 나오는 깊은 산골이었다. 숙모네도 원래 그 마을에 살았었는데 숙모네의 큰딸이 중학교에 들어갈 나이가 되자 우리 마을로 이사를 왔다. 중학교도 없는 오지 마을이었으니까. 감나무는 참 많은 동네였었다. 숙모네가 아직 이사를 나오기 전인 방학 때면 놀러 가곤 했다. 언니가 우리 집에서 초등학교에 다니던 때였다. 그 동네도 초등학교는 있긴 했지만 한 시간이나 걸어 나와야 했다. 오빠는 한 시간을 걸어 다니면서 초등학교에 다니다가 중학교부터는 아예 학교 앞에서 하숙했다.

우리가 버스 정류장에 도착하면 고등학생인 그가 언제나 우리를 기다리고 있었다. 파르스름하게 깎은 머리를 교모로 눌러쓰고 교복을 입고 가방을 옆구리에 낀 채였다. 그는 언니와 내가 버스에 내리자마자 대뜸 언니를 보더니 공부 열심히 하라고 했다. 나는 그때 초등학교도 다니지 않았던 시절이었지만 나보고도 학교 입학하면 공부 열심히 하라고 했다. 가방을 옆구리에 끼고 교모를 삐딱하게 쓰고 한쪽 다리를 약간 건들건들 흔드는 그에게 어울리지 않는 말이었다. 또 아지매 말을 잘 들어야 한다고 훈계도 했다. 아지매라면 우리 엄마를 지칭하는 것이다. 그 말에는 나도 공감이 되었다.

버스에서 내려 집까지 들어가자면 한 시간을 넘게 걸어 들어가야 했다. 두 사람도 어깨를 나란히 해서 걸어갈 수 없는 오솔길이라 차가 다닐 수가 없었다. 자갈이 뒤덮여 있는 강가를 따라 올라가다 보면 비 오면 꼭 처녀로 둔갑한 도깨비가 나타난다는 찍소를 지나가야 했다. 내가 믿지 않자 오빠는 처녀로 둔갑한 도깨비를 본 적이 있다고 했다.

어느 비 오는 날 찍소 옆에서 머리를 풀어헤친 처녀가 쪼그리고 앉아서 울고 있더라고 했다. 그냥 지나치면 좋았을 것을 사나이 대장부가 처녀가 우는데 못 본 척할 수가 없어서 가까이 가서 물었다고 했더란다. 왜 우느냐고 했더니 그 처녀 하는 말, 덕소까지 가야 하는데 다리가 아파서 울고 있다고 하더란다. 이상하긴 했지만 오빠도 일요일이나 집에 가는 처지라 혹 그 사이에 누가 이사를 왔을 수도 있다고 생각했다. 무엇보다 얼굴이 아주 예뻐서 의심조차 하고 싶지 않은 것이 가장 솔직한 심정이었다고. 혼자 타박타박 걷는 길에 생각지도 않게 예쁜 처녀가 동행하게 되어 가슴이 설레기도 했단다. 처녀는 대뜸 오빠 보고 업어달라고 하더란다. 옆에 누가 있었으면 남사스러울 일이었지만 강가에는 오빠와 처녀밖에 없자 용기가 생겨 처녀 앞으로 등을 돌려댔다. 처녀는 등에 답삭 업히더라고 했다. 처녀를 업고 책가방을 들었지만 업은 것 같지가 않아 순간 이상하긴 했다. 하지만 울렁증이 생긴 것처럼 심장이 벌렁거리고 정신이 하나도 없는 바람에 금방 잊어버렸다. 처녀는 얌전히 업혀 가지도 않고 오빠가 쓰고 있는 모자를 벗겼다 씌웠다 장난도 치면서 연신 깔깔거려 언제 마을 어귀까지 온 줄도 몰랐다고 했다.

눈앞에 그의 아버지가 서 있자 그때야 등에 업혀 있는 처녀가 걱정되더라고 했다. 이유가 어떻게 되었든 간에 남녀가 유별한 마당에 다 큰 처녀를 업고 있는 꼴을 들켜버렸으니 난감할 노릇이었다. 그런데 그의 아버지는 한술 더 떴다고 했다.

"왜 몽당 빗자루를 업고 오노?"

"야?"

조금 전까지 오빠의 두 귀를 잡아당기면서 깔깔거리던 처녀가 몽당 빗자루로 변해 있었다. 아무도 오빠의 말을 믿을 것 같지 않았지만 빗자루를 업고 온 죄로 처녀 이야기를 하지 않을 수가 없었다고 했다. 문제는 그의 아버지는 그의 말을 믿지 않았지만 동네의 노인들은 그의 말을 믿었다. 도깨비의 장난질이라고 했다. 그의 아버지가 그때 나타나지 않았다면 저승길까지 잡혀갔을 터인데 그의 아버지 때문에 도깨비가 몽당 빗자루만 남겨놓고 줄행랑을 쳤다고 했다. 그러면서 자기들의 경험을 늘어놓기 시작했다. 꼭 비 오는 날이었고 머리카락이 엉덩이까지 치렁치렁 내려오는 처녀였다며……. 눈이 커다랗고 입술이 석류같이 붉지 않았냐고 노인들이 오히려 오빠에게 물었다고도 했다. 여전히 내가 믿지 못하는 얼굴을 하자 사실 그때부터 공부가 안 되더라고 했다. 학교에서 공부를 제일 잘했었기에 명문대학을 나와 판검사를 할 생각이었는데 공부만 하려고 하면 처녀 도깨비가 나타나서 귀를 잡아당기고 귓속에다 깔깔 웃음소리를 집어넣으며 방해한다고 했다. 부모도 오빠가 도깨비에게 잡혀가지 않는 것만 다행이라고 생각하는 것 같다고. 언니가 고개를 끄덕이지 않았다면 믿을 수 없는 이야기였었다.

양말도 신지 않은 여자라 집에서 반대할 것이라는 예상과는 달리 큰집에서 승낙했다. 무엇이든지 도깨비에게 잡혀가는 것보다 낫다고 생각했을 것이라고 했다.

그는 결혼하고 우리 동네에서 신접살림을 차렸다. 신접살림을 차린 집은 큰 개울물을 건너 언덕 위에 등대처럼 홀로 자리를 잡고 있었다. 동네가 한눈에 다 굽어 보이는 전망이 좋은 집이었다. 방 한 칸에 부엌이 딸린 일자 구조에 방 앞으로 조그마한 골마루가 달린 집이었다. 됫박만한 방안에 세간이라고는 까만 서랍장이 전부였다. 서랍장 위에 이불 한 채와 베개 두 개가 전부인 단순한 방이었는데 생뚱맞게 모자가 많았다. 벽에 빙 둘러 가면서 못을 치고 모자를 열 개도 넘게 걸어두었다. 예쁜 모자도 아닌 새마을모자 같은 그 모자 때문에 신혼방 냄새는 커녕 올케의 감각 없음이 한심스러울 지경이었는데 마당가에 늠름하게 자리잡고 있는 느티나무 때문에 자주 오빠네 집에 올라가곤 했다. 그렇다고 일부러 놀러가고 싶지는 않았다. 주로 엄마 심부름이었다. 솥다른 음식을 만들 때면 나를 꼭 오빠네 집으로 올려 보냈다.

오빠는 보이지 않고 올케와 면사무소 직원으로 보이는 남자와 둘이 느티나무 아래 놓여 있는 평상에 앉아 있었다. 몸이 호리호리하고 키가 자그마한 남자는 통계조사를 나온 모양이었다. 그런데 올케의 태도가 마뜩잖았다. 대답은 하지 않고 자꾸 웃기만 했다. 올케가 웃음이 많은 사람도 아니었고 또 나도 알 만한 간단한 것을 모를 리도 없을 것 같은데 자꾸 웃기만 했다. 처음 우리 집에 인사를 와서 대청마루 바닥에 손가락으로 그림을 그렸던 것처럼 이번에는 평상에 그림을 그리면서 자꾸 웃었다. 이런 올케의 행동이 그 남자에게 답답할 만도 하건만 그 남자도 같이 웃기만 했다. 그 남자는 이 집에 온 목적이 올케와 마주 쳐다보며 웃기 위해서인 것 같았다.

감자옹심이가 든 냄비는 뜨거워서 더는 들고 있을 수가 없었다. 엄마는 감자로 만든 음식은 특히 뜨거울 때 먹어야 한다며 솥에서 펄펄 끓는 것을 냄비에 퍼 담아 주었다. 처음에는 그것을 마당 귀퉁이에 살짝 내려놓고 돌아서서 내려올 작정이었다. 그런데 그들의 태도가 마음에 들지 않아 헛기침하면서 마당으로 성큼성큼 들어가자 그때야 올케와 그 남자는 웃음을 그치고 나를 쳐다보았다.

"엄마, 올케언니는 남자 보고 자꾸 웃어. 물어보는 것 대답도 하지 않고."

육촌이었지만 시누이값을 하고 싶었는지 집으로 쪼르르 내려와서 엄마에게 살짝 일러바치기도 했다. 엄마는 내 말에 쓰다 달다 말도 없이 듣고 있기만 했다. 오히려 말한 내가 민망스러워 내 방으로 들어가서 가만히 엎드려 있었다.

"형님요. 형님요, 아직 안 주무시니껴?"

숙모가 밖에서 누가 들을세라 아주 작은 소리로 엄마를 찾는 소리가 들렸다. 저녁밥을 먹은 지 한참이나 지난 시간이었다. 초저녁잠이 많은 엄마는 아마 잠자리에 들었을 것이다. 하지만 엄마는 숙모가 두 번도 부르기 전에 부리나케 방문을 여는 소리가 들렸다. 울타리 밖에서 숙모와 엄마는 무슨 말인가 속닥거리고 있었다. 그리고 둘이서 자박자박 발걸음 소리를 남기며 어디론가 가고 있었다. 아버지도 설핏 든 잠에서 깨어난 것 같았다. 엄마가 다시 자박자박 발걸음 소리를 내면서 집으로 돌아올 때까지 간간이 헛기침 소리와 책장 넘기는 소리가 들려왔다. 나도 잠이 오지 않았다. 숙모와 엄마가 이 밤중에 어디로 가는지 짐작이 되기 때문이었다. 너무 자주 일어나는 일이어서 익숙할 때도 되었건만 아버지처럼 신경이 쓰였다. 자정이 넘어서야 돌아온 엄마가 아버지와 나직나직 무슨 말인가를 나누기는 했지만 잘 들리지는 않았다.

오빠와 올케는 참 잘 싸웠다. 듣고 보면 싸울 일도 아닌데도 평생 안 볼 것처럼 동네가 떠들썩하도록 싸웠다. 그러고는 그 다음날이면 언제 그랬느냐는 듯이 너무나 멀쩡하게 서로 쳐다보며 내려다보며 샐샐 웃으며 동네를 휘젓고 다녔다. 그런데 자기들끼리 부부싸움을 하면 했지 꼭 오빠는 숙모에게 알렸다. 엄마보다는 숙모가 어렸을 때부터 한동네에 살았기에 더 편한 모양이었다. 그러면 숙모는 혼자 오빠네 집으로 가는 것이 엄두가 나지 않는 모양인지 꼭 엄마와 함께 갔다. 부부싸움을 하고 있다는데 안 가볼 도리는 없을 테니까. 오빠가 주로 올케언니에게 두들겨 맞는 모양이었다. 하긴 덩치로 보나, 키로 보나, 성정으로 보나 모든 면에서 올케언니가 한 수 위긴 했다. 그렇다고 하더라도 엄마와 숙모가 나타나면 신랑을 두들겨 패더라도 멈춰야 할 터였다. 그런데 신랑을 엎어놓고 코끼리만 한 것이 신랑의 몸뚱이를 턱 타고 앉아서 주먹 가는 대로 퍽퍽 때렸다. 오히려 엄마와 숙모를 흘끔흘끔 보면서였다. 오빠는 마누라 밑에 깔려 퍽퍽 두들겨 맞으며 온갖 앓는 소리를 할 뿐이었다.

"질부 이러다가 사람 잡겠네. 무슨 싸움을 이렇게 숭악하게 하는가 그래. 남들 보기에 남사스럽지도 않은가."

엄마와 숙모가 일제히 달려들어 부처님 앞에 비손하는 신실한 신도처럼 빌어야 그때야 슬그머니 오빠의 등에서 내려왔다. 오빠를 두들겨 패지 않으면 살림을 부수는 날이었다. 그나마 있던 살림도 부부싸움으로 다 날아가게 생겼다. 처음에는 오빠가 시작했다. 말싸움 끝에 화가 난 오빠가 자기가 먹던 밥그릇을 방바닥에 던졌다. 그러자 그런 오빠를 물끄러미 바라보던 올케가 오빠 앞에 있던 밥상을 번쩍 들어 마당에다 내던졌다. 방안에 유일하게 자리잡고 있던 서랍장도 이미 망가진 지 오래되었다. 올케가 도끼를 들고 몇 번 내리찍어서였다. 오빠가 먼저 서랍장을 건들기는 했다. 화가 난 나머지 주먹을 쥐었지만 그 주먹을 올케에게 차마 못 날려 옆에 있는 애먼 서랍장에 한 방 먹였다. 그런데 그것을 물끄러미 바라보던 올케가 밖에 나가더니 도끼를 들고 와서 나무 패듯이 서랍장을 캉캉 내리찍었다. 오빠가 말리지 않았다면 서랍장도 이미 폐기처분되어 아궁이의 장작으로 쓴 지 오래일 것이다. 상다리가 부러지면 엄마와 숙모는 밥상을 새로 사서 들였고 접시가 깨어지면 또 접시를 보충해주었지만 서랍장은 그대로 두었다. 괘씸해서였고 가운데 도끼 자국이 나 있지만 쓰는 데는 상관이 없기도 했으니까.

"아지매 나는 저 사람과 더는 살 수가 없니더. 내가 날마다 맞고 사는 것을 아지매들이 보지 않았다면 믿을 수가 있겠니꺼"

오빠가 꺼이꺼이 울면서 한탄을 하면 옆에 앉아 있는 올케는 숨소리만 거칠었지 고개를 푹 숙이고 방바닥에 손가락으로 그림만 그릴 뿐이었다. 조금 전까지 오빠를 타고 앉아 주먹으로 퍽퍽 때렸다는 것을 믿어야 할지 어쨌야 할지 헷갈릴 정도였다.

급기야 올케가 집을 나가버렸다. 동네가 감자꽃으로 하얗게 덮여 있던 하짓날이었다. 하얀 감자꽃이 저녁놀에 붉게 물들자 마당으로 들어오는 오빠의 얼굴에도 붉은 노을이 어려 있는 평화로운 저녁이었다. 마침 햇감자를 한 바구니 캐온 엄마는 껍질을 벗겨 분이 팍삭 나도록 하얗게 쪄놓고 애호박을 송송 썰어 넣고 끓인 콧등치기국수와 함께 저녁상을 봐 들마루에서 먹기 시작할 무렵이었다. 엄마는 안 그래도 처음 수확한 감자를 찌자 그것과 함께 콧등치기국수를 한 냄비 따로 담아두었다. 식구들 저녁상을 차려주고 국수가 붇기 전에 후딱 오빠 집으로 다녀올 생각을 하던 중이었는데 당사자가 들어오자 반가워했다. 먼저 한 그릇 먹이고 그 손에 들려 보내줄 작정이었다.

오빠는 콧등치기국수도 한자리에서 두세 그릇 비울 정도로 좋아했는데 그날은 젓가락으로 깨작거리기만 했다. 엄마뿐 아니라 식구들은 오빠의 그런 모습을 물끄러미 쳐다보고 있었다. 숙모네도 같이 저녁을 먹던 날이었다.

"자네 어디 아픈가?"

숙모가 참지 못하고 오빠에게 물었다.

"어데요."

"그런데 그 좋아하는 하지 감자를 손 하나 안 대고 있는가? 국수가락을 세고 있으니."

"질부 생각나서 그러는가?"

숙모가 말을 하고도 어색한지 살짝 웃었다.

"그 사람 집 나갔니더."

오빠는 마치 아무런 일도 아니라는 듯이, 바람 불면 나뭇잎 떨어지는 것처럼 불쑥 내뱉고는 감자 하나를 들고 한 입 베어 물었다. 금방 볼이 풍선처럼 불룩해졌다. 풍선의 바람이 빠지듯이 오빠의 볼이 홀쭉할 때까지 우리는 일제히 숟가락을 밥상에 내려놓고 기다릴 수밖에 없었다. 그런데 오빠는 우리의 이런 마음과는 아랑곳없이 다시 새 감자를 들고 한 입 한 입 베어 물고 우적우적 씹어 삼키기만 했다. 한 소쿠리 담겨 있던 감자가 반으로 줄어들 때까지 오빠가 감자만 우적거리며 먹고 있자 엄마는 열무 물김치를 오빠 앞에 밀어주었다. 참다 못한 아버지가 헛기침을 한 번 하자 그제야 오빠는 감자 먹는 것을 중단했다.

"언제 집을 나갔는가? 애들은 어찌하고?"

"재 너머 당숙네 들깨 심어주고 왔더니 없데요. 애들은 일찍 저녁 먹여 재웠니더."

"애 버려두고 나가는 사람이 저녁밥을 해놓고 갔던가?"

"어데요. 밥하는 거 쉽데요. 걱정하지 마소, 애들 밥해 먹여가면서 일 다닐 수 있을 테니. 일 나갈 낮 동안만 아지매들이 교대로 수고스럽지만 애들을 좀 봐주소."

날마다 싸우면서 딸만 연년생으로 둘 낳아 놓고는 올케는 집을 나가버렸다. 바람이 났을 수도 있었고 아니면 또 다른 이유가 있었겠지만 오빠는 변명조차도 입 한 번 벙긋하지 않았다.

낮에 좀 이상하긴 했다. 어쩌면 나는 올케가 집을 나가는데 말리기는 커녕 방조를 했는지도 몰랐다. 개교기념일이라서 온종일 대청마루에서 빈둥거리다가 엄마의 심부름을 가게 되었다. 우리 동네는 구멍가게 하나 없는 동네라 초등학교 앞까지 다녀와야 했다. 집 앞에 관문처럼 놓여 있는 기다란 출렁다리 두 개를 건너면 초등학교를 담장처럼 둘러싸고 있는 아까시나무 군락지가 나왔다. 꽃이 다 떨어진 아까시나무를 빙 둘러 내려가면 초등학교 교문이 나왔고 교문 앞에는 문구사와 토끼네가 있었다. 아이 이름 중에 토끼가 있어서 가게 상호도 토끼네가 되어버린 가게였다. 그 앞에 올케언니가 서 있었다. 아니 정확히 말하면 토끼네 앞에 몸은 서 있었지만 눈은 교문 너머 운동장을 향해 있었다. 나도 덩달아 올케의 시선을 따라 운동장을 바라보았다. 아이들이 쪼그리고 앉아서 공기놀이도 하고 사내아이들은 공도 차고 있었다. 조카인 희지와 희주도 보였다. 희주가 그네에 앉아 있고 희지가 희주의 등을 밀어주고 있었다. 내가 보기엔 도긴개긴인데 그네는 움직이고 있었다. 그네가 움직일 때마다 삐걱삐걱 소리가 났다. 올케는 그네 타는 아이들을 한참 바라보더니 지갑에서 천 원짜리 두 장을 꺼내 나에게 건네주었다. 그네 다 타고 나면 아이스크림을 사주란다.

"언니는 어디 가는데?"

그러고 보니 입은 옷도 평소보다 신경을 좀 써서 입었고 화장도 평소보다 진했다. 올케는 날마다 화장을 하건만 화장기술이 없었다. 퍼런 아이섀도를 눈두덩이에 너무 발라 차라리 민낯이 나을 정도였다. 무엇보다 손에 꽤 큼직한 가방 하나에 작은 지갑도 들고 있었다. 그래서 물어봤다.

"어디 좀 다녀오려고 그래요."

"어디?"

"그냥 저기요. 저녁에 돌아올 거니 걱정 마요."

저녁에 온다는 사람의 가방이 너무 커서 영 이상했지만 올케는 다시 운동장을 한 번 들여다보고는 총총히 가버렸다. 손에 올케가 건네준 천원짜리 지폐 두 장을 물끄러미 바라보다가 토끼네 가게 안으로 들어가는 것 말고는 내가 할 일이 없었다. 그때 올케의 손목을 부여잡았다든가 들고 있던 가방이라도 빼앗았다면 올케가 집을 나갔을까 싶었다. 하긴 오빠도 못 이겨 매일 두들겨 맞고 사는 큰 덩치를 내가 어찌해볼 수는 없겠지만 올케가 집을 나가는 것에 방조했다는 느낌을 오랫동안 지울 수가 없었다.

큰소리를 치던 오빠는 말과는 달리 그 다음부터 집안꼴이 말이 아니었다. 그 꼴을 바라보고 있어야 하는 엄마와 숙모가 가장 안타깝고 답답했겠지만 두 분은 모종의 합의를 봤다. 절대로 언덕 위에 있는 오빠 집의 일은 올케가 돌아올 때까지 모른 척하기로 했다. 일주일에 반은 같이 밥을 먹던 일도 싹 없앴고 그 집의 청소와 빨래와 아이들도 오빠가 알아서 하든지 말든지 방관자로 있기로 했다. 그래야만 발등에 불 떨어진 오빠가 수소문해 올케를 찾아올 것이라며. 오빠는 새로 장가를 들면 되지 자기 발로 나간 여자를 절대로 찾아다니지 않을 거라고 큰소리를 탕탕 치자 엄마와 숙모는 그런 철없는 소리 하지 말라고 일침을 가했다. 이제야 하는 말이지만 인물이 번듯하나 아니면 키라도 크나 아니면 덩치라도 있던가 그것도 아니면 직장이라도 번듯하던가 그것도 아니면 아이라도 딸려 있지 않다던가 해야 어디 눈까진 여자가 들어올 것이라고 했다. 숙모는 한술 더 떠서 집안에 돌연변이가 확실하다고 했다. 공부도 제일 많이 못 했으니 변변한 직장을 잡을 수가 있나 그렇다 보니 결혼도 어찌 길바닥에서 만난 여자와 해서 영 찝찝했지만 그래도 잘 살아주길 바랐다고 했다. 그런데 이 집안에 지금까지 한 번도 일어나지 않았던 집을 나가는 며느리가 다 생겨버렸으니 동네 남사스러워 어디 다닐 수가 없다고 했다. 곰곰이 생각해보니 그때 도깨비 때문일 것이라고 결론을 내렸다. 숙모는 오빠가 부부싸움을 해도 도깨비 때문이라고 했다. 쟁기질하다가 허리를 슬쩍 다쳐도 도깨비 때문이라며 안 좋은 모든 것을 다 도깨비에게 뒤집어 씌웠다.

바닷가 어디쯤의 꼬막정식을 전문으로 하는 식당에서 올케를 데리고 왔다. 퍼들퍼들했던 감자꽃이 불쑥 솟아오른 두둑 위로 누렇게 짜부라질 즈음이었다. 집을 나간 지 일 년만이었다. 뒤통수에 대충 한 가닥으로 묶고 다녔던 긴 머리를 단발로 자르고 구불구불하게 파마를 해서 마치 파마를 하러 잠깐 외출을 한 모양새였다. 대청마루에 오빠와 함께 무릎을 꿇고 앉아 있는 올케에게 누구도 그 동안 어디에서 무엇을 했으며, 왜 집을 나갔는지 묻는 사람이 없었다. 그런데 그 다음 날 아침부터 일 년 동안 올케 행적이 도마 위의 생선처럼 사람들 입방아에 덜렁 올라앉았다. 면사무소 직원과 눈이 맞은 모양이었다. 오빠 몰래 살짝살짝 바람을 피우다가 꼬리가 길어 오빠에게 직통으로 들켰다. 평소보다 더 큰 싸움은 불을 보듯이 뻔한 일이었다. 문제는 올케의 태도였다. 두 무릎을 착 꿇고 싹싹 빌어도 시원찮을 판에 적반하장으로 살림을 때려 부수고 오빠를 장작 패듯이 퍽퍽 두들겨 팼다. 오빠가 먼저 살림을 부수어서 따라 했단다. 남자만 살림을 부수라는 법이 있느냐며. 오빠가 언니의 뺨을 한 대 때렸다고 맞은 자기가 너무 분해서 열 배로 매를 돌려주었단다. 안 그러면 자기 성격상 분이 풀리지 않는다며. 그러고도 모자라 벌건 대낮에, 하지에 짐을 싸서 도망을 갔다. 면사무소 직원과 바닷가 어디쯤 방 한 칸 구해 살림을 차렸단다. 안에서 깨진 바가지가 밖에서 새지 않을 리가 없었던지 면사무소 직원과도 그런 식으로 몇 번을 싸울 수밖에. 면사무소 직원은 더는 참을 수가 없어 한밤중에 올케만 버려두고 종적 없이 사라졌단다. 홀로 남은 올케는 먹고는 살아야겠기에 처음에는 콩나물해장국집에서 몇 달 콩나물을 다듬다가 꼬막정식집에서 오빠에게 잡혀 집에 돌아오게 되었다며. 그런데 중요한 것은, 이 정도의 이야기는 굳이 사람들 입방아에 올라가지 않아도 얼마든지 짐작하고 남을 일이었다. 일 년 동안 집을 나가서 할 일이라고는 뻔하지 않은가. 올케가 집을 나간 이후로 면사무소 직원까지 보이지 않았다는데 쓸데없이 상상력까지 동원할 필요도 없었다. 더 놀라운 일은, 그러니까 누구도 짐작하지, 아니 상상하지 못했던 사실이 밝혀졌기 때문이다. 올케가 남자와 도망간 것이 이번이 처음이 아니라는 것이다. 이번에는 비교적 짧게 끝났을 뿐이란다. 전에 살던 남자를 버리고 오빠와 결혼까지 하고 아이를 두 명이나 낳았다니. 오빠도 감쪽같이 몰랐던 사실을 전에 살던 남자가 어느 날 오빠에게 찾아오는 바람에 알게 되었단다. 그 남자는 알고 보니 자기도 첫 남편이 아니었던데 오빠에게 감당할 자신이 있느냐고 물어보더란다. 앞날이 불 보듯이 뻔하다며 오히려 오빠를 측은하게 여기며 돌아갔단다. 사연이 이쯤 되면 날마다 싸워도 모자랄 듯 보였다.

그런데 며칠을 잘 지내는 것 같더니만 또 부부싸움을 하는 모양이었다. 언제나 부부싸움에는 이유가 있었지만 이번에는 반찬이 문제였다. 올케가 날마다 꼬막무침과 콩나물만으로 밥상을 차려준다는 이유였다.

"아지매요 나는 꼬막무침이 싫니더. 서방이 싫다고 하는데도 날마다 꼬막만 올리니 내가 밥상을 냅다 마당에 던져버렸니더."

엄마와 숙모는 마당에 널브러져 있는 다리가 건들거리는 밥상을 바로 세우고 접시를 모으고 그 중에 깨진 것은 마당가에 버리고 반찬들은 빗자루로 살살 쓸어 모아 수챗물에 넣었다. 다 늙은 아지매들이 부부싸움 말리러 다니는 것도 몸서리가 나고 뒷정리하는 것도 지겹다고 한마디 하면서 청소를 했다. 처음으로 오빠에게 불평을 늘어놓은 날이었다.

엄마와 숙모는 올케 때문이라고 했다. 집을 나갔다가 오더니만 방바닥에 그림은 그리지 않는다고 했다. 그렇다고 마당에 널브러진 반찬 그릇들을 정리할 생각은 않고 마치 남의 일인 양 팔짱을 끼고 씩씩거리며 노려보기만 하는 올케가 야속하더라고 했다. 꼬막이 싫다는 신랑에게 꼬막무침은 왜 만들어서 이 분란을 일으키는지 그깟 하나 있는 신랑 비

위도 못 맞추는 것이 딱하기도 했다고 한다. 꼬막만 봐도 밥상을 엎는 심정을 한 번도 헤아리지 못하는 올케가 미워서 불평을 늘어놓았다고 했다. 그런데 오빠는 그것이 섭섭했는지 이사를 가버리고 말았다.

멀리는 아니었다. 우리 동네에서 버스를 타고 가면 30분 걸리는 거리였다. 동네 이름은 금촌이었다. 석탄 광산이 있는 마을이라 동네 한복판에는 거대한 저탄장이 산처럼 우뚝 자리잡고 있었는데 제대로 덮여 있지 않았다. 그래서 거리는 날마다 시커멓게 석탄가루가 날려 집이나 가로수나 마을 옆으로 흐르는 강물도 시커먼 색이어서 흐린 날의 마을처럼 언제나 회색빛이 감싸고 있었다.

오빠가 광산에 취직했다. 광산에 취직하게 되면 사택이 지급되었다. 검은 강물이 흐르고 있는 옆에 똑같은 크기와 똑같은 모양의 지붕 낮은 집이 사택이었다.

엄마와 숙모는 오빠가 새로 둥지를 튼 곳을 한 번 다녀오더니 두 분이 약속이나 한 듯이 며칠 자리보존을 하며 일어나지 못했다. 사택은 말이 방이지 서랍장 하나 들여놓지 못할 정도로 됫박만한 방이 한 칸에 부엌이 전부였고 화장실과 우물은 마을 한가운데에 두고 사택 사람들 모두가 공동으로 썼다. 언덕 위에 집도 별로 번듯하지 않았으니 집 때문에 자리보전을 한 것은 아니었다. 작업복은 당연히 석탄을 캤으니 시커멀 수가 있었다. 무릎까지 오는 장화도 당연하였고 목에 감은 수건이 검은 것도 당연했다. 처음에는 못 알아본, 사람의 얼굴이라고 할 수도 없는 눈동자의 흰자와 이빨만 하얗고 모두가 새카만 오빠의 모습 때문이었다. 더 기가 막힌 것은 입술은 얼마나 빨아먹었는지 분홍색으로 변해 있었다. 평소에는 회사 목욕탕에서 목욕하고 돌아왔지만 그날은 부랴사랴 집부터 온 불찰이었다. 직업에 귀천이 있는 것도 아니고 옛말에 개처럼 벌어서 정승처럼 쓰라는 말도 있으니 그 꼴이라도 위험하지 않다면 감수할 것이다. 시도 때도 없이 일어나는 사고에 오빠라고 예외가 될 수 없으니 더 기가 막힐 일이었다. 급기야는 이사하려면 지금보다 더 좋은 곳으로 가든가 아니면 아예 멀어서 신경을 쓰고 싶어도 쓸 수 없는 곳으로 가든가 해야지 했다.

언감생심 이제는 부부싸움은 하지 않을 줄 알았다. 싸움이라는 것도 여력이 있어야 하니까. 그런데 여전히 부부싸움을 자주 했다.

같은 동네에 살 때도 부부싸움만 하면 이혼을 하겠다는 소리를 밥 먹듯이 했던 터라 여사로 여기고 가고 싶지 않았다. 무엇보다 한동네에 살면서 언덕 위로 올라가기는 쉬워도 부부싸움을 말리기 위해 버스를 타고 가기에는 부담스러운 점이 많았다. 그래도 처음 몇 번은 엄마와 숙모는 버스를 타고 오빠가 사는 금촌에 다녀왔다. 부부싸움을 말린다는 핑계였지만 밑반찬에 김치와 감자와 고추장과 된장과 간장을 가져다주기 위해서였다. 그런 다음에는 싸움질한다는 연락을 받아도 모르쇠로 일관했다. 회색 도시에서 날아오는 소리는 웬만한 것은 별 거 아니기도 했다. 유월의 들판처럼 퍼들퍼들한 목숨이 하루아침에 주저앉아 버리는 것이 회색의 고장 금촌에서는 자주 일어나는 일이었다. 그래서 날마다 싸움질은 들판의 식물처럼 퍼들퍼들 살아 있다는 낭보쯤으로 여겨버렸다. 그래서 그랬을 것이다.

오빠가 죽어가고 있다는 소리를 믿지 않았다. 이번에는 정말인데 왜 자기의 말을 믿지 않느냐고 올케가 소리를 질러도 전화선을 타고 나오는 말은 같은 말이라도 진정성이 없었다. 싸움 중에 농약을 마셔버렸다는 소리도 믿을 수가 없기는 마찬가지였지만 엄마와 숙모는 허둥지둥 버스를 탈 수밖에 없었다.

"희지 애비, 이게 뭔 일인가? 왜 철없이 이런 짓을 하고 그러는가?"

오빠는 방안에 얌전히 누워 있었다. 엄마와 숙모를 알아보고는 히죽 웃기도 하며 약을 마시게 된 이유를 조곤조곤 이야기했다. 병원 가서 응급처치를 받고 방금 돌아왔다고 했다. 그라목손을 마셨다고 했다. 그라목손이라는 말에 엄마가 '흑'하고 울음을 터트렸다. 제초제인 그라목손을 먹고 살아난 사람은 지금껏 한 명도 없을 정도로 아주 독성이 강한 농약이었다. 오빠는 엄마가 울자 하던 말을 멈추고 엄마를 물끄러미 바라보고 있었다. 올케에게 겁을 줄 생각이었지 정말 마실 생각은 없었다고 했다. 먹지도 못하는 등신이라고 부아를 돋워도 참을 걸 그랬다고도 했다.

"아지매요 내가 잘못했니더. 그만 우시소. 내가 이래 철이 없어 어쩔라는지 모르겠니더. 하지가 다가오는데. 하짓날에 아지매가 달달하게 강낭콩 소를 넣어 만든 감자떡을 내가 얼마나 좋아했니껴, 그걸 먹고는 죽어야 하는데 어쩔라는가 모르겠내여. 아지매요 하지가 며칠이나 남았능교?"

"이 사람아, 무슨 그런 숭악한 소리를 하는가? 마음 약한 소리 하지 말게나. 요즈음은 의술이 발달해서 그라목손 할배를 먹어도 다 살아난다고 하네. 그러니 마음 단단히 먹게나. 일어나면 감자 한 밭을 다 캐서 날마다 감자떡을 만들어 주고 커다란 가마솥에 날마다 쪄줄 것이니 어여 일어나기나 하게."

"내가 돼진교? 감자 한 밭을 우째 다 먹겠능교? 아지매요 하지가 언젠교? 얼마 안 남았는 것 같은데 이래 기억이 가물가물하니더."

"내일모레네. 자네 나랑 약속하세. 내일모레 하짓날에 내가 감자를 한 가마솥 쪄놓을 테니 꼭 먹어야 하네. 안 그러면 내가 용서를 하지 않겠네."

"아이고 한참이나 기다려야 하겠네. 아지매에게 혼이 안 나려면 버텨야 하는데. 자꾸 속이 아프니더. 잠도 자꾸 오고예. 아지매요, 나는 살고 싶니더. 죽기 싫니더. 무서워 죽겠니더."

선산에 오빠의 자리는 없었다. 문중에서 순리를 거스른 불효자는 자격이 없다며 서슬 퍼렇게 반대하고 나섰기 때문이다.

우리는 사방이 푸른 산으로 둘러싸여 있는 외딴 밭으로 오빠를 안고 도망치듯이 들어왔다. 하늘을 찌를 듯한 커다란 소나무가 우뚝 서 있는 감자밭이었다. 연분홍빛이 보일 듯 말 듯 은은히 감도는 감자꽃이 하얗게 피어 있었다. 감자꽃 한 송이가 거의 수국만 했다. 감자 잎은 퍼들퍼들 윤기가 졸졸 흘렀다. 이랑이 두둑했다. 감자밭 한가운데에 생뚱맞게 서 있는 소나무는 물고기 비늘처럼 붉게 번쩍였다. 소나무 둥치 밑에 오빠를 묻고 푸른 소나무를 쳐다보았다. 고개를 뒤로 한껏 젖혀야 했다. 푸른 가지 사이로 난데없는 몽당 빗자루가 하나 걸려 있었다. 엄마와 숙모는 그것을 한참이나 쳐다보더니만 처녀 도깨비가 마중을 나온 모양이라고 속삭였다. 하짓날이었다.

검은등뻐꾸기

1

'홀딱 벗고'.

'홀딱 벗고'.

날마다 들어도 이놈의 소리는 듣고 있기가 민망하다. 마치 누군가가 내 속을 뻔히 들여다보고 있는 것만 같아 나도 모르게 자꾸 사방을 두리번거리게 된다. 자작나무 골짝에서 들려오자 마치 화답이라도 하듯 맞은편 상수리나무 골짝에서도 들려왔다. 조용하다 싶으면 조금 더 먼 골짜기에서 들려왔고 이제 가버렸나 싶어 허전할라치면 가늠할 수 없는 아주 먼 깊은 산 속에서 또 그놈의 소리가 희미하게 들려왔다.

처음 듣던 날도 오늘처럼 첫 새벽이었다. 그놈의 소리가 들려오지 않았다면 어둠이 물러간 줄도 모를 뻔했다. 노모 보란 듯이 사방이 아슴푸레할 때부터 밭에 나와 고추를 심던 중이었다.

2월에 스티로폼 상자에 고추 씨앗을 뿌리고 비닐하우스에서 스무날 동안 싹을 틔웠더니 머리카락처럼 가느다랗게 올라왔다. 그것을 다시 포토에 가식해 두 달을 더 키우자 키가 한 뼘이 넘게 자랐다. 푸른 대궁도 제법 튼실해졌고 은근히 힘을 주어야 뽑힐 정도로 하얀 뿌리가 실타래처럼 빽빽이 엉켜 있었다.

노모와 함께할 때는 천 평 정도의 고추는 아침 식전 댓바람에 다 심을 수가 있었다. 환상의 복식조처럼 내가 양쪽에 손잡이가 달린 깔때기처럼 생긴 감자집게로 두덕에 구멍을 내는 것과 동시에 옆에 있던 노모가 포토에서 고추 모종을 쏙 뽑아 깔때기 속에 던져주었다. 감자집게를 빼는 것과 동시에 복토는 자연스럽게 되므로 나는 또다시 한 뼘 정도의 거리를 두고 구멍을 뚫기만 하면 되는데 지금은 그럴 형편이 아니다.

먼저 감자집게로 두덕에 구멍을 뚫고 옆에 놓아둔 72구짜리 검은 포토 판에서 파르스름한 고추 모종을 조심스럽게 뽑아야 했다. 잘 뽑히지 않는다고 힘을 주면 연한 모종이 무참하게 뜯겨나가 친구 말처럼 여자 다루듯이 살살 뽑아 깔때기 속에 집어넣었다. 그런 다음에 미모사처럼 양쪽 손잡이를 오므리면서 감자집게를 뽑으면 한 포기를 심게 된다. 당연히 일의 진척은 한없이 느려 바지랑대 위의 잠자리처럼 그 자리에서 뱅뱅 돌 뿐이다.

'홀딱 벗고'.

그때 그놈의 소리가 처음으로 내 귓속으로 펄쩍 들어왔다. 청아하면서도 밝고 안온하면서도 슬픈 울음이었다. 포토 판에서 고추 모종을 조심스럽게 뽑아내어 깔때기 구멍 속에 집어넣으며 그녀를 생각하던 중이었다.

마치 이런 내 마음을 놀리는 것처럼 아주 가까이에서 생경스러운 소리로 한 번 울어버리고는 시침을 뚝 떼고 있었다. 잘못 들은 줄 알았다. 이제는 귀도 내 마음이 시키는 대로 듣고 싶은 것만 들리는 것만 같아 한숨이 나왔다. 그때 저쪽 상수리나무 숲에서 다시 그놈의 소리가 들려왔다. 제일 먼저 둔덕 위를 흘끔거릴 수밖에 없었다. 노모는 내 얼굴만 봐도 내 속을 다 알아버리는 독심술의 귀재라 목덜미까지 붉게 물들어 있는 내 꼴을 보면 미루어 짐작될 것 같았다.

소나무와 상수리나무와 자작나무와 물푸레나무와 신갈나무 숲이 겹겹으로 둘러싸인 한복판에 자리잡고 있는 고추밭에는 새벽부터 해가 떠오를 때까지 곤줄박이, 딱따구리, 박새, 까치, 직박구리의 울음소리로 낭자했다. 특히 짝짓기 철이 시작되는 봄이면 이 골짝 저 골짝에서 울어대는 통에 조용해야 할 이른 아침이 날마다 수선스러웠다. 그렇지만 이렇게 민망하면서 방정맞은 울음소리는 처음 들었다.

이상하게도 이놈의 울음소리는 언제나 그녀를 생각할 때마다 벼락같이 들려왔다. 마치 까마귀 날자 배 떨어지는 식이었다. 그래서 울음소리가 귓속을 파고들기만 하면 습관적으로 누가 없나 주위를 살피게 된다. 둔덕에 모셔둔 노모도 흘깃 바라보고는 하던 일을 멈추고 담배를 찾았다. 깊게 한 모금 빨아 연기를 길게 내보내 머리 위에서 부드러운 곡선을 그리며 돌다가 서서히 사라지는 것을 물끄러미 바라보고 있으면 소금을 한 바가지나 퍼먹은 것 같은 그녀를 향한 조갈증도 어느새 편안해지곤 했다. 어찌하지 못해 아무 것도 할 수 없는 내 마음을 그놈의 울음소리로 위로가 되곤 했다.

2

살다 보면 특별한 이유도 없이 풍선을 한 아름 삼킨 것처럼 마음이 붕 떠 있을 때가 있을 것이다. 그날 내가 그랬다. 한 겨울날의 어둑새벽에 달빛이라기에는 석연치 않은 번한 빛에 이끌려 마루로 나와 문을 열자 문이 잘 열리지 않았다. 어찌어찌 힘을 주어 문을 열자 커다란 눈덩이가 옷장에 아무렇게 쑤셔넣은 옷뭉치같이 풀썩 내 발등에 쏟아졌다. 첫눈이었다. 밤새도록 도둑처럼 소리 없이 내린 눈은 골마루의 키를 훌쩍 넘겨 마루 문을 반이나 가렸고 산과 들판도 감쪽같이 덮어버렸다. 소리까지 삼켜버려 마치 거대한 우물 속에 깊게 들어앉아 있는 것처럼 아늑하기도 하고 어이없기도 했다. 싸리비로는 어림도 없어서 작년에 쓰고 창고 구석에 처박아 두었던 넉가래를 찾아내어 마당과 마당가의 대추나무를 빙 돌아 뒤란에 있는 똘이집 앞까지 눈을 치웠다. 내친김에 아름드리 비슬나무가 서 있는 곳까지 눈을 밀어냈지만 길은 다시 하얗게 돌아와 있었다. 하지만 또다시 눈을 치우는 대신 넉가래를 창고 속에 집어 던졌다. 잠시도 쉬지 않고 뭉턱뭉턱 내리는 눈 때문도 아니었고 때마침 아침을 먹자는 노모의 부름 때문도 아니었다. 그냥 마음이 붕 떠 있었다. 마루 끝에 쪼그리고 앉아 담배를 피워 봐도 시원찮아 방에 들어와 노모 옆에 쭈그리고 앉았다. 노모가 한참 재미있게 보고 있는 아침마당 프로그램을 스포츠 채널로 돌려 축구 경기를 맥없이 바라보다가 다시 퓨전 사극 드라마로 돌렸다가 다시 5종 냄비세트를 판매하는 홈쇼핑으로 돌렸다. 이런 내 꼴을 노모는 뻔히 쳐다보다가 마침내 한마디 했다.

“눈이 오니 니도 마당가에 묶여 있는 가이새끼처럼 마음이 싱숭생숭 하나? 그러니 짝이 있어야 하는 법이야. 똘이도 때가 되면 묶여 있는 줄을 끊고서라도 짝을 짓는데 니는 내가 이리 멀쩡하게 만들어 놓아도 어째 애먼 테레비에 화풀이를 하고 그러노.”

“화풀이는 무슨, 내 마음대로 테레비도 못 봐요?”

그러고는 얼른 일어나야 했다. 노모의 다음 말은 안 들어도 뻔한 얘기니 그놈의 월하노인 소리가 나오기 전에 노모의 눈앞에서 사라지는 것이 가장 현명했다. 학교 문턱에도 가 보지도 못한 노모가 나도 모르는 월하노인을 얼마나 잘 써먹는지 자다가도 그 노인네 때문에 경기를 할 지경이다. 아니나 다를까 방에 들어가서 검은 점퍼를 들고 마루를 나서기도 전에 월하노인이 내 뒷덜미를 잡아당겼다.

“에이고, 월하노인은 언제나 우리 아들에게 짝을 점지해 줄라나. 마당에 묶여 있는 가이새끼도 짝이 있는데…….”

경계마저 모호한 눈길을 뚫고 장거리로 나와봤지만 이른 아침에 갈 데라고는 딱 한 군데 기석이가 하는 자동차공업사 사무실이었다. 하지만 아직 불이 켜져 있지 않았다. 눈을 핑계로 게으름을 피우는 모양이었지만 나로서는 딱할 노릇이었다. 다시 집으로 들어간다면 노모의 월하노인 레퍼토리를 듣고 또 들어야 할 판이었기 때문이다. 아니 그것보다는 이상하게도 아직도 붕 떠 있는 마음이 진정되지 않아서였다. 타고 온 세렉스를 그의 사무실 앞에 두고 길을 좀 걸어보기로 했다. 첫눈이 오기 때문에 마음이 이렇게 안절부절못한다고 하기에는 나이가 너무 많았다. 법정 스님이 그랬다고 한다. 눈은 하늘에서 내려주는 어떤 교신이라고. 그렇다고 이 나이에 법정 스님이 말한 교신을 기대하지도 않았다. 어느 시기부터 기대하는 일도 욕심내는 일도 없어져 버렸으니까.

그런데 눈앞에 펼쳐진 이 상황이 교신이 아니면 무엇일까. 길가 은행나무에 걸려 있던 눈뭉치가 퍽석하고 내 가슴으로 떨어진 것 같았다. 더군다나 나에게 말을 거는 것 같은데 가슴이 벌렁거려서 잘 들리지 않았다. 내가 그녀의 말을 알아듣지 못하고 그냥 멀거니 쳐다보고 있자 콧등을 살짝 찡그리며 다시 말을 했다.

"용궁당구장이 어디 있나고요."

겨우 귀가 열리자 이번에는 목구멍이 막혔다. 바로 길 건너 이층에 있는 당구장을 불량청소년처럼 손가락도 아닌 턱으로 턱 가리켰다. 그녀는 내 턱끝을 따라가 이층 창문에 파랗고 빨간 당구공 그림을 보았는지 아니면 가로로 길게 세워진 간판을 보았는지 샐쭉 웃으며 팔랑팔랑 사라졌다. 건널목과 중앙선이 사라진 도로 한가운데에 가만히 서 있다가 오고가는 차량을 아슬아슬하게 피하며 무단으로 길을 건너고 있었다. 길을 다 건너자 그녀는 잠시 멈칫했다. 용궁당구장의 출입구를 찾지 못한 모양이었지만 그것도 잠시 건물 벽에 붙어 있는 철제 계단을 철철 소리를 내며 올라가 빨간 미니스커트와 목이 긴 검은 하이힐 부추가 차례로 완전히 눈앞에 사라져버렸다. 지나가는 사람들이 길 한복판에 우두커니 서 있는 이런 나를 흘끔 쳐다보다가 내 시선이 꽂혀 있는 당구장 철제 계단도 쳐다보며 지나쳤다.

얼마 후에 그녀가 계단을 철철 소리 내며 내려와서 다시 길을 건너

길을 따라 올라가자 나도 모르게 뒤를 따라갔다. 그러나 세탁소 앞에서 골목으로 꺾어 들어가더니 순식간에 사라졌다. 골목 안에는 김밥천국과 페리카나와 투다리와 별다방과 수정다방이 서로서로 마주 보며 이웃해 있었다. 작정한다면 못 찾아낼 것도 없었지만 용기라면 특히 여자를 향해 낼 용기는 태어날 때부터 갖고 있지 않는 터라 이쯤 해서 포기를 해야 했다. 푹석푹석 내리던 눈은 이제 바늘도 통과하지 못할 정도로 빽빽하게 내렸다.

기석은 내가 사무실 문을 드르륵 열고 들어서자 나를 한 번 흘낏 쳐다보고는 다시 바닥에 쭉 늘어놓은 체인을 손질하고 있었다. 연탄난로 위에 놓여 있는 노란 양은 주전자에서 수증기가 폭폭 기세 좋게 뿜어 나왔다.

"뭔 일이 있나? 얼이 나가버렸어."

"얼이 나가긴."

그의 말이 채 끝나기도 전에 대뜸 대꾸해버렸다. 그러고 나자 스스로 무색해서 벌떡 일어났다. 도무지 나라는 인간은 표정을 숨길 수가 없는 모양이었다.

"커피 한 잔 하고 가지. 별다방에 새로 온 냄비가 아주 삼삼하던데."

별다방이란 소리에 나도 모르게 다시 소파에 주저앉고 말았다.

기석은 예고 없이 온 첫눈 때문에 바빴다. 자동차 타이어에 체인을 감으러 온 손님과 뒤늦게 스노타이어로 교체하러 온 손님 때문에 연신 사무실과 공장을 들락거렸다.

"어? 아까 그 아저씨잖아."

하얀 푸들 같은 그녀가 눈앞에 우뚝 서 있었다. 그녀는 눈에 폭 싸인 차 보자기를 탁자 위에 소리나게 탁 올려놓고는 손으로 대충 눈을 털어내자 펄 재킷과 짧은 모직 스커트와 굽 높은 롱부츠가 드러났다. 빨갛게 언 손을 뚜껑이 들썩들썩하면서 끓고 있는 주전자에 슬쩍 대보더니 얼른 손을 떼고는 소파에 쭈그리고 앉아서 손을 활짝 펴고 난롯불을 쬐었다. 얼굴이 금방 발그레해졌다. 머리에 남아 있던 눈이 녹아 긴 머리카락을 타고 바닥에 똑똑 떨어지자 그것을 물끄러미 내려다보더니 그때야 생각이 났는지 탁자 위에 올려놓았던 차 보자기를 끌어당겼다.

"어떻게 탈까요?"

사무실에 들어와서 두 번째로 뱉은 말이었지만 나는 여전히 그녀를 제대로 바라보지도 못해 전전긍긍했다. 젖은 옷이 마르면서 수증기가 아우라처럼 그녀 주위를 감싸자 천사가 하늘에서 눈에 싸여 뚝 떨어진 것처럼 신비스럽기까지 했다. 그녀는 내 대답을 포기했는지 한숨을 한 번 폭 쉬고는 빨간 맥스웰 보온병에서 커피를 주둥이 넓은 싸구려 잔에 따르고 거기에다 설탕 두 숟가락과 크림 두 숟가락을 푹푹 떠넣고 잘 휘저었다. 그것을 같은 색 잔 받침에 올려 내 앞에 살짝 밀어주고 다시 난롯불을 쬐었다. 나는 단번에 그것을 벌컥 들이마셨다. 불덩이를 삼키는 것처럼 뜨거웠지만 들키기 싫어서 꾹 참으며 커피값을 탁자 위에 올려놓았다. 그녀는 이런 나를 눈을 동그랗게 뜨고 쳐다보다가 보자기에 돈과 잔을 주섬주섬 챙겨 들고 나가 버렸다.

그녀가 가버리자 갑자기 이 세상에 혼자만 덩그렇게 남겨진 것 같았다. 지금까지 한 번도 경험하지 못한 절망감이기도 했다. 사무실과 바로 이웃해 있는 공장 쪽에서 타이어를 교체하는 잡다한 소음과 손님과 나누는 말소리가 두런두런 들려왔지만 이 세상의 소리가 아닌 피안의 소리처럼 생경스러웠다. 그가 사무실에 조금만 더 늦게 들어왔다면 아마 울어버렸을 것이다.

"냄비가 벌써 가버렸나? 좀 붙들어두지 않고. 어때? 낭창낭창한 것이 맛이 기가 막히겠지? 하긴, 장가도 안 가본 네가 여자 맛을 알 턱이 있나? 물어보는 내가 딱하지 흐흐흐."

벌써 일어서야 했다. 화톳불을 뒤집어쓴 것처럼 얼굴이 달아오르면서 화가 났다. 기석은 내가 이렇게 성난 멧돼지처럼 씩씩대면서 밖으로 뛰쳐나가자 고개를 갸웃갸웃하면서 헛웃음을 쳤다.

기석을 포함한 이 고장의 대부분 남자는 다방 아가씨를 냄비라고 불렀다. 왜 그렇게 부르는지 전에는 관심도 없었지만 끈적거리는 묘한 뉘앙스로 보아 좋은 의미는 분명 아닐 것이다. 그런데 그것이 그녀에게도 해당하고 보니 거북하고 기분이 나빴다. 아니 그것보다는 그의 다음 행보가 그림을 그리라고 해도 그릴 정도로 뻔했기 때문이다.

벌거벗고 다닐 때부터 친구였던 기석은 자동차공업사가 날마다 조금씩 성장을 하자 자연스럽게 다른 쪽으로도 눈을 돌리기 시작했다. 이상하게 여자들은 그가 눈만 한 번 꿈쩍하면 사족을 못 쓰고 덤벼들었다. 시골에서 여자라고 해봤자 다방 아가씨들밖에 없다 보니 장거리의 다방 여자 중에 얼굴이 좀 반반한 여자들은 다 그와 연결이 되었다고 보면 된다. 불가사의한 것은 기석의 마음이었다. 죽네사네하면서 준

마음이 그보다 좀 나은 아가씨가 나타나면 마치 위에서 아래로 물이 흐르듯이 마음도 흘러가버리고 말았다. 착한 아내와 머리통이 굵은 자식도 둔 그가 날마다 이런 식으로 살아가는 것이 별로 탐탁지 않았지만 도시락 싸들고 다니면서 말리고 싶지도 않았다. 그의 인생이니까. 그런데 이젠 팔짱을 끼고 보고만 있고 싶지 않았다. 온종일 시도 때도 없이 눈앞에 아른거리는 여자는 그녀가 처음이었다.

내 나이 진작 마흔을 넘어 쉰이 가까워져 오자 노모는 어디서 들었는지 날마다 월하노인 타령을 했다. 월하노인이 짝을 점지해준다고 했다. 하긴 노모가 엉뚱하긴 했다. 시류에 동참하지 않고 고집을 부리기만 하는 나 때문일 것이다. 동네 노총각들이 장가를 가기 위해 필리핀이나 캄보디아나 베트남으로 날아가는 시절이었지만 나는 이국의 여자가 탐탁지 않았다.

예상했던 대로 그녀는 날마다 공업사 사무실로 커피 배달을 왔다. 어떤 날은 하루에 두 번씩도 오고 세 번씩도 왔다. 나도 날마다 기석의 사무실로 출근했다. 하 양이라고 불렀다. 하얀 눈과 함께 하늘에서 온 여자가 분명했다. 하 양은 눈과 너무나 잘 어울리는 이름이었다. 하늘에 둥둥 떠 있는 하얀 구름인 줄도 모르겠다. 아니면 유원지에 팔고 있는 하얀 솜사탕을 닮았다.

기석은 내가 전에 없이 그의 사무실에 매일 출근해 온종일 죽치고 앉아 있자 처음에는 약간 어리둥절해하다가 이제는 아예 노골적으로 나를 공격하기 시작했다. 하긴 내가 그녀에게 제대로 눈길도 주지 못하고 쩔쩔매는 것을 보면 눈치를 채고도 남을 것이다. 다방 냄비는 자기처럼 적당히 갖고 놀다가 말아야 한다고 히죽거렸다. 다방 냄비에게 맛이 간 놈은 제정신이 아니라는 둥. 빚이 산더미처럼 많은 여자라서 특히 하양처럼 예쁜 여자는 빚이 상대적으로 더 많아 다방에서 빼내자면 대대로 물려받은 전답을 다 팔아버려야 할 것이라고 비아냥거렸다.

그 겨울 매체들은 날마다 기상 관측 이래로 수은주가 가장 많이 내려간 날이라고 호들갑을 떨었지만 내가 타고 있는 추위와 비교할 수나 있을까. 나는 날마다 수은주로도 표시되지 않는 절대영도 속에 갇혀 있었다. 아프리카에 이민하여서 코끼리를 타고 다닌다 해도 마음 깊은 곳에 꽁꽁 얼어 있는 얼음은 풀리지 않을 것 같았다. 그녀를 생각하고 있으면 눈을 한주먹 삼킨 것처럼 서늘하다가도 둥둥 떠 있는 구름을 삼킨 것처럼 허망하다가 솜사탕을 핥은 것처럼 달콤하기도 했다.

처음 그녀를 접수했다고 했을 때 나는 무슨 소리인지 알 수가 없어서 눈을 둥그렇게 뜨고 기석을 빤히 쳐다보았다. 물건도 아니고 어떻게 그런 단어를 아무렇지도 않게 쓸 수 있는지……. 언제나 손톱 밑에 기름때가 새카맣게 끼어 있는 그와는 어울리지 않았다. 생김새라도 그럴 듯하면 좀 나으련만 난쟁이 똥자루처럼 몽땅한 키에 자기 발등이 내려다보이지 않을 정도의 불룩한 배와 번들번들한 대머리의 화상과 수선화 같은 그녀를 생각하니 갑자기 그의 목을 조르고 싶을 정도로 살기가 돌았다. 하지만 내색은 하지 않았다.

"얼마면 되는데?"

"짜아식, 너도 생각이 있나 보네? 하지만 관둬라. 아무리 냄비라지만 친구끼리…… 흐흐."

"씨발놈아, 너 말대로 냄빈데 너는 되고 나는 안 되는 이유가 뭐냐?"

나도 모르게 이렇게 욕을 내뱉으면서도 날마다 그의 사무실에 죽치고 앉아 있었다.

기석은 말끝마다 냄비, 냄비 하면서도 지금껏 그를 거쳐간 다른 아가씨와 달리 엄청나게 공을 들이고 있었다. 툭하면 대관령을 넘어 바닷가로 그녀를 데리고 다니며 회도 사주고 옷도 사주고 입이 딱 벌어질 정도로 비싼 가방도 사주면서 환심을 샀다. 그런 날이면 밤이 되어도 그들은 돌아오지 않았다. 어쩌면 나를 의식해서 더 그런 것 같기도 했다. 원래가 그런 법이니까. 별 생각이 없었는데 남이 좋다고 그러면 덩달아 좋아하다가 급기야는 뺏길까봐 침 발라버리는 것처럼.

그런 날이면 나는 그의 사무실에서 그의 아내와 마주 앉아 있다가 난로의 연탄도 갈아주고 손님이 오면 서툰 솜씨로 자동차 윤활유도 갈아주고 끼니때가 되면 자장면을 시켜 퉁퉁 불 때까지 멀거니 바라보다가 문밖으로 내놓았다.

"아저씨, 자?"

환청인 듯싶은 하 양의 목소리에 나는 눈을 부스스 떴다. 하 양이 눈앞에 서서 배시시 웃고 있었다. 기석과 온천에서 목욕 중일 하 양이 왜 내 앞에 서 있는 것일까? 그것도 내 방에 그녀가 밤도둑처럼 들어와 있었다. 나는 이 꿈 같은 현실이 믿을 수가 없어 벌떡 일어나 앉았다. 눈을 비벼 보기도 했다. 그녀는 여전히 배시시 웃으며 서 있었는데 곧 얼굴을 찡그리며 코를 감싸쥐었다. 그녀가 얼굴을 찡그리자 콧등에 세로로 세 가닥의 주름이 졌다. 지난 밤에 죽지 않을 만큼 먹었던 소주와 싸구려 안주가 밤새도록 내 몸에서 빠져나와 좁은 방안을 빽빽하게 점령했다. 퀴퀴한 노총각 냄새와 섞였으니 나도 코를 감싸쥐고 싶을 정도로 냄새가 고약했다. 환영은 아닌 것 같아 마음이 놓이자 갑자기 창피했다. 내 몸을 내려다보자 역시나 옷을 한 점도 걸치지 않은 알몸이었다. 이런 내 습관에 대해 노모는 어렸을 때 먹은 산삼 한 뿌리 때문에 몸에 열이 많아서라고 했다. 하 양도 그제야 내 알몸을 보았는지 깜짝 놀라며 얼굴을 돌렸다. 하 양의 목덜미까지 빨갛게 단풍이 물들었다. 나는 얼른 발밑에 누더기처럼 말려 있는 이불을 끌어당겨 몸을 가렸다. 이미 보여줄 것은 다 보여주었다고 생각하니 민망했다. 그러면서도 내 잘못은 아닌데 하는 배짱도 슬쩍 생겼다. 하 양을 만나고 처음으로 가져본 자신감이기도 했다.

"기석이랑 온천에 가지 않았어?"

말을 하면서도 이렇게 말이 잘 나오는 내가 놀라웠다.

"아저씨 바보, 내가 공업사 사장님과 온천에 왜 가? 아저씨라면 몰라도."

"기석이랑 온천에 안 갔단 말이지?"

"치, 내가 온천에 갔다면 여긴 어떻게 올까? 몸이 두 개도 아닌데. 그리고 난 배불뚝이 공업사 사장님을 얼마나 싫어하는데. 아저씨는 내 마음도 몰라주고."

"정말 기석이랑 안 갔단 말이지?"

"정말이라니까. 근데 추워 죽겠는데 언제까지 세워둘 거야?"

"엉?"

"아저씨, 바보."

하 양은 눈을 흘기면서 눈을 맞아 옷이 다 젖었다며 순식간에 옷을 훌러덩 벗고 알몸이 되었다. 목만 내놓고 이불을 뒤집어쓰고 있던 내가 미처 놀라기도 전에 그녀는 미꾸라지처럼 미끄러지듯이 내 품으로 쏘옥 파고 들어왔다. 그리고는 키들키들 웃었다. 하 양의 몸은 얼음처럼 차가웠지만 곧 불덩이처럼 뜨거워졌다. 난 정신이 아득해져서 옆방에서 자고 있을 노모는 신경도 쓰이지 않았다. 다만 이건 분명 꿈일 거야, 꿈일 거야, 하면서 꿈을 깨고 싶지 않았다.

사흘 낮과 밤을 한순간도 멈추지 않고 눈이 내리자 어둑어둑한 하늘은 무너질 것처럼 낮게 가라앉아 하늘과 땅의 경계가 없어졌다. 노모는 아침 할 생각은 하지 않고 자리에 누워 아침마당 프로그램만 보고 있었다. 남편의 불륜 때문에 결혼생활을 해야 할지 말아야 할지를 상담자로 나온 몇 명의 이런저런 간판을 걸고 있는 박사에게 자문하는 내용이었다. 커튼 뒤에 숨어 있어서 실루엣만 보이는 의뢰인이 헬륨가스를 마신 목소리로 하소연하자 노모는 상담자로 나온 박사들보다 더 귀를 기울이더니 혀를 차며 욕을 했다. 곁을 주지 않을 작정이고 결국에는 아무 말도 못 하게 만드는 노모의 오래된 비법이었다.

지난 밤에 땅문서를 내놓으라고 소리를 질렀다. 노모는 뜬금없는 땅문서 타령에 텔레비전 앞에 빼놓았던 틀니를 다시 끼우면서 나를 쳐다보았다. 잠이 완전히 달아난 얼굴이었다. 그리곤 나지막하게 한마디 했다.

"이놈아, 미치려면 제대로 미쳐라."

눈에 흙 들어가기 전에는 어림도 없다고 소리를 지르기도 했다. 땅은 목숨 줄과 같아 땅을 팔아먹으려면 어미의 숨구멍을 먼저 막아야 한다고 협박도 했다. 이놈 저놈 품에 안겼던 더러운 년을 집에 들일 수는 없다고 했다. 그 더러운 년이 어무이 아들에게는 눈길 한 번 주지 않는다고 같이 소리질렀다. 말이 통하지 않는 노모가 답답해서 나는 노모보다 더 크게 소리를 질렀다. 노모도 목청 하면 누구 못지않은 사람이라 나보다 더 크게 소리를 질렀다. 마치 큰소리 지르기 경연대회를 하는 것 같았다. 나는 말로는 노모를 이길 수가 없다는 위기감이 들자 노모를 한 방 쳤다. 아니 툭 밀었을 뿐인데 노모는 마른 짚단 쓰러지듯 옆으로 풀썩 넘어갔다. 제정신이 아닌 와중에 마을과 뚝 떨어져 사람보다는 신갈나무 숲이 더 가까운 외딴집이어서 다행이란 생각도 들었다. 어쩌면 제 어미를 두들겨 팼다고 나를 감옥에 집어넣을 것 같았다. 다방 아가씨에게 정신이 빳기더니만 이제 제 어미도 못 알아본다고 할 것이다. 어쩌면 저놈이 장가를 못 가더니 드디어 실성했군, 하면서 정신병원에 집어넣을 수도 있다. 실성한 것은 맞다. 내 안에 어찌 그런 사악한 폭력이 들어 있었는지 제정신이었다면 도저히 불가능한 일이었다.

며칠째 친구가 돌아오지 않자 나는 정말 제정신이 아니었다. 꿈 때문에 더 환장할 노릇이었다. 하 양이 내 방으로 스며든 것은 분명 꿈이었는데도 꿈같지가 않았다. 머릿속에서는 단 한 가지만 상상이 될 뿐이었다. 찰거머리 같은 생각을 떨쳐내기 위해 못 먹는 술도 코가 비뚤어지도록 마셔보았지만 소용이 없었다. 나도 기석처럼 하 양의 입이 딱 벌어지게 비싼 가방도 사주고 싶었고 그녀와 단둘이 대관령을 넘어가서 바다 구경도 하고 싶었다. 또 하 양이 좋아한다는 물놀이 시설이 잘 되어 있는 온천에도 데리고 가고 싶었다. 그러자면 돈이 필요했다. 어차피 내 땅이라고 노모가 날마다 노래를 불렀으니 돈이 필요할 때 요긴하게 쓰고 싶었다. 술 때문이기도 했고 눈 때문이기도 했다.

눈을 감고도 지나다닐 길을 앞을 분간할 수 없을 정도로 눈이 퍼붓자 눈멀미가 났다. 아름드리 비슬나무가 서 있는 마을의 들머리를 찾지 못해 그 자리에서 몇 시간을 뱅뱅 돌았다. 비슬나무만 찾으면 되는데 커다란 비슬나무는 보였다가 안 보였다가 잡아당겼다가 밀쳤다가 변덕을 부렸다. 마치 블랙홀에 빨려 들어가는 것처럼 정신이 아득하고 혼란스러워 제정신으로 집에 들어온 것같지 않았다. 이 모든 일이 그녀 때문이었다.

며칠 전에 그러니까 기석이 하 양을 데리고 온천으로 놀러가던 바로 그날이었다. 공업사 사무실에서 하 양이 크림 두 숟가락에 설탕 두 숟가락을 넣고 타준 커피를 그녀와 단둘이 마시고 있을 때였다. 기석은 때마침 찾아온 손님 때문에 사무실 마당에 딸린 공장에 가 있을 때였다.

"아저씨, 나랑 그거 하고 싶지?"

하 양은 멀쩡한 바위가 쩍 갈라질 정도로 놀라운 말을 아무렇지도 않은 듯 다짜고짜 물었다. 언제나 촉촉하게 젖어 있는 눈망울이 조금도 흔들리지도 않은 채였다. 너무 놀라 미처 대꾸할 말을 찾지 못한 나는 앞에 둔 김이 펄펄 올라오는 커피를 단번에 벌컥 삼켜버렸다. 시뻘건 참숯 화로를 삼키는 것 같았다. 이번에는 참지 않고 짐짓 허풍을 보태서 뜨겁다는 시늉을 하자 이런 내 꼴을 그녀는 물끄러미 바라보다가 빠르게 속삭였다. 기석의 손님을 배웅하는 목소리와 이쪽으로 향하는 발소리와 함께였다.

"바보."

아침마당이 끝나고 광고가 나와도 노모는 여전히 텔레비전에 시선을 떼지 않고 있었다. 뜬금없이 상담자들이 의뢰인에게 어떤 식으로 말해주었는지 궁금했다. 노모가 누워 있는 옆에는 아침상 대신에 누렇게 색이 변한 등기권리증이 나와 있었다. 검정 점퍼를 걸쳐 입고 아침 대신에 땅문서를 주머니에 대충 쑤셔 넣었다. 그 와중에 그것이 바스러질까 걱정이 되기도 했다.

마당은 밤새도록 내린 눈으로 하얗게 덮여 있었다. 바람 한 자락 쓸리지 않은 채 처음부터 그런 모습이었다는 듯이 시침을 떼고 있어 생뚱스럽기도 하고 아득하기도 했다. 그것을 사람이 다닐 수 있을 정도의 길만 대충대충 좁다랗게 내었다. 뒤란의 똘이 집까지의 길도 내어놓아야 노모가 똘이 밥을 가져다줄 것이다. 허리까지 쌓인 눈은 넉가래로 밀기에는 애당초 틀렸다. 마음이 급해 일이 손에 잡히지 않아서 더 그랬다. 길을 내기 위해 길을 뚫자, 뚫기 위해 플라스틱 삽으로 푼 눈을 양옆으로 쌓아 놓았다. 그러자 밖에서는 내 머리만 겨우 보일 정도로 키 큰 절벽이 양쪽으로 서 있어서 순식간에 요새가 만들어진 격이었다. 요새는 곧 무너질 것처럼 위태로웠지만 그것을 제대로 할 마음의 여유가 없었다. 이런 식으로 세렉스까지 접근해 마침내 시동을 걸고 나자 등줄기에 땀이 나면서 큰일을 해낸 것처럼 나도 모르게 한숨이 나왔다.

언제부터 그렇게 서 있었는지 노모가 마루에 나와 서 있었다. 이마에 하얀 무명 띠를 두르고 있었다. 노모는 머리가 아프거나 마음이 편치 않으면 시위대처럼 언제나 무명 띠부터 둘렀다. 평생을 써먹어서 노모처럼 나달나달했고 누렇게 색이 변했지만 바꾸지 않았다. 다른 띠는 효험이 없다고 주장했다. 무릎 연골이 다 닳아버려 가을 들어 방안에서도 지팡이를 짚고 다녔다. 발이 세 가닥이나 되는 지팡이를 짚고 허리를 꼬부랑 할머니처럼 꾸부정하게 구부리고 나를 바라보고 있는데 나와 눈이 마주친 것 같기도 하고 아닌 것 같기도 했다. 노모가 서 있는 그곳과 내가 있는 이곳과는 하늘과 땅만큼 멀게만 느껴져 순간적으로 맥이 탁 풀렸다.

기석의 아내가 사무실에 불을 켜놓고 삽으로 사무실 앞의 눈을 퍼내고 있었다. 그녀는 눈 때문에 남편이 돌아오지 못하고 있다며 걱정이 늘어졌다. 자동차 정비에 필요한 부품을 구하러 자주 영을 넘어가는 줄만 알고 있는 모양이었다. 아니 어쩌면 이미 다 알고 있지만 인정하고 싶지 않은지도 몰랐다. 그녀의 눈이 텅 비었다. 주머니에 아무렇게 들어 있는 땅문서도 친구 앞에서는 아무 것도 아닐 것이다. 온종일 오지도 않는 그들을 기다리며 생각한 결론이었다.

화가 단단히 난 마음을 이런 식으로 표현하는 것이 노모다워 웃음이 나왔다. 하지만 세렉스를 담벼락에 세워두고 마당에 들어섰지만 여전히 불빛 한 점 새어나오는 곳 없이 집이 통째로 물속에 푹 잠긴 것처럼 조용했다. 아침에 만들어놓은 요새 때문에 외딴집이 더 외딸아 보였다. 거대한 것이 위협적이고 위악적으로 보였다.

노모는 방안에 없었다. 방마다 불을 켜놓고 마루에도 불을 켜놓고 나자 더는 할 일이 없었다. 때마침 똘이의 끙끙거리는 소리가 그렇게 반가울 수가 없었다. 무엇인가를 하지 않으면 내부에서 팽팽하게 긴장된 어떤 기류가 펑하고 폭발할 것 같았다. 똘이는 산신령처럼 눈썹과 입가에 고드름을 주렁주렁 매단 채 잔뜩 겁에 질려 있었다. 테니스장 백보드처럼 높게 쌓여 있던 지붕 없는 눈의 터널 어디쯤에 무너진 곳을 힐끔힐끔 보면서 미친 듯이 짖기만 했다. 목이 쉬어 소리가 잘 나오지 않았지만 포기하지 않았다. 무너진 눈더미 속에서 무엇인가 삐죽한 것이 보였다. 노모의 꽃무늬 고무줄바지였다.

지난 여름에 평생 처음으로 옷을 사서 노모 앞에 툭 던졌다. 장날 난전에 펼쳐져 있는 옷무더기에서 그 바지가 눈에 확 띄었다. 꽃무늬가 예뻐 보였다. 늙은 사람일수록 색깔 있는 옷을 좋아한다는 것을 어디에서 들었던 것 같았다. 노모는 돈 모아 장가갈 생각은 하지 않고 쓸데없이 돈을 썼다며 잔소리를 하면서도 마음에 들었는지 몇 번이나 펼쳐보곤 했다. 밤에 목이 말라 잠이 깼는데 노모가 소풍 가는 아이처럼 그 옷을 입고 방을 왔다갔다 하고 있었다. 나는 괜히 못 볼 것을 본 것 같아 잠도 안 자고 달밤에 체조 하고 있다고 불뚱거리기도 했었다. 날마다 그 옷만 입고 다녀 옷 좀 빨아 입으라고 소리를 지르기도 했다. 찬바람이 설렁설렁 불어오는 가을에도 그 옷만 입고 다녀 돌아오는 장날에 두툼한 것으로 하나 더 사드릴 작정도 했었다. 물론 실천을 하지는 못했지만 한겨울에도 얇디얇은 이 옷을 입고 있었던 모양이다. 하 양에게 눈이 뒤집혀 있어서 노모가 무엇을 먹고 무엇을 입고 있었는지 전혀 신경도 쓰지 않았다.

익숙하게 잘 꺼내던 라이터도 꺼낼 수가 없었다. 주머니에서 허둥지둥 어찌어찌 찾아내자 이번에는 불이 잘 켜지지 않았다. 맨손으로 꽁꽁 언 눈을 그것도 허둥지둥 파기가 쉽지 않았다.

노모는 똘이에게 밥을 주러 가던 모양이었다. 바닥에 남아 있던 눈은 신갈나무 숲에서 불어온 찬바람으로 반들반들한 빙판길이 되어 있었다. 개밥을 들고 있어서 바닥이 잘 보이지도 않았고 지팡이 없이는 한 발자국도 옮기기 쉽지 않던 노모가 똘이 밥 때문에 지팡이를 포기했을 것이다. 늘 노모는 말 못하는 짐승이라고 밥을 굶기면 그게 인간이냐고 했다. 미끄러지면서 머리를 반들반들한 얼음에 부딪쳐서 정신을 잃은 것과 동시에 뜨거운 똘이 밥을 뒤집어썼다. 그것도 부족한지 양쪽으로 요새처럼 높게 쌓아두었던 눈이 그 충격에 와르르 무너지면서 노모를 폭 파묻어버린 것이다. 신갈나무 숲이 서그럭서그럭 커다랗게 울고 있었다.

3

먼 산골짜기에는 하얗게 잔설이 남아 있어도 뺨으로 스치는 바람결은 부드러웠다. 집 앞에 길게 흐르고 있는 냇물 소리가 하루가 다르게 크게 들려오기 시작하자 겨우내 꽁꽁 얼어 있던 땅이 배를 불쑥불쑥 내밀었다. 본격적인 농사철이 다가오고 있는 신호를 이렇게 여기저기서 보내고 있다.

노모를 그렇게 어이없이 보내고는 장거리에 얼씬도 하지 않았다. 아주 피치 못할 볼일이 있으면 기석의 사무실과 별다방은 멀리서부터 피했다. 몸이 거리를 두었다고 귀까지는 닫아두지 않았는지 그녀가 장거리를 떠났다는 소식이 들려왔다.

봄이 오고 있다는 것이 이렇게 반갑기는 농사를 짓기 시작하고 처음 있는 일이었다. 일이 많아지면 생각도 단순해질 거라는 믿음에서였다. 그렇지만 사람이 작정한 대로 살아갈 수가 있다면 얼마나 좋을까. 몸과 마음은 전혀 상관이 없는 관계였다. 그녀를 마음에서 보내려고 애써봤지만 그럴수록 자석처럼 더 달라붙었다. 할 수 없어 숨쉬는 것처럼 자연스럽게 옆에 두자 그놈의 검은등뻐꾸기가 호로롱 날아와서 슬슬 놀려먹었다.

고추섶에서 꽃망울이 맺히기 시작하자 더는 검은등뻐꾸기 울음소리가 들려오지 않았다. 목이 찢어지도록 구애를 하더니 짝을 만난 모양이다. 노모가 옆에 있었다면 분명코 한마디 하면 했지 그냥은 못 넘어갔을 터이다.

'아무 것도 모르는 새들도 목구멍에 핏대를 세워가며 지 짝을 찾는데 니는 내가 이리 잘 만들어놓아도 어찌 이 모양이냐.'

키가 부쩍 자란 고추섶 때문에 노모가 잘 보이지 않아 다행이다.

금 따는 사람들

"아저씨, 맞췄어요?"

"3등, 세 개밖엔……."

"어머나! 축하합니다."

"에이, 그런 소리 말아요. 어젯밤 한잠도 못 잤어요. 그 소장이란 작자의 말을 듣는 게 아니었는데……. 그 사람, 어디 한 번이라도 제대로 맞춘 줄 아세요?"

"하긴, 아쉽긴 하네요. 어떤 번호를 못 맞추었는데요?"

"6번이잖아요. 그 작자가 지구가 폭발해도 안 나올 것이라고 하도 장담을 하는 바람에……. 그 말 믿는 게 아니었어요."

뉴욕 양키스 마크가 새겨진 검정 야구 모자를 눌러쓴 오명환은 벽 한쪽에 붙어 있는 칠판으로 다가갔다. 칠판에는 어젯밤 SBS를 통해 추첨이 된 로또 번호가 굵직한 검은색 보드마커로 잘 쓰여 있었다.

"보세요. 4, 11, 17, 28, 40에다 보너스 29까지 다 찾아 놓았는데 그만 그 작자가 6 끝수인 6번은 지구가 폭발해도 어쩌고저쩌고하며 안 나올 거라 해서 그 옆 번호인 5번을 찍었지 뭡니까."

그러면서 오명환은 칠판에 굵게 써진 6이란 숫자를 손가락으로 툭툭 건드리자 숫자는 슬금슬금 지워지고 있었다. 6이란 숫자가 슬금슬금 지워진다고 해서 5가 될 수 없는 일, 나만 귀찮게 다시 숫자를 써야 했다.

"아저씨, 그럼 4등은 몇 개나 나왔어요?"

"몇 개가 뭐예요. 나머지는 다 4등이지. 4, 11, 17, 40을 다 박았잖아요."

"그럼, 그 당첨금만 해도 많겠는데요."

"많기는 뭐가 많아요. 내가 일주일에 얼마를 하는데, 그 작자의 말만 안 들었어도……. 하긴, 귀가 얇은 내가 문제지 문제……. 커피나 한 잔 줘봐요."

오명환은 소파에 앉지도 않고 주머니에 손을 찔러 넣은 채 가게 안을 왔다갔다 하며 안절부절못했다. 하긴 2등에만 적용되는 보너스 번호까지 찾았으면서도 2등을 못 맞추었으니 잠을 못 잘 만도 했다. 나처럼 기대를 걸지 않았다면 밤새도록 잘 잤을 터인데. 옛말에 다리 밑에 사는 거지들은 발 뻗고 잘도 잔다지만 정작 고대광실에 사는 부자들은 도둑이 들까 근심하느라 잠을 자지 못한다 했으니 인생이란 참 묘한 데가 있는 것 같다. 그러니 그래도 살 만한 세상이 아니던가.

무선 주전자에 물을 올려놓고 빨간 스틱형 커피믹스를 종이컵에 미처 쏟기도 전에 '탁'하고 주전자의 스위치 올라가는 소리가 났다. 내가 종이컵에 커피를 타서 탁자 위에 올려놓자 그때야 오명환은 소파 끝에 엉덩이를 걸치고 앉아서 후루룩후루룩 숭늉 마시듯 소리를 내가며 커피를 마셨다.

나는 지금 3년째 이 조그마한 면 소재지에서 복권방을 꾸려가고 있었다. 애초에 인구가 6천여 명 정도밖에 안 되는 데다가 경제 활동을 할 수 없는 노령 인구 비율이 전체 인구의 70%가 넘는 전형적인 농촌이라 돈 좀 벌 수 있겠구나 하는 기대는 하지 않았다. 그냥 어쩌다 보니 복권방을 할 기회가 주어졌고 그 기회를 그냥 남 주기는 아깝고 해서 시작한 일이었는데 하면 할수록 여간 묘한 것이 아니었다. 번호가 추첨이 되는 토요일을 '국민곗날'이란 우스갯소리가 떠돌 정도로 수많은 사람이 로또 복권을 사느라 북새통을 떨었다. 시골인 이곳도 예외는 아니어서 남녀노소를 불문하고 배우고 안 배우고를 떠나 각양각색의 사람들이 먹이를 찾아 몰려드는 물고기처럼 복권방에 몰려들었다. 물론 내 팔자에 무슨 일확천금이 떨어질까, 차라리 복권 사는 그 돈으로 고등어나 한 손 사 먹을 일이지, 땀 흘려 일하지 않고 들어온 돈은 사람을 망치게 하거나 제명대로 못 살고 죽을지도 모를 거라는 등등의 이유로 스스로 일확천금을 포기하는 축도 있었다. 하지만 그런 사람들은 열 명 중에 한두 명 정도 될까말까 했다.

경기도 안성에서 카센터를 했다는 오명환은 여기서 승용차로 10여 분밖에 걸리지 않는 봉평 땅에 이사를 왔다. 안성에 살 때 여덟 번이나 2등에 당첨되는 바람에 로또 책자에 모자이크된 얼굴 사진이 실렸었다고 했지만 로또 하는 사람들의 특징인 허풍이거니 해서 믿지 않았다. 그러면서도 그 사람 말을 단순한 과장으로 흘려 넘길 수도 없는 것은 번호를 찍기 위해서 일주일 내내 수능시험 준비하는 수험생처럼 철저하게 로또 공부를 했다. 또 여섯 개의 번호 중에서 네 개 정도는 매주 기본으로 맞출 뿐 아니라 다섯 개도 가끔 맞추어서 곧잘 3등도 한다는 점이었다.

"아줌마, 열 장 뽑아주세요. 잘 뽑아요. 저번처럼 잘못 뽑지 말고."

"아저씨가 부담을 주면 더 못 뽑잖아요."

"나 참 그게 뭐 어렵다고, 다른 사람은 잘만 뽑던데. 3초 간격으로 쉬지 않고 번호가 나와야 한다고요."

난 그 말에는 대답도 않고 시큰둥하게 번호를 쫙 쫙 뽑기만 했다. 잘하고 싶은 마음이 왜 없겠느냐만 자꾸만 실수하게 된다. 기계라는 것이 마치 사람을 얕보는 것 같았다. 스크린 터치식 기계라서 손가락으로 정확히 눌러야만 번호가 쑥쑥 잘 빠졌다. 조금만 약하게 누르거나 잘못 조정하게 되면 오천 원짜리가 천 원짜리로 둔갑해서 나오기도 하고 아예 천 원짜리도 안 나오기도 했다. 그런데 그렇게 되면 시간이 흘러가 버려서 번호를 놓치게 된다는 것이 오명환의 로또론이었다.

이번에도 나름대로 아주 신중하게 꾹꾹 눌렀건만 또 일곱 번째에서 천 원짜리가 '핑'하고 나와 버렸다. 나도 모르게 흘끔 오명환을 쳐다보았다. 오명환은 동대문 표 파올로구치 운동복 바지에 두 손을 찔러 넣은 채 기계 옆에 떡 버티고 서 있었다. 그런데 벌써 눈초리가 열흘 굶은 시어머니처럼 새치름했다.

"나 참, 그것도 딱딱 못 뽑아요. 아줌마 때문에 이번 주도 망쳤어, 망쳐."

"아저씨가 부담을 주니까 잘 안 되잖아요."

난 번호를 잘못 뽑은 죄로 조금 미안한 마음을 갖고 있으면서도 이런 것에 연연해 하는 오명환이 한심스러워서 적반하장으로 어깃장을 놓아버렸다. 이런 나의 태도에 어이가 없었는지 조금 전의 서슬 퍼렇게 덤벼들 듯한 태도를 접고 머리를 절레절레 흔들면서 로또 용지를 한 움큼 뽑아들고는 늘 버릇처럼 앉던 자리에 가 앉았다. 열 장 뽑은 번호를 슬립 용지에 체크를 할 작정인 것 같았다. 슬립 용지 한 장에 그려진 다섯 칸 중에 한 칸에만 집중적으로 체크를 해보면 1에서 45 숫자 중에서 체크가 안 되는 번호가 열 개 정도가 나오는데 그것이 다음 회에 나올 1등 번호라고 했다. 물론 그런 과정을 일주일 내내 반복해서 해야 하고 그러기 위해서는 자동으로 많이 뽑아봐야 하는데 한 가게에서만이 아니고 여러 가게를 돌아다녀야 한다는 것이다. 그것도 로또 기계가 열리는 새벽 6시와 기계가 닫히는 밤 자정쯤에 뽑는 자동 번호가 가장 1등에 가까운 번호를 준다고 했다. 오명환 한 사람을 위해서 새벽 일찍부터 밤 늦게까지 가게에 나와 앉아 있을 수가 없다고 하자 오명환은 새벽마다 1시간 거리의 횡성에 있는 CU에서 복권을 뽑아 왔다.

"박 소장님이 오실 때가 됐는데 왜 안 오시지."

난 번호를 잘못 뽑은 죄로 박 소장을 들먹거렸다.

"그 작자 이제 와도 번호 공유 안 해요. 한 번이라도 제대로 번호를 찾은 줄 아세요?"

말은 그렇게 하지만 오명환이 두 시간도 넘게 가게에 앉아 있는 이유는 박 소장 때문일 것이다.

"안녕하세요, 오늘도 수고하십니다."

기다리는 박 소장 대신에 인사성 밝은 늙은 총각이 가게 문을 열고 들어서자 지나가는 한 무리의 중학생들의 조잘거리는 소리도 함께 들어왔다. 주황색 마대자루를 둘둘 말아서 한 손에 들고 한 손에는 면민체육대회 때면 무료로 나누어 주는 행사용 흰 챙모자를 벗어들고 엉덩이를 빼고 허리 굽혀 인사를 했다. 언제나 똑같은 단체복 같은 두툼한 회색 잠바에 때가 전 낡은 청바지를 입고는 누런 뻐드렁니를 드러내며 씩 웃었다. 흰 머리카락이 반 넘게 차지한 뒷덜미가 제법 말끔한 것으로 봐서 금방 이발을 한 것 같았다.

"아저씨, 복다방 오 양이랑 부산 갔다왔어요?"

"벌써 갔다왔지요."

"네?"

자기를 놀리고 있다는 것을 안다는 식의 대답이었지만 내가 지나치게 놀라버리자 그 남자는 곧 정색하며, "꿈속에서 갔다온 것도 간 거 아닙니까?"하며 누렁 뻐드렁니를 한껏 드러내며 싱글싱글 웃기까지 했다.

"아~ 네."

"빨리 복권에 당첨돼야 복다방 오 양이랑 부산도 가고 중국도 구경 가고 할 것인데. 내가 복권에만 당첨된다면 오 양이 나랑 놀러가겠다고 약속을 했거든요. 그런데 총무계장님 때문에 난리가 났어요. 만약 다시 한 번 자기 눈에 복권하는 것이 띄면 일자리를 안 주겠다고 협박을 하더라고요. 세상에 목구멍에 밥 넘어가는 것을 놓고 협박하는 사람이 어디 있어요. 계장, 자기는 복권을 해도 되고 나는 안 된다는 것이 민주주의 원칙에 맞는다고 보세요?"

민주주의 원칙을 따지는 그 사람은 복권하는 이유가 복다방 오 양이랑 놀러가기 위해서라고 했다. 그리고 그 목적을 달성하기 위해 하루에 서너 번을 가게에 와서 딱 천 원짜리 한 장씩만 사가는데 이것이 면사무소 총무계장에게 들킨 모양이다. 차상위계층은 면사무소에서 여러 방면으로 도와주는데 일을 할 수 있는 사람은 일자리도 주선해주는 모양이다. 하루 벌어서 하루 먹고 사는 사람인 듯싶었으며 아주 착하기는 해도 어딘가 조금 모자라는 사람이었다.

"선생님 안녕하세요. 공부는 잘 돼 가세요?"

그 사람은 로또 용지에 번호를 표시하면서 자기에게 눈길 한 번 주지 않는 오명환에게 상냥하게 말을 걸었다.

"아! 네."

그제야 오명환은 아주 귀찮다는 표정을 지으면서 퉁명스럽게 받았다.

"선생님, 번호는 다 찾았어요?"

복다방 오 양이랑 놀러간다는 그 남자는 보는 사람마다 선생님이란 호칭을 사용했다. 그것도 모자까지 벗고 아주 공손한 태도로 말을 건네자 오명환도 더는 뻣뻣하게 굴 수만 없었나 보았다.

"아뇨, 아직 한참 더 공부해야 해요."

"네 그러시겠지요. 아직 월요일밖에 안 되는데요. 천천히 하세요. 그런데 저는 벌써 번호를 다 찾았습니다."

"네?"

오명환이 반신반의하며 그 남자를 쳐다보자 그 남자는 입술에 침을 발랐다. 그것은 이제 그 남자의 레퍼토리가 본격적으로 시작된다는 신호였다. 난 그 얘기를 하도 많이 들어 도망가고 싶을 정도인데 오명환은 물에 빠지면 지푸라기라도 잡는 심정인지 그 사람의 침 바른 입술을 쳐다보고 있었다.

"저는 로또 연구를 전문으로 하는 박사님을 알고 있어요. 그 박사님이 이곳 대화복권방에서 삼각형을 이룬 지점에서 복권을 사야 1등에 당첨된다고 했어요. 강릉하고 진부인데 그것도 강릉은 오전 11시 안으로 복권을 사야 하고 진부는 오후 2시 넘어서 복권을 사면 1등이 나올 확률이 100%랍니다. 그래서 아침에 강릉 가서 한 장 사왔고, 오후에는 진부 가서 또 샀고, 마지막으로 여기서 이 시간에 한 장을 사면 1등은 내 손안에 들어 있는 겁니다. 그것도 일주일 내내 하루도 빠지지 않고 복권을 사러 다녔으니 이중삼중으로 번호가 포위되어 다 잡은 물고기나 마찬가지예요. 선생님도 괜히 골 아프게 공부하지 말고 나처럼 자기 기(氣)에 맞는 복권방을 찾아서 그 시간을 정확히 지키면 백발백중이라니까요."

"그래서 맞추기는 했어요?"

별 뾰족한 방법도 아닌 것에 관심을 가졌다 싶은지 아니면 그 꼴에 그러면 그렇지 싶은지 오명환은 심드렁한 표정을 애써 숨기지 않고 물었다.

"선생님도 참 급하기도 하시지. 우물가에서 숭늉을 찾으세요, 그래.

소위 복권을 하신다는 양반이 그렇게 급해서야. 쫓아오던 복도 달아나겠어요."

동문서답이라고 할까, 우문현답이라고 할까 하여간 말 같지도 않은 말을 하며 앞니가 두 개나 빠진 누런 뻐드렁니를 드러내며 흐흐거렸다. 그러자 오명환은 더 들을 것도 없다는 듯이 다시 로또 용지에 코를 박고 체크를 하기 시작했다. 오 양이랑 놀러가겠다는 그 남자는 자기와의 대화를 거부하는 것이 역력하자 약간 풀 죽은 목소리로 말했다.

"이번 주를 기다려볼 거예요. 박사님이 방향과 시간만 잘 지키면 틀림없이 된다고 했으니까. 믿음은 바라는 것들의 실상이랑 성경 말씀대로라면 왜 안 되겠어요. 1등만 되면 왜 있잖아요. 복다방 오 양이랑 부산에 놀러갈 겁니다."

"……."

나는 아무 대꾸를 하지 않았다. 오명환 역시 로또 용지에 표시를 열심히 하고 난 신문을 뒤적거리고 있었다. 그러자 눈치가 구단인 그 남자는 오명환처럼 푹신한 소파도 아닌 로또 용지와 안내 책자 등을 놓아두는 조그마한 책상 앞에 놓여 있는 파란 플라스틱 의자에 앉아 있다가 주춤주춤 일어나서 모자를 다시 썼다. 나갈 모양이었다.

'그럼 선생님들 오늘도 행복한 시간 되세요' 하면서 들어올 때처럼 똑같은 자세로 인사를 하고 나갈 것이었으나 그만 그럴 기회를 박 소장 때문에 놓쳤다.

박 소장이 반질반질한 얼굴을 앞세우고 가게로 들어섰다. 오명환이 두 시간이나 넘도록 가게에서 죽친 보람이 생겼다. 겉으로는 못 맞추느니, 다시는 번호를 공유 안 하느니 하면서도 이 가게를 풀방구리에 쥐드나들 듯이 들락날락하는 이유 중에 하나가 박 소장을 만나기 위해서였으니까. 박 소장은 오명환을 보자마자 연극배우처럼 과장된 몸짓을 취하며 너털웃음을 터트렸다.

"아이고, 사장님 죄~송합니다. 저 때문에 1등 못 하셨죠?"

이 사람들 대화는 늘 이렇다. 꼭 1등을 할 수 있었는데 어떤 아주 사소한 이유로 1등을 놓쳤다고 생각하는 사람들이다. 그래도 오명환보다는 어디를 보나 나은 박 소장도 대뜸 들어오자마자 1등 타령이다. 난 이 사람들의 얘기를 듣고 있다 보면 나까지 함께 이상하게 변하는 느낌을 받곤 했다.

"그래요, 소장님 때문에 다 망쳤어요."

오명환이 벌레 씹은 얼굴로 박 소장에게 툭 내뱉자 박 소장은 오명환 옆자리에 바싹 앉아서 설레발을 떨었다.

"죄송합니다. 죽을죄를 지었습니다. 저는 이제 다른 사람 말은 절대로 듣지 않겠다고 맹세했습니다. 사장님을 로또계의 사부님으로 모시겠습니다."

사부님으로 모시겠다고 하는 소리에 맘이 풀렸을까. 알밤을 가득 물은 것 같은 오명환의 입은 어느새 알밤을 토해냈고 한껏 내려갔던 눈초리도 제자리를 찾았다.

"제가 그 로사모(로또를 사랑하는 모임)인가 뭔가 하는 인터넷에 떠돌아다니는 것을 믿으면 안 된다고 말했죠? 소장님은 인터넷을 너무 믿는 것이 탈이라니까요."

"네 죄송합니다. 그 자식들 다 엉터리예요. 사장님이 공부하는 방법이 제일 신빙성이 있어요. 오늘도 그 자식들이 문자를 보내고 하더라고요. 하나도 안 받았어요. 그렇게 망쳐놓고는 이번 주에는 정말 자신이 있다는 둥 하면서 큰소리 탕탕 치지 않겠어요."

그러면서도 나와 눈이 마주치자 한쪽 눈을 찡긋했다. 이렇게까지 오명환에게 아부해야 하는 박 소장도 로또에 미친 사람인 것은 확실했다. 하지만 머리끝까지 화가 나서 툴툴거리는 오명환을 한순간에 풀어버리는 수단은 전국 방방곡곡 안 가본 데가 없고 별사람들을 다 상대해봤을 그 사람의 노회함을 여실히 드러내는 것이었다.

"커피 한 잔 주세요."

박 소장이 나에게 커피를 청하자 오명환도 "저도 한 잔 더 주세요" 했다.

거리엔 교복 입은 학생들이 더는 지나다니지 않았고 무엇보다 박 소장이 나타난 것으로 봐서는 오후 7시가 되어 갈 것이다. 박 소장은 회사에서 대먹는 함바집에서 저녁 식사를 했겠지만 오명환은 오후 4시쯤에 왔었으니 저녁 식사를 못 했을 것이고 난 오명환과 오 양과 놀러가겠다는 이 사람들 때문에 아직 식사 준비를 못 하고 있었다. 박 소장과 오명환에게 커피를 타주고 나도 늦은 저녁 준비를 해야 했다. 중학생 아들은 조금 전에 가게 안을 휙 들여다보더니 집으로 가버렸지만, 퇴근을 가게로 하는 남편 때문에 저녁밥은 준비해야 했다.

"1등 번호 찾았어요? 찾았으면 좀 가르쳐줘요."

10kg짜리 자루에서 쌀을 한 컵 퍼내고 있는데 남편이 문을 펄떡 열

고 들어섰다. 그리고는 소파에 나란히 앉아서 머리를 맞대고 목하 로또 1등 번호 연구 중인 두 사람을 흘끗 보더니만 인사도 생략하고 번호를 가르쳐 달라고 닦달을 했다. 총만 안 든 강도였고 손도 대지 않고 코를 풀겠다는 심사였다.

온종일 농협창고에서 비료만 나르는 농협의 말단 대리인 남편은 처음부터 이렇게 번호에 안달복달하지는 않았다. 오명환이나 박 소장이 하루가 멀다고 가게에 나타나서 연구합네 하고 몇 시간씩 죽치고 있어도 소 닭 보듯이 보던 남편이었다. 그렇다 보니 그 뺄쭘한 분위기에 남편만 가게에 나타났다 하면 그 두 사람도 자동으로 번호 연구를 끝내고 헤어지는 시간이었다. 두 사람이 가게를 나가면 남편은 그 사람들의 뒤통수를 쳐다보며 혼잣말로 중얼거렸다.

'마이 아퍼…….'

남편은 로또 1등에 당첨되는 것은 하늘에서 내려주어야 한다고 생각하는 사람이었다. 오명환이나 박 소장처럼 번호를 공부해서 1등을 맞춘다거나 복다방 오 양과 놀러가겠다는 그 남자처럼 시간과 방향으로 맞춘다는 것을 아주 웃기는 짓이라고 일소를 해버리는 그런 사람이었다.

그러던 어느 날, 마감 직전에 나타난 오명환이 번호를 찾았다며 1등을 맞추어 보라고 했다. 그 사람 말을 반신반의하면서도 어떤 대가성도 없이 번호를 가르쳐주겠다는 그 순수성에 그만 홀라당 넘어가버리고 말았다. 복권가게를 할지언정 평소에 한 장 이상은 절대로 안 하는 나였지만 그날은 오명환이 뽑고 난 슬립 용지를 그대로 뽑는 바람에 오만 원이나 투자했지만 아깝다는 생각보다는 엔도르핀이 막 솟아났다.

내 인생에서 복권 1등 당첨이 웬 말인가. 돌아가신 아버지가 나에게 복을 내려주시는 걸까. 1등에 당첨되면 복권 알기를 뭐 알기를 하는 남편의 표정이 과연 어떻게 변할까 하는 생각으로 어떻게 복권 마감을 했는지도 모를 정도였다.

그날은 남편과 부부동반으로 모임이 있는 날이었다. 복권을 마감시키고 남편과 함께 차를 타고 모임 장소로 가는 중에 입이 간지러워서 말을 안 할 수가 없었다. 처음에는 역시나 콧방귀를 뀌던 남편이 내가 오명환의 번호 찾는 능력과 1등에 맞으면 그 돈을 어떡해야 하는지에 대해 계속 고민을 하고 있자 뜬금없이 "땅이나 몇 십억 사놓으면 되지 무슨 고민이야" 했다.

그러자 나도 봇물 터진 것처럼 여러 가지가 막 생각이 났다. 일단은 낡은 집을 근사하게 고치고 싶었다. 시시각각으로 그 색깔이 변한다는 그랜드 캐니언에 가서 온종일 서 있어도 보고 싶었다. 자신보다 나이가 어린 사람을 상사로 모시게 되어 기가 죽어 있는, 남편이 다니는 농협에 보란 듯이 거액을 예금도 해야 했다. 동기간들에게도 얼마씩은 용돈으로 나누어주는 등등.

결정적으로 방송되는 그날에는 모임 때문에 방송을 놓쳤다지만 다른 방법으로도 얼마든지 알아볼 수 있는 그것을 수능 성적표 받아보는 학생처럼 떨려서 다음 날 아침까지도 알아볼 엄두를 내지 못했다. 그런데 남편이 전화를 했다.

"오명환이란 그 작자 완전 사기꾼은 아니던데."

"1등에 당첨됐어?"

"내가 그랬지, 1등에 당첨되는 것은 하늘에서 점지해주는 것이라고."

"복권 당첨이 뭐 아이라도 잉태하는 거야. 삼신할미처럼 점지는 무슨 점지. 그런데 오명환은 뭐고, 전화는 왜 했어?"

"오명환이 삼신할미일 수도 있겠다는 거지. 여섯 개 번호 중에서 그 작자가 보너스 번호까지 합해서 다섯 개를 찾았더라고."

"그렇다면 보너스 번호는 무용지물인데."

"아깝게 됐지만, 그 작자가 뭘 알기는 아는 것 같은데. 당신이 산 열 장 중에서 4등이 여덟 개나 나왔고, 5등이 가만있어 봐라 이게 몇 개더라……. 서른다섯 개나 되는구먼."

한 장에 다섯 게임이니 열 장이면 쉰 게임인데 그중에서 마흔세 개나 맞추었다. 여섯 개의 번호 중에 세 개나 네 개를 고정으로 박아놓는 것을 몰방이라고 하는데 이런 식으로 번호를 찍는 것이 오명환의 스타일이다. 맞으면 다 맞지만 안 맞으면 한 개도 안 맞는 방법인데 번호를 찾아서 복권하는 사람은 이 방법을 많이 쓴다. 박 소장도 몰방 스타일이었다.

세금 22%를 제하고도 50만 원이 훨씬 넘는 당첨금이 손에 들어오게 되자 남편은 그때부터 오명환에게 팍 엎어졌다. 조만간에 1등에 당첨될 것 같다는 둥, 1등에 당첨되면 당장 비료포대를 안 나르겠다는 둥, 아니 멀쩡한 직장을 때려치우는 것보다는 역시 땅을 사놓는 게 좋겠다는 둥 하면서…….

두 사람에게 공동 연구를 제안한 사람은 나였다. 박 소장도 오명환처럼 타향 사람이었다. 이 고장은 작년에 큰 수해가 나서 수해 복구공사 현장이 많았는데 그 많은 수해 복구공사 중 다리 공사를 맡은 건설회사 소장이었다. 20년 가까이 전국 방방곡곡의 건설 현장으로만 돌아다녀서인지 오명환보다 다섯 살 아래 임에도 불구하고 그를 찜쪄 먹으려고 덤벼들었다. 오명환이 수험생처럼 일주일 내내 공부해서 번호를 찾는다면 박 소장은 인터넷에 돌아다니는 수많은 로또 사이트 중에 하나를 골라 회원으로 등록해 그 회원들과 주고받은 정보를 정리해서 출력하면 끝이었다.

그런데 문제는 예상 번호가 너무 많았다. 로또가 원하는 번호는 여섯 개뿐인데 박 소장이 인터넷 사이트에서 알아온 번호는 스물두 개나 되었다. 박 소장은 스물두 개 중에서 많이 찾아야 서너 개 정도이니 자기의 한계는 여기까지라고 늘 한숨을 쉬기만 했다. 마흔다섯 개 중에서 스물두 개를 찾을 수 있는 것도 어떤 과정이든 간에 박 소장의 능력이고 오명환도 마흔다섯 개 중에서 여섯 개를 찾는 것보다 스물두 개 중에서 여섯 개를 찾는 것이 훨씬 유리할 것이다. 그래서 복다방 오 양과 놀러가겠다는 아저씨가 잘 쓰는 성경 말씀처럼 협력해서 선을 이루는 대신 협력해서 로또 1등에 당첨되라고 의견을 내놓았다. 오명환도 박 소장도 찬성이었다. 그리고는 매일 저녁 복권방에 와서 서너 시간 머리를 맞대고 의논을 하는 동안 난 그네들에게 커피를 타주고 담배를 피우면 문을 열어놓는다던가 했다. 또 드라마를 보면서 그네들의 이야기를 놓치지 않으려고 신경을 그쪽으로 곤두세웠다. 혹 이야기 도중에 번호가 나오나 싶어서 딴짓할 수가 없었다.

난 모든 것은 순간적으로 일어난다고 생각했다. 꼭 교통사고를 지칭하는 것은 아닐 터이다. 지난 주에 오명환과 박 소장 둘이서 4번이니 6번이니 할 때 잘 듣고 있었다면 오명환이 3등을 세 개 맞힐 때 나도 한 개 정도는 맞추었을 텐데 드라마에 넋을 빼앗기고 있다가 번호를 놓치지 않았던가. 내가 한눈팔고 있을 때 이 사람들이 혹시 번호라도 주고받아 자기들끼리 1등에 당첨돼버리면 장소와 아이디어를 제공해준 나만 낙동강 오리알 신세일 수도 있기 때문이다. 그 두 사람도 나에게 이런 번호를 쓰라 하지 못하는 이유는 신이 아닌 이상 그 사람들도 확신할 수가 없으므로 내가 알아서 할 수밖에 없다.

그런데 또 1등 맞추기 프로젝트에 문제가 생겨버렸다. 오명환과 박 소장이 다시는 번호를 공유 안 한다고 난리다.

두툼한 재색 낡은 잠바를 겨울부터 오색 연등이 은행나무 가로수 사이로 빨래처럼 널려 있는 지금까지 입고 다니는 오명환에 비해 볼 때마다 다른 옷을 그것도 빈폴이나 젝니콜라스 같은 고급 브랜드 옷을 멋스럽게 입고 다니는 박 소장은 오명환이 예상 번호라고 내놓는 것마다 고개를 저었다.

"그 번호는 안 나오는 번호예요. 나오면 내 손가락에 장을 지져요. 우리 내기 합시다. 나오면 사장님이 2만 원 내고 안 나오면 내가 2만 원 내서 복권방에 커피 한 봉지 사다 놓읍시다."

우리가 매일 와서 몇 시간씩 죽치고 앉아 커피 축내고, 담배 피우고 하니 주인이 얼마나 피곤하겠느냐며 가만히 옆에 앉아서 낮에 미처 못 본 신문을 뒤적이고 있는 나까지 들먹거렸다.

"좋습니다. 내기해요. 하지만 분명 2번은 나와요. 새벽에 횡성 복권방에 가서 자동으로 열 장 샀는데 그 열 장 안에서 번호를 찾았다니까요."

"아, 글쎄 안 나온다니까요. 확률이 있는데 이번 주에는 그 번호 지구가 폭발해도 안 나옵니다. 그러니까 나올 만한 번호 세 개만 얼른 가르쳐주세요."

"……."

"얼른요. 그래야 집에, 아니 여관에 가서 씻고 자죠."

"……."

집에 가서 씻고 자야 할 사람은 누구인데. 누구 때문에 집에도 못 가고 있는데 생각하면서 오명환과 박 소장을 번갈아 바라보았다. 사람은 생긴 대로 논다는 말은 정말이다. 머리가 반은 벗어진 대머리에다 이사 올 때보다 배가 더 나온 퉁퉁한 오명환에 비해 갈색으로 머리카락을 염색하고 날렵한 제비 모양 군살 하나 안 붙은 박 소장은 오명환을 얼렀다 달랬다 했다. 그렇지만 오명환도 약간 어리보기 하게 보이기는 하지만 속에 뭐가 들어 있는지 알 수가 없는 꿍꿍이속에다 솔직하지 못한 성격이라 말이 없었다.

"얼른요 사장님, 그럼 꼭 나올 번호 두 개만 가르쳐주세요."

"아니, 내가 가르쳐주어도 소장님은 안 나온다고 하는데 뭘 가르쳐줍니까?"

"글쎄, 그 번호들은 지구가 폭발이 나도 안 나온다니까요. 다른 번호로 가르쳐주세요."

"……."

"사장님, 사장님이 그렇게 확 오픈을 안 하면 나도 앞으로 공유를 안 할 겁니다. 그러니 두 개만 가르쳐주세요."

"하! 참, 번호를 가르쳐줘도 안 나온다고 하고, 더 가르쳐줄 번호는 없고 공유 안 한다고 해도 아쉬울 게 없어요. 솔직히 그 동안 소장님이 가르쳐준 스물두 개에서 몇 개나 나왔어요? 별로 도움된 것도 없었어요."

또 시작이었다. 공유는 필요 없고, 서로 100% 오픈도 안 했고, 피차 도움이 되지 않으니 앞으로 만나지 말자, 하고는 쌩하고 나가버렸다. 그러고 나서는 다음 날 아침이면 따로따로 혼자 나타나서 누가 옳으니 누가 그르니 하고 열을 올릴 것이다. 그러면 난 무조건 상대방의 말을 끝까지 듣고 나서 맞는 말이라고 했다. 황희 정승을 본받았기보다는 박 소장의 말을 들어보면 그 말이 맞고 오명환의 말을 들어 보면 또 그쪽 말이 맞았다.

먼저 화해를 신청하는 쪽도 박 소장이었다. 말인즉 한 살이라도 어린 자기가 화해를 신청해야 한다며. 내가 보기엔 더 목마른 사람이 우물 파는 격이다. 명문 사립대 토목공학과 출신이라는 박 소장은 한때 대기업에서 착실하게 근무 잘하는 전도유망한 청년이었다. 건축에 필요한 기사자격증만 몇 가지가 될 정도로 똑똑한 사람인데 옥에 티처럼 버릴 수 없는 딱 한 가지가 바로 사행심이었다. 한때는 경마에 미쳐 경마장 근처에 방까지 잡아놓고 생활하기도 했다며. 아무리 실력 좋은 사람이라고 해도 회사에서 좋게 봐줄 리는 만무, 좋은 자리는 늘 최종에서 그놈의 사행심 버릇 때문에 미끄러졌다. 지방 한직으로 떠도는 신세가 되자 자연스럽게 아내와 이혼을 하게 되었고 자식과도 소원해졌지만 사행심만은 버릴 수가 없었다. 경마장이 없는 시골에서는 구석구석까지 빽빽하게 들어찬 로또에 폭 빠져 꽤 많은 월급을 받아도 대출을 받으면서 생활한다고 했다. 로또 1등에만 당첨되면 그 동안 쏟아부은 자금은 다 만회할 수 있을 것이고 가족과도 재결합이 될 것이라며 자신만만한 사람이 그런 자잘한 의견 충돌은 아무 것도 아닐 터였다. 그러면 전화기 옆에서 전화가 오기만 기다린 사람처럼 오명환은 득달같이 달려와서는 또 머리를 맞대기 시작했다. 상대방의 의견을 깍듯이 존중하면서 서로서로 오픈하지 않은 카드도 한 장씩 슬쩍 내놓으면서…….

토요일 저녁 8시 45분에 로또 번호 추첨 방송이 시작되었다. 남녀 아나운서가 교대로 지난 주 당첨 금액과 당첨 지역을 발표하자마자 화면은 번호가 새겨진 색색의 공이 들어 있는 원통 모양의 기계가 비추어졌다. 원통 모양의 기계는 뜸을 들이지 않고 곧바로 작동을 시작했다. 전국의 수많은 눈이 뚫어지게 주시하고 있는 가운데 기계는 색색의 공을 쏘아올리고 돌리고 하더니만 홈통으로 공을 하나씩 걸러냈다. 기계 옆에는 미니스커트를 입은 아가씨가 두 손을 마주 잡고 얌전히 기다리고 있다가 공이 하나씩 돌돌 굴러 나오면 그것을 숫자가 잘 보이게 들고는 달밤의 함박꽃처럼 웃었다. 제일 먼저 파란 공이 굴러 나왔다. 9번이다. 내가 가지고 있는 표를 들여다보았다. 여섯 개의 표 중에서 9번은 어디에도 없었다. 노란 공이 10번을 짊어지고 돌돌 굴러 나왔다. 10번도 없었다. 또 파란 공이 돌돌 굴러 나왔다. 3번이다. 3번은 있었다. 이미 1등도 2등도 3등도 물 건너갔지만 4등이라도 된다면 본전은 찾을 수 있을 것이기에 공이 굴러 나오길 기다렸다. 이번에는 빨간 공이 45번을 안고 나왔다. 45번도 있었다. 두 개의 노란 공이 각각 27번과 28번을 달고 나왔다. 6장의 로또 용지 30줄 중에서 한 줄에 세 개의 번호라도 맞춘 것은 하나도 없었다. 혹시나 싶어서 빨간 볼펜으로 나온 숫자에 동그라미를 쳐보았지만 다 꽝이었다.

그런데 다음날인 일요일 아침에 박 소장에게서 전화가 왔다.

"사장님, 사장님 가게에서 2등 당첨자가 나왔습니다. 알고 계셨어요?"

"네? 2등이 나왔다고요. 정말인가요?"

"모르고 계셨군요. 로사모 사이트에 들어가 보세요. 확실합니다."

"그럼 누가 당첨되었어요. 소장님 아니세요?"

"저는 아닙니다. 4등짜리 두 개밖에 못 맞추었는데요."

"그럼 오명환 씨일까요. 아닌데, 그 사람이 가르쳐준 번호는 두 개밖에 안 나왔잖아요."

"아닙니다. 수요일에 당첨 번호 다 집어주었어요. 사장님이 텔레비전 보느라고 안 들어서 그렇지."

"그럼, 소장님은 왜 그 번호로 안 갔어요?"

"제가 고집이 좀 있잖아요. 오명환 씨와 번호를 다 찾아놓고도 내 번호를 고집하는 것이 문제에요. 오명환 씨는 아마 그 번호로 갔을 거예요. 어제 당첨 번호 방송되고 나자 오명환 씨에게서 전화가 왔었어요."

"뭐라고 해요?"

"뭐 별말은 없고 많이 맞추었느냐고 물어서 네 개밖에 못 맞추었다고 하니까 그냥 전화를 끊더라고요.”

“당첨금은 얼마인데요?”

“요번 주가 제일 많이 나왔어요. 9천8백만 원이네요. 세금 22% 제한다고 해도 얼마야? 아무튼, 사장님 가게에서 2등 나온 거 축하합니다. 열심히 공부해서 1등 맞춥시다. 2등이 나왔으니 1등 곧 나옵니다. 월요일 뵙시다.”

드라마에 넋을 뺀 내가 원수다. 내 이런 일이 생길까봐 순간순간 그네들의 얘기에 얼마나 경청을 했는데 결정적인 것을 놓쳐버리다니.

몇 번 꽝을 맞더니만 역시 복권은 하늘이 점지를 해주어야 한다는 둥, 복권 연구한다고 덤벼드는 사람들이 한심스럽다는 둥, 그런 사람들은 십중팔구 사기꾼이라는 둥 하면서 그네들이 연구할 때 그 꼴이 답답하다고 테니스장에 나가버리던 남편의 끈기 없음도 원망스러웠다.

그렇지만 박 소장 말처럼 오 명환이 안 되었을 확률도 50%다. 그럼 누가 2등을 맞추었을까? 복다방 오 양이랑 놀러가겠다는 그 남자는 아닐 것 같다. 어디를 보나 그런 복을 타고난 것 같지는 않았다. 1등에만 당첨되면 불우이웃돕기로 반을 내놓겠다는 정육점 아저씨일까. 커피 배달을 다니면서 담뱃값으로 나가는 것을 복권으로 산다는 샛별다방의 통통한 아가씨일까. 산나물이 한창인 지금 오일장에 산나물 사러 이 산골에 들어온 방문객이 초록과 주황이 교대로 미친년 널뛰듯이 펄럭이는 깃발에 유혹되어 한 장 사간 것이 산나물을 품고 있는 산을 통째로 살 수 있는 횡재를 한 것은 아니었을까.

마복권 씨가 두툼한 편지 봉투를 들고 가게로 들어섰다. 봉투 안에는 로또 슬립 용지가 들어 있을 것이다. 열 장은 기본이고 스무 장 가까이 될 때도 있는데 다른 사람들처럼 호주머니나 지갑에 대충 넣어 오는 법이 없었다. 슬립 용지가 구겨진다며. 그 사람은 자기 이름이 '복권'이기 때문에 언젠가는 당첨될 것이라고 했다. 남들 다 버리는 낙첨된 표를 자기 방에 도배하고 있는데 그걸 쳐다보고 있을 때가 가장 행복하다고 했다. 농사를 많이 짓는 전형적인 농부라 늘 파란 장화에 노란 물통이 달린 세렉스를 끌고 왔다. 저번 주에 한 번 뽑았던 번호를 또 가지고 온 것으로 봐서는 이 사람도 2등 당첨자는 아닌 게 분명했다.

세렉스가 요란을 떨며 사라지자 그 자리에 자주색 르망이 쓱 들어섰다. 오명환의 차였다. 2015년에 르망이 거리를 돌아다니는 것은 오명환 씨가 카센터를 했기 때문에 가능할 터였다. 그는 가게 안을 슬쩍 들여다보더니만 들어올 생각은 않고 호주머니에서 담배를 꺼내고 있었다. 빨래처럼 걸려 있는 분홍색 연등 쪽으로 연기를 한 번 보내고 하루가 다르게 푸르게 살이 찌는 은행나무 잎에도 연기를 날리며 아주 천천히 담배를 피우고 있었다. 르망 조수석에는 말총처럼 한 가닥으로 대충 머리를 묶은 오명환의 부인이 타고 있을 것이다. 오명환보다 훨씬 나이가 더 들어 보이는 그 사람은 오명환이 복권을 공부하고 커피를 마시고 수다를 떨 동안 2시간이고 3시간이고 간에 차에서 꼼짝도 하지 않고 기다릴 것이다. 언제나처럼. 보다 못한 내가 가게에 들어와서 커피를 마시는 게 어떻겠느냐고 오명환에게 제안해도 자기 마누라는 절대로 가게에 들어오는 법이 없다고 했다. 대부분 아내는 남편이 로또에 빠져 있으면 좋아하지 않는데 로또방에 따라오기까지 하니 무슨 비결이 있느냐고 내가 물었다. 2등에 한 번 당첨되고 나자 마누라의 태도가 바뀌더라고 오명환이 대답했다. 사실은 로또 1등에 당첨되는 것 말고는 다른 방법이 없기 때문이기도 하다고 했다. 안산에서 카센터를 무리하게 확장했다가 크게 부도가 나서 빚쟁이를 피해 도망다니는 신세라고 했다. 빨리 1등에 당첨되지 않으면 봉평에서도 오래 살 수가 없을 것이라고.

이윽고 담배를 다 태웠는지 뉴욕 양키스 마크가 새겨진 검정 모자를 눌러쓰고 푸른 물이 뚝뚝 떨어질 것 같은 은행나무 가로수와는 어울리지 않는 두툼한 재색 잠바에 파올로구치 동대문표 운동복 바지 주머니에 손을 찔러 넣은 채 가게로 들어섰다. 조금 전 밖에서 담배를 피울 때의 심각한 표정은 어디로 가고 빙글빙글 미소가 얼굴 가득 피어났다.

"아저씨, 2등 맞추었지요?"

난 강력계 수사반장이 범인을 심문하는 것처럼 정곡을 찔러봤다. 그러자 그 사람도 호락호락 실토를 안 할 작정인 것 같았다.

"누가 그래요? 내가 2등에 당첨되었다고."

"아저씨가 아니면 누가 될 사람 있나요?"

"난 아니에요."

"정말로요?"

"그깟 2등 당첨금이 얼마나 된다고 맞은 걸 안 맞았다고 하겠어요. 그리고 그것 누가 되었던지 알 것 없어요. 자동으로 열 장 주고요, 커피나 한 잔 주세요."

하긴 누가 당첨되었건 알 필요는 없다. 중요한 것은 이 가게에서 2등이 나왔고 지방 신문에 가게 상호까지 거론되었다면 그것만으로도 성공이다. 자동으로 열 장 사는 것을 보면 안 맞은 것 같기도 한데 이 사람 말고는 될 사람이 없다고 보면 자동 열 장도 위장술이 아닌가 싶어서 커피 타는 손길이 더디기만 했다.

"정말 아저씨가 아니에요?" 확답을 받아내듯이 또 물어보자 "내가 당첨됐다고 내 입으로 말하는 사람 어디 있어요" 하고 동문서답을 했다. 평소처럼 로또 당첨 번호가 써진 칠판을 탁탁 두들겨가면서 열변을 토하지 않는 것으로 봐서는 맞힌 것 같기도 한데 영 종잡을 수가 없었다.

저녁 6시가 넘자 박 소장이 베이지색 면바지에 검정과 빨간 색이 교대로 들어간 빈폴 줄무늬 티셔츠를 말끔하게 차려입고는 이마를 덮은 갈색 머리카락을 오른쪽으로 쓸어 넘기며 가게로 들어섰다.

"오명환 아저씨 금방 나갔는데요."

"그 사람 2등 맞추었다고 안 그러죠?"

"맞추지 못한 것 같던데요."

"확률이 5 : 5라고 그랬잖아요. 하지만 내가 보기에는 그 사람밖에 없어요."

그러면서 휴대전화를 꺼내 번호를 누르고 있었다.

"사장님, 빨리 나오시지요. 제가 한턱낼 테니까……."

라스베가스로 간다

1

미처 말이 끝나기도 전에 수화기를 거칠게 내려놓았다. 온종일 참고 참았던 화가 이젠 머리 꼭대기까지 치밀어올라 화산처럼 폭발하기 직전이었기 때문이다. 애꿎은 전화기만 매일 멍들었다. 남들은 전화기가 자주 바뀌는 이유를 주인의 유별난 취미라고 알고 있겠지 내가 매일 죄 없는 것에다 분풀이하고 있다고는 상상도 못할 것이다.

아침부터 이상하다 했다. 안 하던 청소를 하지 않나. 전혀 기대하지 않았던 미꾸라지 물갈이까지 하고 있기에 모처럼 제대로 가게를 볼 작정인가? 더군다나 가게가 바쁜 토요일이라 미리 알아서 일을 찾아 하나 싶어 두 시간 정도 남은 점심 준비로 내 머릿속은 벌써 바빠졌다.

봄을 타는지 어찌 허해 보이는데 영양보충 좀 해주어야 할까. 영양보충에는 삼계탕이 제일이지만 그것을 해 먹기는 아직 철이 이르고, 그것보다는 삼계탕 자체를 별로 좋아하지 않으니 오삼불고기를 만들어서 상추쌈에 싸 먹을까. 아니야, 요즘 삼겹살이 얼마나 비싼데, 오징어도 금값이고……. 그래도 비쌀 때가 더 맛있는 거야. 마늘 많이 두드려 넣고, 양파와 매운 청양고추 송송 썰어 넣고, 고추장 양념 달착지근하게 만들어서 프라이팬에 달달 볶아줘야지. 그런데 미꾸라지 물갈이를 부랴사랴 해치우고 밖에 나와 있는 물 호수까지 돌돌 말아 간추려놓고는 이 인간이 보이지 않았다. 평소에는 미꾸라지 물갈이는커녕 가게 밖에 어수선하게 펼쳐져 있는 파란색 물 호수도 본체만체하는 사람이 이렇게 깔끔하게 정리를 해놓은 것을 보면 보나마나 거기로 직행했다.

오삼불고기는 물 건너갔다. 가게도 나 혼자 종종거리면서 봐야 할 것이다. 거기에 앉아 있는 날에는 아무리 오라고 해도 오지 않았기 때문이다. 아마 내가 죽었다고 해도 믿지 않을 것이다. 그래서 이젠 가게가 아무리 바빠도, 나 혼자 감당 못 해서 손님을 놓치는 한이 있어도 전화를 안 하고 만다.

오늘따라 릴 세트를 사러온 손님이 몇 팀 있어서 정신이 하나도 없었다. 종류별로 다섯 가지 이상을 보여주고 거기에 맞는 릴대도 선보이며 일일이 가격을 비교해주었다. 짬짬이 다른 손님들에게 거머리 팔고, 지렁이 팔고, 대낚 바늘 팔고, 신장떡밥을 팔았다. 천장에 매달려 있는 4단짜리 가죽 낚시가방도 내려 팔면서 마침내 손님이 정한 릴에 카본줄 4호를 차르륵차르륵 감아주었다. 밖에 잔뜩 걸려 있는 투망을 사러온 손님은 두 발을 사만팔천 원이라고 했더니 인천에서는 사만 원밖에 안 하던데 여기는 왜 이리 비싸냐고 사만 원에 해달라고 억지를 썼다. 원가가 사만 원짜리를 그렇게 팔 수는 없었다. 난 요사이 잘 써먹는 중국산을 운운하고 있는데 가게 안에서는 릴 세트 다 꾸린 손님이 계산 좀 빨리 뽑아달라고 신경질을 부렸다. 얼떨결에 들어와서 계산을 뽑고 있는데 이때껏 투망을 만지작거리던 손님은 마주 보고 있는 낚시가게로 휑하고 가버렸다. 한 삼천 원 깎아주면서 어쨌든 팔 작정이었는데 그만 손님을 놓쳐버리자 순간 또 열이 올랐다.

남편이란 작자는 마누라가 이렇게 바빠서 발을 동동거려도 담배를 꼬나물고 노름만 하고 있겠지. 도대체 그 인간은 무슨 생각을 하고 사는지 모르겠다. 아니 그의 머릿속에는 생각하는 염색체가 있기나 하는지 의심스러울 때가 많았다. 아이들은 점점 커가다 못해 내후년이면 고등학교에 들어가는데……. 공부를 꽤 잘하는 아이를 시골 고등학교에 그대로 보내기에는 성에 안 차서 가까운 도시로 유학을 보낼 생각이다. 그러려면 한 달에 돈 백은 든다고 해 벌써 그 생각만 하면 울가망해서 명치끝이 체한 것처럼 뻐근하다. 어떤 날은 밥도 안 먹고 컴퓨터 오락에 매달리는 아들이나, 벽에 못도 하나 못 박을 것 같은 예쁘장한 남자 가수에 목을 매고 꺅꺅거리는 딸이나 별반 다를 것 없는 그 사람의 취미라고 생각이 되었다. 그래서 실컷 하다가 혹시라도 나보다 먼저 죽으면 관에 카드 한 벌은 꼭 넣어주어야지 하며 너그럽게 이해가 될 때도 있었다. 그러다가도 오늘처럼 자기 발로 온 손님도 앞집 낚시가게에 뺏긴다든가, 주위에 남편 덕에 호강하는 여자를 본다든가 하면 난 갑자기 심각해진다. 이 인간이란 이렇게 살아야 하나? 더 늦기 전에 이혼해야 하지 않을까? 내가 가진 것은 알량한 자존심밖에 없는데 언제까지 노름꾼 마누라 노릇만 해야 한단 말인가? 급기야 통장에서 물건값으로 애면글면 모아둔 거금이 덜렁 빠져나갔다 하면 머릿속에서 끓고 있던 용

암이 펑하고 분출해버리고 만다. 이혼을 차치하더라도 큰싸움이 나겠구나 생각하면 틀렸다. 기껏 한다는 것이 남편의 핸드폰 번호를 신경질적으로 꾹꾹 눌러서 신호가 갈 동안 성난 소처럼 씩씩거리다가 남편이 받자마자

"당신, 어디야?"

"어……."

"또 온종일 노름하고 있지?" 하곤 애꿎은 수화기를 거칠게 팽개치는 것으로 끝이었다. 바닥에 고꾸라져 있는 수화기가 자발머리없이 소리를 질러대면 한 번 걷어차는 것으로 화풀이했다.

2

아버지가 사스랭이를 하느라고 집에 들어오지 않는 밤이면 나는 조릿조릿 마음이 탔다. 어머니가 앉아서 밤을 꼬박 새웠기 때문이다. 새벽녘에서야 노름판에서 돌아온 아버지는 석고상처럼 앉아 있는 어머니 앞에 쪼그리고 앉아서 맹세했다.

"지어메, 다시는 사스랭이를 안 할 것인 게 맘을 풀게나. 아이들 보기에 남사스럽지도 않나? 밤새도록 안 자고 이렇게 날을 꼬박 새우면 탈이 날 것인데 왜 이런 짓을 하는지 몰라. 내가 큰놈 깨워서 아침 준비시킬 것인게, 지어메는 한숨 붙이라고 얼른얼른, 뭐니뭐니 해도 지어메가 건강해야지, 지어메가 탈이 나면 내가 어떻게 살겠는가? 또 노름판에 가면 내가 지어메 아들이라고 아들."

마치 준비해온 원고라도 읽듯이 일사천리로 번지르르하게 속삭이면

어머니의 도끼눈은 스르르 풀려 담배냄새 물씬 풍기는 아버지 품으로 안개처럼 스며들어 달게 잠을 자버렸다. 아버지는 갓난아이 잠재우듯이 토닥토닥 어머니를 달래서 재워놓고는 나를 잦추기 시작했다.

"수나야, 수나야, 니 좀 일어나야겠다. 니 어메가 몸이 안 좋으니 밥 좀 하여라. 아버지가 솥에 불을 때놓을 테니까 얼른얼른 나오너라 알았지?"

아버지는 어머니의 머리를 바치고 있던 팔을 살짝 빼고 그 자리에 베개를 받쳐주고는 부엌 아궁이에 불을 지피러 나가셨다. 장지문을 사이에 둔 윗방에서 아까부터 깨어 있었지만 자는 척 누워 있던 내가 일어나야 할 대목이었다.

난 부엌 구석에 있는 항아리 바닥에서 쌀을 빡빡 긁어모아 이남박에 담아 그 옆에 있는 물 초롱의 몇 바가지밖에 없는 물을 퍼내 씻었다. 첫물은 마당에 휙 버리고 둘째 물과 셋째 물은 따로 양재기에 따라놓고 솥에 쌀을 안쳤다. 뒤란에 가면 아침이슬 잔뜩 머금은 싱싱한 애호박이 돌담에 달려 있었다. 그 중에 하나를 똑 따가지고 와서 반달썰기로 썰어 두었다. 쌀뜨물 받아둔 것을 뚝배기에 붓고는 된장을 풀고 그 사이에 밥이 끓어 넘치면 행주를 빨아서 솥가를 훔친 다음 햇덩이보다 더 붉은 잉걸불을 아궁이 밖으로 꺼냈다. 그 잉걸불 위에 삼발이를 걸치고 뚝배기를 올리고는 애호박 송송 썬 것을 된장 물에 쏟아부었다. 된장찌개가 보글보글 끓으면 밥도 뜸이 다 들었다. 밥상을 차려서 방에 들고 들어가도 어머니는 일어나질 않았다. 아버지가 어머니 곁으로 가서 "지어메, 일어나서 아침 한술 뜨더라고" 해야만 마지못해 일어났다.

이렇게 새벽이라도 아버지가 들어와서 어머니를 살살 달래 재우면 그래도 평화란 단어가 우리 집 처마 밑에 걸려 있었다. 그러나 아침 새가 짹짹거리는 시간까지도 아버지가 돌아오지 않는 날엔 석고상처럼 꼿꼿하게 앉아 있던 어머니가 거품을 물고 쓰러지는 날이었다. 그렇게 되면 나는 어마지두에 기차 화통 삶아 먹은 소리로 고래고래 소리를 지르며 아름드리 대추나무가 울타리처럼 둘러싸여 있는 큰집으로 달려가야만 했다.

"큰엄마, 큰엄마, 우리 엄마가 죽었어. 빨리 가봐."

"뭐? 또 네 애비가 안 들어왔구나. 아이고 노름이 웬수다. 이게 웬 변고냐 그래? 울지 마라. 내 얼른 가볼 테니, 너 먼저 빨리 가라. 동생들이 난리가 나겠네."

난 눈물이 그렁그렁해서 앞이 잘 보이지 않지만 그 눈물을 손등으로 한 번 훔칠 새도 없이 곧바로 집으로 달려와 보면 아니나 다를까 내 동생들은 방바닥에 널브러진 어머니를 붙들고 울고 있었다. 그 와중에 막내는 고추를 덜렁 내놓고 어머니 젖꼭지를 물고 늘어졌다. 시끄럽더라도 아침 식사를 해야 할 작정인 것 같았다. 동생들이 일제히 울어대니 조용한 마을은 두세두세 일어났다. 큰집 외양간에 매어져 있는 소들도 그 등쌀에 일어나서 워낭을 떨렁거렸다.

"수나야, 정지에 가서 물 한 바가지 떠가지고 온나."

난 쏜살같이 달려가서 둥그런 고지 바가지에 철철 넘치도록 물을 떠가지고 와서 두 손으로 정성껏 큰어머니에게 건네주자 큰어머니는 바가지의 물을 한 모금 물고는 어머니 얼굴에 '푸—' 뿌렸다.

"자네 시숙이 서방님 데리러 갔으니 그만하고 일어나게. 밖에서 누가 들으면 초상 치르는 줄 알겠네."

평생 안 뜰 것 같은 어머니의 눈이 떠졌다. 어머니의 눈이 떠지니까 동생들은 논바닥의 개구리들처럼 더 큰 소리로 울었다.

"야들이 왜 이래 시끄럽나? 수나야 이놈들 좀 데리고 나가라. 수나 아버지가 속을 썩이니 이것들도 꼴도 보기 싫니더."

"자네가 얼마나 속을 썩고 사는지 내가 다 알고말고. 자네 시숙이 요번 참에 단단히 벼르고 갔으니까 자넨 얼른 일어나서 기운을 차려야지. 야들이 안 불쌍하나? 수나 저것이 얼굴이 하얘가지고 맨둥발로 울며불며 달려왔구먼."

"무당집이며, 점쟁이집이며, 용하다는 집은 다 돌아다니며 가지고 온 비방에도 그 버릇이 안 고쳐지니 내사 동네 남사스러워서 못살겠니더."

막냇동생을 처네포대기로 둘러업고 나머지 네 명의 동생들을 키 순서대로 마루 끝에 앉혀 놓았다. 어머니가 있는 방에 못 들어가게 눈을 부라리고 있는데 아버지를 앞세운 큰아버지가 싸리대문을 열고 들어왔다. 밤새도록 잠도 자지 않고 사스랭이를 해서인지 아버지의 눈은 토끼 눈처럼 빨갛고, 머리카락도 부스스했고, 무엇보다도 담배냄새가 얼굴을 돌리고 싶을 정도로 진동했다.

"수나야, 니어메 괘안냐? 왜 추운데 나와 있냐?"

"엄마가 꼴 보기 싫다고 다 내쫓았어 아부지" 하며 동생들이 울먹이며 아버지에게 달려가서 안겼다.

"오냐 오냐 괘안다. 들어가자. 수나야. 니도 빨리 들어온나."

아버진 동생들을 몰고 방으로 들어갔다. 큰아버지는 방구들을 지고 있는 어머니와 한방에 있긴 뭐했는지 마당에서 담배를 피우고 계셨다. 동네 사랑에서 노름하고 있던 아버질 잡아왔을 것이고, 아버진 방에 들어가서는 손이 발이 되도록 빌면서 어머니를 달랠 것이다. 아버지가 방으로 들어가니 교대 병사처럼 큰어머니가 방문을 열고 나오셨다. 세 마리의 쇠죽도 쑤지 못하고 불려왔으니 집으로 가봐야 할 것이다. 나도 막냇동생을 업은 채 뒤란으로 갔다. 뱀이 나올 것 같이 웃자라 있는 잡풀 속에서 국거리용으로 근대 줄기를 찾고 있는데 방 안에서 아버지가 나를 불렀다.

"수나야, 어디 갔나? 아무래도 니가 또 수고해야겠다. 니 어메가 몸이 안 좋네."

이런 식으로 내가 한 달에 아침을 하는 햇수는 열두 번도 넘었다. 그날은 아버지가 노름하는 날이다 보면 내 아버진 분명 노름꾼이었다.

3

지금 생각해보면 남편이 노름꾼의 징조를 보인 것이 몇 번 있었다. 다만 그것이 무슨 의미인지도 모른 채, 겪기 전에는 세월의 더께가 알려주는 교훈을 얻을 수가 없어서일까.

일 년 동안의 기숙사 생활은 자유와 방종을 꿈꾸었던 대학생활의 기대와는 너무나 동떨어진 세계였다. 학교 근처에 옹기종기 엎드려 있는, 부엌도 없는 방 한 칸을 얻어 자취하는 친구들이 자유의 대명사로 보였다. 그래서 그 자유의 품에 풍덩 빠지고 싶어 이 학년 새 학기부터 친구와 자취를 시작했다. 그 자취방에서 내 남편 영재를 만났다.

새로 들어온 우리를 환영하기 위해 입방식을 열어주었다. 그 입방식이라는 것은 그 집에 사는 자취생들이 한방에 다 모여서 얼마씩 모은 돈으로 음료수 사고, 과일 사고, 과자 사고, 술 사고 해서 같이 먹으면서 기타 치고 노래 부르며 노는 것이었다. 한 사람씩 다 돌아가면서 노래를 불렀지만 그날의 주인공인 나와 내 친구가 노래를 안 하고 미적거리자 빙 둘러앉은 다른 학생들이 일제히 우리를 공격했다.

'안 나오면 쳐들어간다. 쿵짜작 쿵짝. 노래를 안 하면 시집을 못 가요, 아~ 미운 사람. 시집을 못 가면 아이를 못 낳아요, 아~ 미운 사람.'

할 수 없어 삐죽삐죽 일어나 '긴 밤 지새우며 아~' 이렇게 〈아침이슬〉을 희미한 가로등 불빛처럼 억지로 부르고 있는데 노크도 없이 방문을 와락 열고 뒤늦게 합석하는 남학생이 있었다. 이 집에 같이 사는 남학생인 것 같은데 늦어서 미안하다는 둥 어떻다는 둥 변명도 없이

"에이 매미를 삶아 먹었나? 노래만 부르지 말고 고스톱 어때요? 우리 고스톱으로 오늘의 화기애애한 분위기를 이끌어 갑시다" 하곤 우리의 대답은 들을 것도 없다는 듯이 구석에 있는 기린이 잔뜩 그려진 비키니 옷장의 지퍼를 드르륵 열고는 카키색 군용 담요를 꺼내 방바닥에 휙 펼쳐놓았다. 그리고 그 옆에 있는 포마이카 책상 서랍에서 화투를 한목 꺼내어 척척 간추렸다. 갸름한 얼굴에 하얀 피부는 현란한 손놀림과 너무 잘 어울렸다. 바로 그 남학생이 지금의 내 남편 영재다.

영재는 셋만 모였다 하면 고스톱을 치자고 성화를 부려서 내 친구들이 일찌감치 '고도리 영재'란 별명을 붙여주었다. 그때 알아봤어야 했는

데……. 이 사람이 장차 노름꾼의 기질이 농후하니 관심을 가져서는 안 되겠군, 정도는 인지되어야 했었는데 난 그의 마술 같은 손놀림에 불도그처럼 침만 줄줄 흘리고 있었다. 이렇게 첫 번째 내 남편의 자질을 알아볼 기회는 어이없이 넘어갔지만 두 번째 기회이자 마지막 기회가 왔었다.

결혼 말이 오가고 시댁에 인사를 하러 갔었다. 당시 영재는 지금의 낚시가게를 혼자 꾸려갈 때였다. 가게 안에는 창고로 쓰이는 조그마한 방이 딸렸는데 영재는 나를 가게 소파에 앉혀놓고는 그 쪽방에 온종일 들어앉아 있었다. 다섯 명이 들어앉으면 꽉 찰 공간에 남자들 일곱 명이 화장실 볼일만 빼고는 꼼짝도 안 했다. 끼니때가 되면 자장면 시켜서 소파에 앉아 있는 나에게 닭 모이 주듯이 한 그릇 내려놓고는 방으로 가지고 들어갔다. 시도 때도 없이 커피 배달시켜 다방 아가씨 옆에 앉혀 놓고 커피를 마셔가며 담배연기 자욱한 속에서 노름만 했다. 영재는 수시로 들락거리면서 조금만 참아. 조금 있으면 손님들이 다 갈 거야. 손님들 다 보내고 우리 맛있는 것 먹으러 가자. 우선 조금이라도 먹어둬 하면서 퉁퉁 불어터진 자장면을 들고 똥 마려운 강아지처럼 살살거리자 난 뜬금없이 아버지가 사스랭이를 하고 온 날 아침이 생각났다. 그러나 그것이 무슨 상황인지도 모른 채 이 동네에 처음 인사 온 영재 애인으로서의 위신을 생각해 맘을 너그럽게 먹기로 했다.

4

노름을 안 하고도 얼마든지 잘 살고 있는 사람들을 볼 양이면 물론 핑계일 수 있겠지만 남편이 노름꾼이 될 수밖에 없는 것은 전형적인 농촌 마을이 한 몫 단단히 했다. 유난히 이곳은 하는 일 없이 빈둥거리는 사람이 많았다. 특히 들판이 꽁꽁 얼어 있는 겨울철이 되면 어디 한 판 벌어지는 것이 없느냐고 승냥이처럼 눈을 번뜩이는 것이 일이었다. 한 판 벌어지는 곳을 찾아 한 자리 꿰차고 앉아서 몇 십만 원에서 몇 백만 원까지의 돈을 잃어야만 노름판이 일단은 끝난다. 물론 매일 돈을 잃기만 하면 결국에 노름에서 손을 끊는 장한 사람도 생길 것이지만 가끔 몇 백만 원씩 딴다는 것에 함정이 있었다. 그 동안 쏟아부은 자금은 생각도 않고 지금의 현실인 자기 앞에 퍼렇게 쌓여 있는 지폐를 보니 천하를 얻은 것처럼 우쭐대고 펑펑 기분 좋게 그 돈을 탕진할 뿐이었다. 꼭두새벽부터 배추 작업이나 무 작업을 나가 일당으로 몇 만 원씩 버는 그네들의 친구들은 천하에 좀팽이고 한심한 작자가 되어 버렸다.

남편은 돈을 따게 되면 다음의 원활한 자금순환을 위해 그만 아는 모처에 일부 숨겨두고 나머지는 그야말로 물 쓰듯이 썼다. 그 모처라는 것도 자기 딴에는 엄청나게 머리를 굴렸겠지만 그것처럼 찾기 쉬운 곳도 없었다. 처음에는 안방 장롱 위에 있는 종이상자 밑에 숨겨두더니만 내가 십만 원짜리 수표를 한 장 슬쩍하고부터는 그곳에는 절대로 안 숨겼다. 다음 장소로는 자기가 매일 끌고 다니는 마티즈 운전석 거울 뒤에 자동차등록증과 같이 숨겨 두었다. 거기서도 한 장 슬쩍하려다가 이렇게 되면 점점 음지로 숨지 싶어서 가끔 얼마 있는지 뒤져 보기만 할 뿐이었다. 노름 실력이 젬병인지 그곳에 돈이 있는 날보다 없는 날이 훨씬 더 많았다. 그런 날은 가게 통장에서 알토란 같은 돈이 슬쩍 빠지는 날이기도 했다. 돈을 따게 되면 그 동안 야금야금 통장에서 빼 쓴 것은 전혀 계산에 넣지 않고 지금의 상황만 파악되는 모양이었다. 열 받아 씩씩거리는 마누라 기분 좀 풀어줘도 괜찮겠지만 노름해서 딴 돈은 돈으로 취급하지 않는 별난 종자라 눈앞에서 허벅지 내놓고 살랑거리는 다방 레지 입으로 다 들어간다고 봘이었다.

어떤 날은 자존심이고 뭐고 다 팽개치고 어차피 할 수밖에 없는 노름 묵인해주고 돈을 좀 뺏어서 그 동안 구멍난 통장이라도 얼마쯤은 메워야 하지 않나 싶을 때도 있었다. 여우 같은 마누라랑은 살아도 곰 같은 마누라랑은 살 수 없다는데 너무 고집스럽게 원칙만 내세우다가 통장만 거덜나는 게 아닌가 생각도 들었다. 하지만 난 어떤 일이 있어도 내 원칙을 고수하기로 했다. 젖내 나는 막냇동생을 업고 근댓국을 끓일 때부터 노름하는 인간하고는 그 사람이 아버질 망정 사람으로 대하지 않을 작정이었는데 남편이라고 면죄부가 성립될 수가 없었다.

통장에서 돈이 좀 많이 빠진 날에는 어차피 이판사판이니 있는 돈 몽땅 털어서 남편에게 휙 던져주고는 '이 돈 다 쓰고 와서는 노름에서 손 떼. 그래도 또 노름방에 가면 그때는 내가 당신 안 봐' 그렇게 하고 싶었다. 동생에게 슬쩍 자문했더니 그렇게 하면 십중팔구 고쳐지더라고 했다. 놀기 좋아하는 자기에게 마누라가 그렇게 나오자 가슴이 뜨끔하더라고 했다. 하지만 마누라가 눈만 한 번 희번덕거려도 설설 기는 동생에게는 그 방법이 통했겠지만 능갈치는 남편에게는 안 통할 것 같다. 그것보다도 그나마 근근이 유지하고 있는 돈마저 몽땅 날릴 것 같아서 내가 그럴 용기가 안 생겼다.

남편이 집에 들어오지 않는 밤이면 난 거리의 부랑자가 되었다. 세상 모르게 자는 아이를 둘러업고 남편이 있을 만한 장소를 찾아나섰다. 동네는 작은데 당구장은 왜 이렇게 많은지 모르겠다. 일곱 군데도 넘는 당구장을 다 돌아다녀 보았지만 남편의 모습은 오리무중이었다. 당구장마다 경찰의 단속을 피하고자 두꺼운 커튼으로 빛을 차단하고 출입문마저 닫아걸었다. 죽을 용기를 내어 당구장 출입문을 잡아 당겨보면 약간 흔들릴 뿐 견고한 철옹성처럼 꿈쩍도 안 했다. 하긴 당구장 문이 덜컹 열린다면 그것은 더 문제일 것이다. 내 간보로는 남편도 제대로 못 불러보고 도망쳐 나올 것이다.

교양이고 나발이고 찾을 것도 없이 노름독에 빠진 남편의 뒷덜미를 독수리 병아리 낚아채듯이 질질 끌고 나오는 마누라도 있었다. 다짜고짜 판돈이 수북이 쌓인 노름판을 뒤집고 삿대질을 하는 여자들도 있었다. 그도 아니면 집에서 조용히 경찰서에 신고하는 여자들도 있었다. 어느 당구장에 지금 수백만 원을 걸어놓고 노름 중이니 다 잡아가두라고 했다. 즉시 출동을 안 하면 청에다가 바로 신고를 하겠다고 선량한 경찰까지 협박하는 여자들도 있었다. 남편의 노름중독은 콩밥으로 다스려야 한다는 것이다. 하지만 노름꾼들이 경찰서에 잡혀가봤자 동네에 소문나서 그 가족만 창피했다. 기백만 원씩 벌금 물어내느라 허리만 휘청하지 '어머 뜨거워라' 하면서 손을 끊는 노름꾼은 단 한 명도 없었다. 오히려 만에 하나 신고자가 밝혀지기라도 한다면 그 사람만 천하에 몹쓸 여편네가 되는 것이었다.

새벽 두 시가 넘은 거리는 조용했다. 난 아이를 처네포대기로 업고 밤바람을 막기 위해 남편의 잠바로 아이의 머리통을 푹 씌운 채 집으로 터덜터덜 올 수밖에는 없었다. 그 흔한 개 한 마리 다니지 않는 밤거리였지만 혹시라도 아는 사람을 만날까 싶어 사람의 그림자만 보이면 자라목처럼 고개를 있는 대로 잠바깃 속에 쑤셔넣고 갈 길을 재촉했다. 한밤중에 남편을 찾아다니는 불쌍한 여자로 비치기 싫었기 때문이다. 아주 절망적인 어떤 날은 누구라도 붙잡고 내 남편 좀 찾아달라고 미친년처럼 울부짖고 싶을 때도 있었다. 그런 날은 남편이 노름을 핑계로 정분난 여자랑 뒹굴고 있을지도 모른다는 생각이 퍼뜩 들 때였다.

죽기보다 하기 싫지만 가정을 지키기 위해 자금도 안 들어가고 위험부담도 없는 살살 달래는 유화정책을 써보기로 했다. 먼저 노름방에만 갔다오면 눈도 안 맞추는 내 맘을 다독거려 눈가에 주름이 잡히도록 살살 웃었다.

"자기야, 노름 언제까지 할 거야?"

"노름은 무슨 노름, 훌라지."

"그런데 돈을 그렇게 빼 써? 돈이 아깝지 않아? 자기가 오늘 가지고 간 돈만 해도 내가 한 달은 벌어야 하는 큰돈이잖아."

"하긴 그래, 아마 한 달은 벌어야 할 것이야."

남편은 웬일로 유순했다. 결국, 또 몽땅 잃고 온 것이 뻔했다.

"그걸 알면서 왜 매일 노름하러 가는데? 안 간다고 그랬잖아. 당신과 같이 노름하는 사람들 좀 봐. 하나같이 한심한 인간들밖에 없잖아. 이 동네에서 사람 구실 못하는 사람들은 노름방에 다 모이잖아. 당신처럼 멋진 남자가 그런 인간들과 같이 도매금으로 넘겨지는 거 나 정말 싫어.”

남편은 유약하게 생긴 것처럼 칭찬에 약했다. 그것이 남편의 아킬레스건이다.

“그만해, 다시는 안 가면 되잖아. 다시 가면 당신 아들이라고 아들. 당신 보고 어머니라고 부를게. 아니 당신 아들도 오감하지. 다시 노름방에 가면 나는 개자식이다. 멍멍 짖을 거야. 밥도 엎드려서 주둥이로 처먹을 것이고, 네 발로 기어 다니겠어. 개자식이 어찌 사람처럼 두 다리로 서서 다니겠어. 잠도 마당 구석에 있는 개집에서 잘 것이야. 아니 그럴 것도 없이 다시는 노름 못 하게 시퍼런 식칼로 내 열 손가락을 잘라버리겠어. 아니 당신이 대신 잘라줘. 발가락까지. 가봤자 돈만 날리고, 담배 너무 피워 몸 상하지, 마누라 속썩이지, 정말 좋은 것은 하나도 없다 그지?”

그렇게 말하고는 꽁지를 팍 내렸다. 하지만 다시는 안 간다는 말이 공기 중에 흩어지기도 전에 또 노름판 한가운데 떡 버티고 앉아 있었다. 물론 현금인출기에서 한 판 놀 만큼의 현금을 빼내서 말이다.

5

노름만 하는 아버지로 인해 내 어린 시절은 고단했다. 분홍 철쭉이 피냇골 능선을 타고 주르르 내려오는 오월에도 친구처럼 그것을 한 아름 꺾어 내려올 수가 없었다. 싸리대나 중댕가리, 개미취 같은 산나물을 뜯어 와서 저녁 반찬으로 해먹어야 할 판이었기 때문이다. 다섯 명의 내 남동생들은 동네 검둥 강아지처럼 맨발로 거리를 배회할 것이기에 빨리 집에 가서 동생들을 씻기고 저녁밥을 해야 했다. 아버지는 이제 어머니의 손길이 미치지 않는 먼 곳으로 행동반경을 넓혔다. 어머니는 더는 석고상처럼 독을 쓰고 앉아 있지도 않았고 거품을 물고 넘어가지도 않았다. 그러다 보니 내가 어마지두에 기차 화통 삶아 먹은 목소리로 소리를 지르며 식전 댓바람부터 큰집에 달려갈 필요도 없어졌다. 그러나 밥을 짓는 것은 여전히 내가 할 몫이었다. 어머니는 밤이나 낮이나 꼼짝도 안 하고 방구들에 등을 붙이고 누워만 있었다. 어머니 등에는 성능 좋은 일제 강력접착제가 발라진 것 같았다. 아니면 또 다른 시시포스가 되어 방구들을 짊어지고 있어야 하는 벌을 받는 것 같았다. 그사이에 또 한 명 태어난 젖먹이 동생이 배가 고파 어머니의 가슴을 헤집을 양이면 독살스럽게 동생의 귀싸대기를 올려붙였다. 동생이 자지러지게 울어젖히면 내가 얼른 동생을 업고 부엌으로 들어가서 부랴부랴 죽을 끓여서 먹였다. 이제 부엌에 불을 지피는 것도 순전히 내 몫으로 떨어졌다. 눈알이 빨개지도록 불씨를 불고 또 불어 불을 지피고는 아침쌀을 씻었다. 그런 날이면 내 등에 거북이처럼 붙어 있는 동생 때문에 학교에 갈 수가 없었다. 동생들만 챙겨 학교에 보내고 집안일을 대강 두량하고 빨랫감을 함지박에 담아 집 뒤로 길게 흐르는 개울로 갔다. 평평하면서도 거칠거칠한 빨랫돌을 차지하고 앉아서 마을이 통째로 날아가버릴 정도로 방망이질했다. 무엇보다도 학교가 궁금해서 심술이 났다. 등에 업힌 동생은 두 다리만 처네포대기에 걸려 있지 몸통은 포대기 밖으로 다 빠져나와 물에 젖은 빨래를 자꾸만 끌고 갔다. 덕분에 자기 옷이나 내 옷이 물에 푹 젖어버렸다. 난 너무 얄미워서 동생의 궁둥이를 쥐어박으며 빨래를 빼어 함지박에 담아놓지만 동생은 잠시 조용하다가 또다시 빨래를 잡아당겼다.

"수나야, 너 또 학교에 못 갔구나. 아버지 또 안 들어왔니?"

언제 왔는지 옆집 친구 어머니가 빨래 함지를 내려놓으면서 나를 가넌스레 바라보고 있었다.

"아니에요. 들어오셨어요. 엄마가 아파서 학교에 못 갔어요."

난 금방 들통날 거짓말을 주절주절 늘어놓으면서 빨래를 대충대충 빨아 함지박에 담아 머리에 덜렁 이고는 쏜살같이 빨래터를 빠져나왔다. 등 뒤에 업혀 있는 동생도 추스를 경황이 없어서 동생의 두 다리가 내 정강이에 턱턱 부딪혔고, 동생의 머리는 머리통대로 시계추처럼 맥없이 흔들거렸다. 조금 이따 보면 동네 아주머니들이 하나둘 빨래터로 모여들 것이니 빨리 피하는 것이 내 자존심을 덜 상하는 방법이었다. 뒤란 사철나무 울타리에 물기도 짜지 않은 빨래를 척척 걸쳐놓고 방에 들어와 봐도 어머니는 여전히 그 자리 그곳에 누워 있었다. 그럴 양이면 아버질 찾아 나서서 멱살이라도 잡고 오든지 아니면 당신 속으로 난 딸이 학교도 못 가고 추운 날에 손이 빨개지도록 빨래를 하는 것에 측은한 맘이라도 갖고 있어야 한다고 생각되어 난 아버지 못지않게 어머니도 원망스러웠다.

잦은 노름으로 큰아버지의 눈 밖에 난 아버지는 근처에 있는 옥 캐는 광산에 취직했다. 아버지의 취직으로 해서 우리 집은 갑자기 부자가 된 것 같았다. 명절 밑이 아니면 시장이란 곳을 안 다니던 어머니가 시도 때도 없이 시장을 들락거리며 물 좋은 물오징어라든가 고등어, 꽁치는 물론 머루알갱이의 열 배는 넘어 보이는 귀한 포도송이까지 사와서 마당에 오구작작 놀고 있는 내 친구들에게 나누어주곤 했다. 그러고는 아버지가 퇴근해서 드실 맛있는 저녁을 준비했다. 나보고 부엌 근처에 얼씬도 하지 말고 공부만 하라 했다. 눈만 뜨면 내 등에 매미처럼 붙어 있던 동생도 어머니 품에서 뽀얗게 살이 올라 하루가 다르게 부쩍부쩍 비온 뒤에 옥수수 섶 자라듯이 자랐다. 더구나 학교도 결석을 안 하게 되니 공부를 맘껏 할 수 있어 신명이 났었는데 난 어째서 자꾸 불안했다. 이런 행복이 나에게는 어울리지 않는 옷처럼 불편했다. 짓궂은 운명의 신이든, 남이 행복한 것은 도저히 보지 못하는 악마든, 어느 구석에선가 우리의 이런 행복한 생활을 가당찮다고 생각하며 노려보고 있을 것만 같았다. 거대한 폭풍 전에 있는 고요함처럼 난 이 행복이 문득문득 불안하고 초조했다.

내 무지막지한 예감대로 행복은 그리 오래 가지 않았다. 아버지의 노름병이 도진 것이었다. 큰아버지 밑에서 농사만 짓고 살 때는 도저히 상상도 못할 만큼의 돈을 광산에서 월급으로 손바닥에 올려지자 아버지가 득달같이 달려간 곳은 읍내의 큰 노름방이었다. 동네 사랑방에서 비슷한 수준들과는 거리가 먼 읍내의 큰 노름방에서 아버지의 월급으로 버틸 수 있는 것은 기껏 이삼일이 고작이었나 보다. 이삼일 동안 월급을 다 해먹고 나서야 패잔병의 얼굴로 집으로 기어들어 와서 손이 발이 되도록 빌고 또 빌며 다시는 노름을 안 하겠다고 맹세 위에 또 맹세하였지만 월급을 탔다 하면 그 돈을 다 쓸 때까지 짧으면 이틀이고 길면 열흘도 넘게 집에 들어오지 않았다. 그런 날이면 내가 부엌에 들어가서 호박 된장국을 끓였고 어머니는 이불을 쓰고 방구들을 지고 있었다.

6

사람들은 남편이 부동산 사무실이나 당구장 또는 일거리 없는 건설회사 사무실 같은 곳에서 노름하고 있으면 짐짓 가게에 와서 신랑의 출처를 묻곤 했다. "금방 나갔어요. 볼일 보러 갔어요" 등등 의뭉스럽게 둘러댈 양이면 "에이, 라스베가스에 갔구먼" 했다. 한술 더 떠서 "라스베가스 김이라고 부르겠어요" 하는 사람도 있었다.

요즈음은 체력이 달리는지 온종일 놀다가도 가게 문 닫을 시간이면 대체로 들어왔다. 그런데 오늘은 감감무소식이다. 좀 늦다 싶으면 시켜놓은 밥 빨리 먹고 갈게 조금만 기다리라고 전화까지 친절하게 거는 사람이 아마 잊어버린 것 같았다. 난 열 받는 중에 내심 쾌재를 불렀다. 내 나름대로 그를 골려줄 빌미가 생겼기 때문이다.

마파람에 게눈 감추듯이 설렁설렁 가게를 정리하고 얼른 불을 끄고 문을 걸었다. 맘 같으면 밤새도록 숨어 있고 싶었지만 이 시간에 나 혼자 갈 곳은 어디에도 없었다. 기껏 해봐야 커피숍이었지만 좁은 바닥에 나 혼자 가봤자 다음날 당장 도마 위에 안줏감 마냥 난자당하기에 십상이었다. 그렇다고 이 시간에 누굴 불러내어 같이 있자고 하기는 난감하고 아니 그것보다는 빨리 집에 가서 아이들 숙제 봐주고 요즈음 한창 열 올리고 있는 한자 공부시키는 것이 몇 배는 이득일 것 같아서 집으로 뚜벅뚜벅 걸어 내려갔다.

밤 열 시, 이 시간이면 거리는 호박색 가로등과 보라색 라일락만 깨어 있었다. 라일락 향기가 은은하게 깔린 가로등 밑으로 지나가면서 자꾸 힐끔힐끔 뒤를 돌아보았다. 그러다가 멀리 차량 불빛만 보이면 얼른 컴컴한 담벼락이나 라일락나무 그늘에 몸을 숨겼다. 몇 번의 시행착오 끝에 남편의 마티즈가 천천히 내려오는 것이 보였다. 두 손으로 핸들을 잡고 크로마뇽인처럼 머리를 앞으로 쭉 내밀고는 도로 양쪽을 부지런히 살피며 천천히 내려가고 있었다. 난 내 모습이 백미러에 잡히지 않을 정도로 차를 보내고 밝은 곳으로 나왔다. 조금 가다보면 반대편에서 남편 차의 불빛이 보였다. 난 또 얼른 골목 안으로 몸을 숨겼다. 남편의 마티즈가 천천히 지나가는 것이 보였다. 그러길 서너 번 하다보면 아쉽게도 집에 도착하게 되고 그제야 나를 발견한 남편은 차를 주차하고 따라 들어왔다.

"몇 번을 왔다갔다 했는데 안 보이더니만 어떻게 된 거야? 차 지나가는 거 못 봤어?"

"못 봤는데. 몇 번이나 왔다갔다 했다고?"

"그래, 조금만 더 기다리면 될 것 가지고. 내 속 좀 썩이지 마라."

그리곤 성큼성큼 먼저 계단을 올라가는 남편의 뒤통수를 난 눈이 하얗게 되도록 흘기면서 '쌤통이다, 이놈아' 하고 종주먹을 들이댔다. 이것이 내가 온종일 전전긍긍하면서 남편을 기다린 것에 대한 복수였다. 내가 남편에게 대거리하는 것이 이 정도밖에 없다는 것이 참으로 딱할 때가 많았다.

'왜 몸은 이렇게 수송아지처럼 튼튼해서 어머니처럼 기절도 안 하는지 몰라'. 때론 일 년 열두 달 감기 한 번 안 걸리는 내 건강한 몸뚱어리를 원망도 해보았다. 말 한마디 제대로 못 하는, 특히 감정이 복받치면 한 음절의 단어도 제대로 못 내뱉는 내 어눌한 말솜씨에 한탄도 해보았다. 왜 참기름 바르듯이 좔좔 언변을 구사하는 내 아버지의 말솜씨를 닮지 못했는지 한심하다.

남편은 스스로 셔터맨의 역할로 자기 일은 다 했다고 생각하는 것 같다. 그러나 난 내 남편이 셔터맨으로 안주하는 것은 절대 용납할 수가 없었다. 옆집 미장원 아저씨, 건넛집 약국 아저씨만으로도 이 동네에서는 충분한데 우리 집 낚시가게 아저씨까지 보탤 필요는 없다고 본다. 물론 남편은 다음날의 원활한 노름을 위해서 미리 기름을 발라두는 것이 그 중에 가장 큰 이유일 것이다. 그것마저 안 하면 내가 다음날은 가게도 이 핑계 저 핑계를 대면서 아주 늦게 나올 것이고 그러다 보면 자기의 라스베가스 행이 늦어지기 때문일 것이다.

동전의 양면처럼 유난히도 온종일 라스베가스에 가 있는 날이면 그 날 밤은 은근히 기다려졌다. 남편은 아주 정성껏 샤워해서 내가 싫어하는 담배냄새를 몰아내고 아이들 공부 봐줄 동안에 잠도 자지 않고 기다렸다. 그런 날이면 일부러 더 늦게 침실에 들어가는 것으로 무언의 항의를 하지만 내 몸은 빨리 남편의 품에 안기고 싶어서 안달복달을 했다.

'그래 인생이 뭐 별 건가? 아등바등 돈만 벌어서 뭐할 것인가? 부부가 서로 사랑하며 사는 것이 제일이지 뭐!'

아주 인심 좋게 결론을 내리는 밤이다.

땀띠물

1

우리는 밥을 먹고 있었다. 남편이 김치찌개에 숟가락을 넣은 채 나를 물끄러미 바라보았다. 나는 젓가락으로 콩자반을 집다 말고 남편을 쳐다봤다.

그는 우리가 점심을 먹고 있을 때 불쑥 문을 밀고 들어왔었다. 내가 점심을 권하자 만둣국 한 그릇 먹었다며 문 앞에 놓여 있는 플라스틱 의자에 엉덩이를 걸치고 앉아 우리가 밥을 먹는 모습을 물끄러미 내려다보고 있었다. 그러자 우리가 앉아 있는 소파보다 플라스틱 의자는 상대적으로 높아 꼭 그에게 감독을 받는 느낌이 들었다. 그렇든 말든 남편은 잘 먹었지만 나는 어색했다. 그날 따라 반찬이 별 신통치 않은 것이 부끄러웠고 누군가가 마른입으로 물끄러미 바라보는 가운데 밥을 먹는다는 게 편하지 않았다. 눈치로 봐서 빨리 일어날 것 같지도 않아 인스턴트커피를 한 잔 끓여 왔다. 그가 커피라도 마시면 덜 민망할 것 같아서였다. 그는 커피를 홀짝홀짝 마시다가 지나가는 것처럼 마치 아무 일도 아니라는 듯이, 바람 불면 나뭇잎 떨어지는 것처럼 자연스럽게 불쑥 내뱉었다.

"풍기가 죽었다는데."

처음에는 잘못 들었나 싶어 남편과 나는 서로를 바라보았다. 그리고는 이내 마치 약속이라도 한 것처럼 동시에 그를 쳐다보았다.

"왜?"

그는 남편의 급한 물음에도 상관없이 종이컵에 든 커피를 다 마시고도 경박할 정도로 다시 한 번 탈탈 털어 마시고 한 손으로 종이컵을 납작하게 구기면서도 대답을 하지 않았다. 그가 말을 아끼자 남편은 먹던 밥에 김치찌개를 몇 숟가락 떠넣어 밥을 비볐고 나는 집다가 만 콩자반을 집으려다 젓가락을 내려놓으며 그의 말을 기다렸다.

"풍기는 항상 불안했어. 언젠가는 그렇게 갈 거라는 생각은 했지만 내 참 어이가 없어서. 형, 사람 사는 게 아무 것도 아닌 것 같아. 그런 생각 안 들어?"

"그렇긴 하지."

"형, 우리 앞으로 재미있게 잘 살아보자. 인생 그깟 얼마나 산다고……."

남편이 뜻밖에 간단하게 수긍을 하자 그는 여전히 본론으로 들어갈 생각은 하지 않고 신파극 배우처럼 감정을 줄줄 잡아가면서 인생에 도통한 사람 같은 행세를 했다. 남편보다 나이가 한 살 적어 동생은 동생인데 친구처럼 지내는 사이였다.

"풍기는 좀 특이했잖아. 살아가는 꼴이 네 말처럼 항상 불안했어."

“그래도 죽을 나이는 아니잖아. 땀띠물에 엎어져 있더라는데. 이발소 형님이 식겁했다잖아. 새벽마다 땀띠공원으로 운동을 다녀도 겨울에는 한 번 들여다보지 않던 곳이 오늘 따라 이상하게도 들여다보고 싶더라는 거야. 처음에는 시커먼 비닐인 줄 알았다나봐. 맑은 물에 떠 있는 것이 영 개운치 않아서 치울 작정으로 포장 안으로 들어갔었다는데. 하긴 포장을 씌워놓았으니 그것도 어둑새벽이라 잘 보이지는 않았겠지. 까만 잠바만 불룩하게 솟아 있었으니 잘못 볼만도 했을 거야.”

“이 추운 겨울날 땀띠물에는 왜 갔을까요?”

그 와중에도 남편은 김치찌개에 비빈 밥을 싹싹 긁어먹고 난 후에 커피를 달라고 했다. 나는 밥상을 대충 치우고 커피를 한 잔 타서 남편에게 건네며 누구에게라고 할 것도 없이 물었다. 아닌 게 아니라 어젯밤에는 몇 십 년 만에 온 최강 한파라고 온갖 채널마다 호들갑을 떨어대지 않았던가. 땀띠물이니 망정이지 그냥 개울이었다면 동태처럼 꽁꽁 얼어 있었을 것이다. 창밖은 한바탕 눈이 쏟아질 태세로 회색빛으로 가득 찼다.

2

땀띠물은 아무리 고약한 땀띠라도 씻은 듯이 치료되는 신기한 샘물이다. 나도 처음에는 시골 사람들의 전해 내려오는 이야기쯤이라고 치부해서 귓등으로 들었다. 바위든 산이든 하다못해 동네 어귀에 서 있는 아름드리 느티나무든 어디든지 한 곳에 마음의 위안으로 삼고 싶은 사람들의 욕망쯤이겠거니 했다. 아이에게 땀띠가 돋지 않았다면 그 후 오랫동안 그런 식으로 해석하면서 시골 사람이 아닌 척 물에 기름 돌 듯 뱅뱅 돌면서 잘난 척하며 살았을 것이다. 그런데 아이의 목에 돋은 땀띠는 내가 신봉해 마지않는 도시 병원의 처방에도 도무지 나을 기미는 커녕 점점 더 퍼져 가기만 했다. 아이는 아이대로 나는 나대로 그것에 발목이 잡혀 지쳐갈 즈음이 되자 속는 셈치고 아이를 업고 그곳으로 가봤다. 밤의 모기떼만큼이나 매미 울음소리가 법석을 떨어대던 한여름날의 늦은 오후였었다.

넓은 강은 맑고 풍부한 수량을 자랑하면서 뱀처럼 길게 흘렀다. 그 위로 가로질러 놓은 화강석의 구름다리를 건너자 깎아지를 듯한 바위산이 병풍처럼 둘러싸인 자락에 요란스러워서 사람을 눌러버릴 기세도 아닌 아기자기하면서도 예쁘장해 누구에게나 친절할 것 같은 공원이 있었다. 작은 공원에 맞춤한 작은 연못에는 부레옥잠과 연꽃이 피어났고 그 위로는 아담한 정자가 덩그렇게 자리를 잡고 앉아 땀띠공원을 아우르면서 다른 한편으로는 뱀처럼 길게 흐르는 강 건넛마을까지 굽어보고 있었다. 정자와 연못 사이에는 해처럼 붉은 샐비어 단지가 어린아이 턱받이처럼 둘러쳐졌고 그 옆의 세숫대야같이 커다란 해바라기 군락지를 지나 조금 떨어진 공터에는 각양각색의 솟대가 키다리 아저씨처럼 무리를 지어 서 있었다. 거기에다 병풍처럼 둘러쳐져 있는 푸른 바위 숲에는 백합처럼 하얀 고니 떼가 날아와 하얗게 앉아 있자 막 지고 있는 석양의 노을빛과 어우러져 한 폭의 그림 속에 있는 것처럼 안온하고 황홀했다. 멀리도 아닌 뱀처럼 길게 흐르는 강 건너 도롯가의 세상이 전부인 양 시절을 잊고 건조하게 살아온 나날이 서글플 정도였다. 거기에다가 정수리가 찌르르할 정도로 차가운 물이 퐁퐁 솟아나오는 샘물을 중심으로 천막을 쳐놓고 남녀 각각의 샤워장과 그 밑으로 빨래터까지 만들어 놓아서 무더위에 지친 마을 사람들이 하루에도 몇 번씩 시원하게 잘 이용을 하고 있었다.

놀랍게도 바구니 한 가득 온갖 좋다는 연고를 다 사용해도 낫지 않았던 아이의 땀띠는 샘물에 한 번 담그고 나자 믿을 수 없을 정도로 수그러들었다. 바로 그 물에 풍기가 죽어 있었다. 뱀처럼 길게 흐르고 있는 강물이 하얗게 꽁꽁 얼어붙은 한겨울날이었다.

“참, 희한하네. 여름에는 날마다 술에 잔뜩 취한 채 땀띠공원에서 노숙하는 것을 보긴 했지만 설마 한겨울에도 그럴 리 없겠고 도대체 그곳은 왜 갔을까. 참, 희한하네. 그렇다고 그놈이 운동을 다녔던 놈도 아니잖아. 술이라면 몰라도.”

“귀신에 씌었겠지. 죽을 운명이면 접시 물에도 코를 박고 죽는다지만 하필 땀띠물이라니. 죽어도 고약하게 죽었구먼.”

“월남댁이 불렀나?”

“하긴, 월남댁만 떠나지 않았다면 강의 물고기나 풀숲에 사는 뱀의 씨가 마르면 말았지 풍기가 죽을 리는 없었겠지.”

“그러게, 길게 살아주지도 않을 거면서 시집은 왜 왔을까? 순진한 남자 가슴에 헛바람만 잔뜩 넣어놓고는 떠나버리다니. 풍기가 얼마나 월남댁을 좋아했는지 형도 잘 알고 있지? 날마다 ‘아이 러브 유’를 외치면서 쪽쪽 빨았잖아.”

“풍기에겐 월남댁과 땀띠물에서 놀던 그 시절이 화양연화였을 거야.”

“그렇다고 죽는 놈이 어디 있어? 도망간 여자보다 더 어리고 예쁜 여자를 사와서 보란 듯이 살면 되지.”

“그건 너 같은 놈이나 가능한 것이고…….”

그와 남편은 여전히 풀리지 않는 풍기의 죽음에 대해 이렇게 서로 주거니받거니 했다. 옆에 앉아 있던 나는 와중에 인심 고약한 뺑덕어멈처럼 이제 외상값은 완전히 물 건너갔다는 생각이 퍼뜩 들었다. 물론 풍기에게 외상으로 물건을 줄 때 받을 작정을 하고 줘본 적은 없었지만 그래도 혹시나 하는 기대감도 없지는 않았나 보다. 잿빛의 창밖은 마침내 밤처럼 어두워지더니 함박눈이 빽빽이 내리고 있었다.

3

외상값을 받지 못할 것을 뻔히 알면서 물건을 척척 내주는 태평양처럼 넓은 마음씀씀이를 가진 장사꾼이 어디 그리 있겠냐만 나도 풍기가 가게 밖에서 얼쩡대기만 하면 제발 가게 안으로 들어오지 말기를 바랐다. 아니면 그의 눈에 띄지 않는 곳에 숨어 있고 싶은 심정이었다. 이제야 고백을 하지만 어떤 날은 풍기의 눈에 띄지 않는 진열장 뒤에나 물건 상자가 쌓여 있는 틈 사이에서 그가 갈 때까지 숨어 있기도 했다. 그런 행동이 가능했던 이유는 그래도 양심은 있는 사람이라 외상값이 조금 쌓여 있으면 무조건 가게 문을 펄떡 열지는 않았기 때문이다. 하긴 양심이 있는 행동도 풍기가 장가를 가기 전까지였다.

주로 가게 밖에서 강아지처럼 빙빙 돌다가 큰 결심을 한 양 유리창을 통해 안을 들여다보기도 했다. 환한 대낮에 무심한 듯 보통 걸음으로 지나치면서 가게 안을 관찰하기는 쉽지 않을 것이다. 풍기는 지나치면서 자연스럽게 정탐을 할 작정이었지만 번번이 그의 바람대로 되지는 않았다. 그러면 다시 되돌아와서 이번에는 아주 솔직하게 유리에 딱 붙어서 유리에 반사되는 빛을 가리기 위해 손으로 차양을 만들어 이마에 대고 안을 들여다보았다. 안에 있는 나와 눈이 딱 마주치면 내 인상에 따라 문을 밀고 들어왔다. 만약 내 얼굴에 조금이라도 싫은 표정이 어려 있으면 그는 뒤도 돌아보지 않고 자기 갈 길을 가고 말았다. 하지만 남편이 가게에 있는 날에는 내 눈치 같은 것은 볼 필요가 없었다. 마치 맡겨놓은 물건을 찾으러 온 것처럼 아주 당당하게 문을 밀고 들어와 내놓으라면 되었다.

"형수요, 달아놓아요. 저번에 가지고 간 릴과 작살도 내가 잊지 않았으니 걱정하지 마요."

풍기는 꼭 이렇게 한마디 하고 가지고 갔지, 남편이 시원하게 준다고 아무 말 없이 두꺼비 파리 잡아채듯이 날름 가지고 나가지는 않았다. 지금까지 가지고 간 품목까지 다 외고 있을 정도로 머리도 좋을 뿐 아니라 금액까지 훤하게 꿰고 있어서 언젠가는 외상값을 받을 것 같기도 했다. 내가 대체로 표정관리는 잘하는 편인데 그에게 들킨 것인지 아니면 그가 지레짐작으로 그러는지 알 수는 없지만 한마디 더 보태기도 했다.

"저, 저, 형수 눈깔 좀 봐. 아주 사팔뜨기가 다 되어버렸네. 형수, 이쁜 얼굴 망치지 말고 표정을 좀 좋게 하고 있어. 그러면 내가 형 몸에 좋은 장어도 잡아줄 것이고 개구리에 뱀도 잡으면 형을 제일 먼저 갖다줄 것이야. 그러면 형이 좋겠어? 아니지, 다 형수를 위한 것이지. 흐흐. 내가 얼마나 형을 좋아하는지 형수는 아마 모를 거야. 그지 형?"

"그래, 그래, 여자가 뭘 알겠어? 많이 잡아와."

풍기는 말끝마다 형을 딱딱 집어넣어 가면서 너스레를 떨고 있으면 남편은 마지못해서인지 아니면 어떤 일말의 기대감으로 그러는지는 모르겠지만 같이 장단을 맞추었다.

"걸리면 벌금이 얼마인데……."

듣다 못해 한마디 할 수밖에 없었다.

"에이, 형수도 참 순진하시네. 어디 걸리게 잡나. 으슥한 곳에 가서 잡아 그 자리에서 구워 먹고 오면 귀신도 몰라요."

그날은 아마 그물이었을 것이다. 풍기는 공짜로 물건을 가지고 가면서도 절대로 아무 물건이나 가지고 가지는 않았다. 이왕 공짜로 얻어갈 바에는 제대로 된 것을 가지고 가고 싶은 것인지 가게에 썩 들어서서는 일단 재빠르게 물건을 살펴보고 그중 제일 비싸고 제일 좋은 것을 귀신같이 찾아내어 외상으로 달라 할 작정이었다. 그물도 그랬다. 저녁나절에 강을 가로질러 그물을 쳐놓았다가 다음날 새벽 동이 틀 무렵에 걷으면 씨알이 꽤 굵은 메기나 동자개나 기름종개 같은 물고기가 곧잘 잡히는 어구로 종류와 크기가 다양했다. 우선은 합사와 경심 두 종류의 재질에 크기도 세 가지 정도로 나누어지는데 풍기는 이끼가 잘 붙지 않는 경심 그물에 가장 큰 것을 언제나 귀신같이 골라내었다. 그리고 고기를 잡으면 남편에게 주겠다는 것도 그냥 해본 소리는 아니었는지 언제 한 번은 남편을 찾는 전화가 걸려오기도 했다. 남편과 연락이 닿지 않자 가게로 전화를 해본 모양이었다. 그가 연락이 안 될 때 나라고 연락이 될 리는 없었다. 그러자 풍기는 혹 연락이 되면 쌍다리 밑으로 오라는 말을 전해달라고 했다. 난데없는 쌍다리 타령에 왜 그러냐고 묻자 그는 아주 자신만만하면서도 여유 있는 목소리로 능갈쳤다.

"형수는 알 바가 아니고 그냥 형에게 쌍다리 밑이라고 하면 다 알아. 남자끼리의 일을 여자가 뭐 그렇게 세세하게 알라고 해."

나는 풍기의 말이라면 콩으로 메주를 쑨다고 해도 믿고 싶지 않아 아예 무시해버릴 작정이었다. 그런데 눈치 빠른 그는 그것까지 간파하고 있었는지 그날 저녁 전과 다른 남편의 불쾌한 얼굴을 볼 작정이면 결국 쌍다리 밑인지 굴다리 밑인지 다녀온 것 같았다.

모람모람 뱀을 잡아 들고 다녔다. 그런 날은 평소와는 달리 가게 문을 아주 당당하게 열고 들어섰다. 말간 비료포대를 들고 서 있자 자연히 눈길이 갈 수밖에 없었다. 창으로 오후의 햇살을 고스란히 받고 있어 말간 비료포대 안에 있는 내용물도 훤하게 보였다. 처음에는 낫인가 했다. 낫처럼 구부러져 있는 것이 비료포대 안에 있었기 때문이다. 검은 혁대가 척 구부러져 있을 것 같기도 했지만 아무리 풍기라도 허리띠를 비료포대에 넣어 다닐 리는 없으니까. 낫은 위험한 물건이니 두꺼운 비료포대가 제격일 것 같았고 이제야 정신을 차려 뭔가 생산적인 일을 하지 않을까 하는 기대도 했다. 어찌 되었든 그가 생산적인 일을 해야 외상값을 받을 수 있을 테니까. 물어보지 않았다면 기함할 일도 없었을 텐데 반가운 마음에 무심코 물어본 게 문제였다.

풍기가 비료포대를 내 코앞에 바싹 들이대면서 흐물흐물 웃을 때만 해도 낫이었다. 가까이에서 봐도 딱 낫 모양이었다. 장난기가 동했나 보았다. 그것을 눈앞에 들이대도 내가 꿈쩍도 안 하고 있으니 심술이 났을 수도 있었다. 그는 비료포대를 살짝 흔들었다. 내 눈앞에서, 내 눈을 쳐다보면서, 여전히 흐물흐물 웃으면서……. 그러자 낫이 꿈틀댔다. 낫이 꿈틀대다니. 도술을 부린 것도 아니고. 그의 흐물거리는 눈과 딱 마주치자 뭔가 머리에 딱 꽂히는 것과 동시에 외마디 비명과 함께 그 자리에 털썩 주저앉고 말았다.

"놀라긴, 이까짓 것을 두고. 흐흐."

그제야 만족, 아니면 소기의 목적을 달성했는지 아주 느리게 문을 열고 나갔다. 벌렁거리는 가슴이 아직 진정되지 않았지만 혹 내가 지레짐작으로 오해했을까 싶어 가게 문을 살짝 열고 얼굴만 내민 채 그를 찾아보았다. 급할 게 없는 그는 멀리도 안 갔다. 왼쪽에는 휴대전화 가게가 있고 오른쪽으로는 차들이 쌩쌩 흘러가는 큰길가를 여전히 느리게 걸어가고 있었다. 이번에는 그것을 나름 숨길 작정이었는지 뒷짐을 진 자세로 들고 걸어가는데 오후의 환한 햇살이 그의 꼬리에 달라붙어 있어서 그것의 모습이 가게 안에서보다 더 적나라하게 보였다. 몸뚱이를 서리서리 감은 채 머리를 꼿꼿이 들고 금방이라도 비료포대를 뚫고 나와 그의 엉덩이를 물어버리고 유유히 사라질 것만 같았다. 다행이라면 풍기 옆으로 지나치는 사람들 누구도 그것의 정체를 감지하는 사람은 없는 것 같았다. 하긴 백주에 살아 있는 뱀을 들고 다닐 사람이 있으면 얼마나 있을까. 그것도 비료포대의 주둥이를 잘 갈무리한 것도 아닌 대충 손아귀에 틀어진 채 흐물흐물 웃으면서 거리를 휘젓고 다닐 사람을 사람들은 상상할 수가 없다. 폭력도 표면에 드러나야 폭력이지 숨어 있어 감지가 되지 않는 것은 폭력도 아니고 사특한 것도 아닌 모양이었다.

십중팔구 향미다방으로 갔을 것이다. 향미다방 아가씨에게 꽂혀 자청해서 차 배달을 도와주고 있을 때였으니까. 스쿠터 뒷자리에 허벅지를 허옇게 드러낸 다방 아가씨를 태우고 여관이나 부동산 사무실이나 당구장으로 차 배달을 다녔다. 아가씨가 커피를 다 팔 때까지 여관 마당이나 길가에서 한 시간이고 두 시간이고 충실한 기사처럼 기다렸다가 다시 태워 다방으로 돌아왔다. 보자기로 대충 싼 커피 보따리를 들고 풍기 등에 풍뎅이처럼 매달려 다니는 다방 아가씨를 거리에서 종종 볼 때가 있었는데 그때의 풍기가 가장 의기양양해 보일 때였다. 다방 마담도 굳이 말릴 생각이 없는 것은 그의 이런 행동이 바쁜 영업에 득이 되면 되었지 손해는 되지 않기 때문이다. 다방 아가씨를 마음에 두었다고 하지만 꽃을 보듯이 바라보기만 했지 어떤 욕심도 보이지 않았고 질투도 내지 않으니 문제가 될 일도 없었다. 오히려 가끔 뱀이나 개구리나 귀한 민물장어를 잡아오면 대부분 공짜로 받아먹었다.

하나님이 인간에게 적어도 한 가지씩의 재주를 부여했다면 풍기에게는 남들과 다른 포획의 재주를 부여했다. 전문적으로 나선 땅꾼보다 뱀을 더 잘 잡을 뿐 아니라 어부보다 물고기를 더 잘 잡았다. 강의 지형을 훤히 꿰고 있어서 요맘때 어디 가면 어떤 물고기를 잡아올 수 있는지를 알고 있었다. 그렇지만 아무리 남들보다 월등한 포획의 기술이 있다고 해도 그것을 잡자면 도구가 필요했다. 그러면 아주 멀쩡한 얼굴로 때로는 아주 소심한 얼굴로 가게에 왔다. 뱀장어를 잡기 위한 주낙바구니나 메기를 잡기 위한 이두메지나 13호 바늘을 외상으로 가지고 가서 메기나 장어나 자라를 잡아 한달음에 향미다방으로 달려가기 바빴다.

4

참다 못한 풍기의 노모가 분연히 일어섰다. 실속도 없이 수캐처럼 다방 간나 궁둥이나 졸졸 따라다니는 꼴을 남우세스러워 더는 두고 볼 수 없다고 했다. 집에 기어들어 오고 싶어도 쭈그렁 바가지 어무이 말고 반겨줄 사람이 없는데 누가 들어오고 싶겠냐고, 숫제 처자식 번듯한 너희가 그 속을 어찌 짐작이나 할 수 있겠느냐고 했다. 장가만 보내주면 정신차릴 것이라며 사이비종교 교주처럼 장가 신봉자가 되어 깃발을 흔들었다. 노모의 성화에 그의 번듯한 형제들이 이마를 모았지만 신랑감으로 무엇 하나 갖추어진 것이 없었다. 요즈음은 워낙 고학력 실업자가 많아 직장이 없으면 그럴듯한 학벌이라도 있어야 말이라도 만들 터인데 초등학교 중퇴라는 아주 희귀한 학력 때문에 할 말도 없었다. 그의 노모로서는 그가 초등학교 중퇴를 할 수밖에 없는 이유에 대해 변론을 하라면 아마 밤새도록 할 수가 있겠지만 '풍기 장가보내기 프로젝트'에는 전혀 필요가 없는 자격 조건이었다. 인물이라도 좋으면 밥벌이 정도는 거뜬히 할 수 있는 여자가 인물에 혹해서 덤벼들 수도 있겠지만 도대체 눈을 씻고 봐도 봐줄 만한 곳이 없는 게 또한 문제였다. 강가에서 있는 미루나무를 삶아 먹였는지 키는 컸다. 요즈음 대세에 키라도 큰 것이 얼마나 다행이냐 할 수도 있겠지만 그것도 뭐 좀 어울리게 커야 봐줄 만할 터이다. 이건 농구 선수나 배구 선수가 아니면 장애인이라고 봐야 할 정도로 2m에 육박해서 나름 키를 줄일 작정인지 어깨를 잔뜩 움츠리고 다녀 꼭 곱사등처럼 구부정하게 체형이 변해버렸다. 언제나 술에 찌들어 살아서 흰자위가 더 많은 눈동자는 실핏줄이 얼멍덜멍 어려 있는 것이 토끼 눈처럼 붉었고 거기다 키에 안 어울리게 콧구멍만 겨우 뚫려 있는 납작코였다. 좁은 이마는 쭈글쭈글 주름이 잡혀 꼭 아프리카 부시먼처럼 비썩 마른 몸피에 꼭 그만큼 새카만 피부의 남자를 좋아할 여자가 세상에 어디 있을까. 농촌에서는 멀쩡한 남자들도 장가를 가지 못하는 시절이라 이런 그가 장가를 가지 못하는 것은 흉도 아니고 말거리도 아니고 지극히 당연한 일로 여겼다. 그런데 상황 파악 안 되는 그의 노모는 장가타령만 했다.

농촌의 늙은 총각을 위해서 동네 어귀에 서 있는 아름드리 느티나무와 논두렁이나 빈집 담벼락에는 빛바랜 현수막이 사시사철 걸려 있었다. 주로 베트남이나 캄보디아나 필리핀 여성과의 결혼상담 문구였다. 풍기의 노모는 시골의 다른 할머니들과는 달리 글자를 척척 잘 읽었다. 하긴 그것이 문제였다. 그네 뛰듯이 펄렁거리는 현수막 숲에서 그녀의 눈길을 자석처럼 강력하게 잡아끄는 문구가 있었다.

'색시는 절대로 도망가지 않습니다.'

풍기를 장가보내자면 비행기 타고 가서 사오는 방법밖에 없다고 했을 때 그의 노모는 한동네의 누구 며느리처럼 도망이나 가버릴까봐 걱정이었다. 그런데 꿈속에서처럼 혼자만 본 것이 아니라 수많은 사람이 들락날락하는 동네 한복판에 그런 글귀가 펄렁거린다는 자체가 보증수표나 다름없었고 마음 한쪽 구석에 미진하게 자리 잡고 있던 불안감을 일시에 없애주는 글귀였다.

5

풍기가 장가를 가기 위해 난생처음 양복에 넥타이를 매고 비행기를 탔다는 소문이 들릴 때만 해도 대부분의 동네 사람들은 믿지 않았다. 양복 입은 모습이 그려지지 않았고 몸에 맞는 양복이 존재할 것 같지 않았다. 그렇다 치더라도 헛고생일 거라고 단정도 내렸다. 아무리 이국의 처녀라도 그에게 시집을 오겠다는 여자는 없을 것 같아서였다. 벚꽃과 영산홍과 철쭉과 조팝나무와 라일락이 앞다투어 피기도 하고 지기도 하고 물이 잔뜩 오른 동네 어귀의 느티나무가 연두색 잎을 한껏 틔우던 시절이었다.

그런데 얼마 후 동네 사람들의 이런 급한 결론과는 달리 풍기는 보란 듯이 나타났다. 그것도 자기 겨드랑이 밑에도 오지 않는, 그를 폴더 핸드폰처럼 반으로 접으면 딱 맞춤일 것 같은 작은 여자를 옆구리에 끼고 나타났다. 베트남 특유의 까무잡잡한 피부에 눈두덩이 움퍽 들어간 새까만 눈동자에 엉덩이가 쫙 벌어져서 상대적으로 허리가 잘록하게 보이고 가슴이 풍만한 여자였다. 풍기는 이런 그녀를 옆에 세우고 거리를 다닐 때는 득의만면한 웃음이 얼굴에서 떠나지 않았다. 오토바이에 다방 아가씨를 태우고 다니던 그때의 자신만만한 표정과는 같으면서 달랐다. 그때는 비굴한 자신감이었다면 이번에는 친절한 자신감이었다.

지나다니는 사람들을 곁눈으로 흘깃흘깃 살피며 괜히 실쭉실쭉 잘 웃었다. 평소에는 별로 아는 척하지 않았던 사람들까지 먼저 아주 반색을 하고도 성에 차지 않는지 가게마다 문을 펄떡 열고 들어가 긴 목을 한껏 늘려 인사를 하며 동네를 누볐다. 텔레비전에 나오는 연인들처럼 여자의 가는 허리에 긴 팔을 도마뱀처럼 쓱 감고 있다던가 아니면 여자의 어깨 위에 팔을 얹어서 여자를 거의 껴안다시피 하며 동네를 활보했다. 도시도 아닌 시골에서 이런 그의 작태가 마을 사람들에게는 눈꼴 시릴 만도 하건만 그는 상관하지 않았다. 오히려 여자로 인해 몇 프로 부족했던 그가 마침내 완성된 것 같았다. 마을에서는 신조어가 탄생하기에 이르렀다.

'풍기도 장가 가는데.'

제 앞가림을 못 하는 사람이나 실의에 빠진 사람에게는 이런 말로 위로를 해주었다. 원래 남의 말도 처음에야 찧고 까불지 얼마의 시간이 지나면 흐지부지하게 마련이다. 그런데 유독 그의 장가를 끊임없이 들먹거리는 이유는 잊힐 만하면 기다렸다는 듯이 봄볕에 꽃망울 터지듯 말거리를 한방씩 팡팡 터트렸기 때문이다.

6

동네 사람들이 모두 좋아하는 땀띠공원을 풍기가 외면할 리가 없었다. 오히려 소주에 삼겹살도 구워 먹고 빨래터에서 빨래도 하고 샤워까지는 남들이 여름을 보내는 것처럼 똑같은데 남들이 차마 하지 못하는 것까지 그는 해버렸다. 그것 때문에 모든 사람의 사랑을 받던 땀띠공원이 우범지역으로 전락했지만 동네 사람들이 어떤 해결책을 내놓지는 못했다. 그가 말을 들을 것 같지가 않은 것은 표면적인 이유였을 것이고 누구 입에서 쉽게 나올 수가 없는 민망스러운 것이 문제였다. 그가 제풀에 그만둘 때까지 아이들 단속하는 수준에서 일단락을 보았다. 날이 추워지면 돗자리를 깔아주어도 쉽지가 않을 것 같았고 무엇보다도 일생일대에 처음으로 도래한 그의 봄날을 깨트리고 쉽지 않아서였다.

장가를 갔다지만 여전히 생산적인 일과는 거리가 먼 풍기는 여자를 겨드랑이에 끼고 거리를 활보하는 것도 시들해지자 때맞추어 강바람이 좋은 여름이 왔다. 자연히 남들처럼 뱀처럼 길게 흐르고 있는 강에서 천렵하고 옆에 잘 꾸며진 땀띠공원에서 목욕도 하고 정자에 덩그렇게 올라가서 한숨 늘어지게 낮잠을 자는 것까지는 남들도 그렇게 하니까 상관이 없었다. 그런데 문제는 남들은 글쎄, 다들 마음에는 있었을 것이다. 바람이 살랑살랑 불어대자 가래나무와 돌배나무가 바람결에 간지러움을 타는 듯 잎을 살짝살짝 뒤집자 그는 용감한 선지자처럼 그 누구의 눈치도 보지 않고 가장 정직하게 행동으로 옮겼다. 그래도 양심은 있는지 대낮에는 홀딱 벗고 샤워까지는 아무 거리낌없이 잘하는데 거기까지였다. 그러다가 땀띠공원에 어둠이 깊게 내려앉으면 꼭 무녀가 의식을 치르는 것처럼 그의 여자와 한바탕 일을 벌였다. 문제는 그들이 일을 벌이는 소리가 얼마나 쩔거덕 쩔거덕 요란한지 그 옆에 연못의 붕어나 개구리들이 그 기세에 놀라 연잎 속으로 숨어들어 숨을 죽여야 할 정도였다. 정자가 싫증이 나면 군데군데 놓여 있는 벤치도 좋고 신명이 뻗치면 토끼풀이 웃자라 있는 바닥도 상관치 않는다고 했다. 이

날을 위해 그렇게 뱀과 개구리를 잡아들이지 않았겠냐고도.

7

지금껏 풍기의 온갖 행각을 다 이해하고 웃어넘겼던 이유는 그의 본바탕에 흐르고 있는 순수한 마음을 알기 때문이다. 그런데 여자 말에 혹해서 패륜아처럼 홀어머니를 길거리에 동댕이쳤다는 것은 동네 사람들에게 도저히 이해해줄 수 없는 상황이었다.

동네 사람들이 다 알고 있는 풍기의 봄날을 그의 노모는 등잔 밑이 어둡다고 군데군데에 서 있는 단풍나무와 돌배나무와 가래나무 잎이 불그스름하게 물들어가는 시절에서야 듣게 되었다. 보나 마나 쇠귀에 경 읽기이고 성난 황소처럼 풀풀 대면서 들이받기만 하는 그보다는 그래도 며느리가 만만했을 것이다. 그가 그리 애지중지하는 여자이고 보면 귀를 기울일 것 같아서였다. 영리한 여자 같으면 한국말을 어느 정도 알아들을 때도 됐건만 그의 베트남 여자는 전혀 못 알아듣는 것 같았다. 아니 못 알아듣는 척하는지도 몰랐다. 자기에게 불리한 말은, 가령 음식이나 청소나 빨래하는 것을 가르칠 작정이면 전혀 말귀를 못 알아듣는 것 같았다. 그런데 이런 그녀 때문에 속이 천불이 나서 그것도 그녀가 듣지 못하는 곳에서 혼잣말로 투덜거릴 작정이면 어디에 있었던지 도끼눈을 뜨고 그의 시어머니에게 덤벼들었다. 혼잣말의 차이점도 모르고 덤벼드는 그녀였지만 그래도 일말의 희망을 품은 것이 잘못인 줄도 몰랐다. 아니면 울고 싶은 아이에게 매를 댄 꼴이 되고 말았다. 지각이 있는 사람 같으면 며칠 고민 비슷한 것이라도 했을 터였다. 만약 그랬다면 그의 어머니는 이 정도까지 참담하지는 않았을 것이다. 그런데 풍기는 제 마누라가 쪼르르 달려가 뭐라고 종알거리는 것이 채 끝나기도 전에 성난 멧돼지처럼 씩씩대며 부엌으로 쫓아나왔다. 부엌 바닥에 쭈그리고 앉아서 김치를 버무리다 말고 이놈의 자식이 제 여편네 말을 제대로 알아듣기는 하고 저리 성을 내나 싶어 뻔히 쳐다보았다. 풍기는 노모와 눈이 마주치자 갑자기 화가 더 났는지 그의 어머니가 양념을 버무리고 있는 배추 구박을 덜렁 들어서 창밖으로 내던져버렸다. 그리고는 한쪽 손은 허리에 척 올려붙이고 다른 한쪽 손으로는 힘차게 삿대질을 하면서 고래고래 소리를 질렀다. 자기 인생에서 어무이는 독만 되고 있으니 당장 자기 눈앞에서 사라져달라고 소리쳤다. 그러자 그의 노모는 섭섭한 것은 차치하더라도 그가 언제 저렇게 무섭게 화를 낸 적이 있나 싶었다. 아니 그것보다 독이나 인생 같은 단어를 자연스럽게 입에 담는 것 자체가 너무 놀라 양념투성이 고무장갑을 벗지도 못한 채 허둥지둥 집 밖으로 쫓겨나올 수밖에 없었다.

마당은 문란한 꽃이 제멋대로 붉게 피어난 모양새였다. 스테인리스 구박은 수다쟁이 여자처럼 수돗가까지 요란스럽게 굴러가 붉은 꽃으로 낭자하게 피어났다. 그중에 날렵한 것들은 수돗가 앵두나무에도 걸려 있고 더 멀리 발갛게 익은 대추나무 가지에도 날아갔다. 미처 양념옷을 입지 못한 허연 배추는 마당가 장독대 된장 항아리 위에 덜렁 올라앉아 있었다. 그녀는 갈 데 가더라도 남 보기에 우세스러운 것은 피하고 싶어 가까이 있는 장독대 자갈 틈에 있는 배추를 걷어냈다. 마당에 쭈그리고 앉아 흙바닥에 널브러진 것도 주워 담고 있는데 며느리가 격자창을 빠끔히 열었다. 이내 꽝 닫는가 싶더니 아직도 끼 가지 않고 어물쩍거린다는 그의 목소리가 천둥보다 더 크게 들려왔다. 얼떨결에 아름드리 느티나무까지 허둥지둥 쫓겨온 그녀는 밤새 안녕이라고 우습지도 않은 일이 현실로 나타난 것이 믿을 수가 없었다. 한편으로는 그녀의 아들만 남들처럼 처자식 거느리고 번듯한 가장 행세를 하면서 살 수 있다면 이까짓 일은 일도 아니라는 생각이 들었다. 제 마누라가 예뻐 눈이 뒤집힌 것은 오히려 퍽 다행이지 싶었다.

풍기가 떠들고 다니지 않았다면 자기들끼리 재미나게 살아보라고 방을 얻어 나왔다는 그녀의 말을 마을 사람들은 믿었을 것이다. 풍기의 유난한 사랑행각을 모르는 사람이 없으므로 그저 빙긋이 웃으면 되었다. 다른 모든 것을 떠나 잘 살았다면 모든 것이 덮어졌을 것이다. 한국의 제대로 된 교육을 받고 잘 자라온 얌전한 처녀들도 시어머니를 모시고 싶은 사람은 별로 없는데 이국 땅에서 시집온 여자에게는 허물도 뭐도 아닐 것이기 때문이다. 오히려 그런 여자를 보호하고자 스스로 패륜을 자처한 그가 귀엽기까지 했을 테니까.

8

들판에 하얗게 눈이 몇 번 내렸고 바싹 언 땅이 쿨렁쿨렁 녹은 후에 연둣빛 새 잎으로 사방팔방을 도배할 동안 쩝쩝 낄낄거리면서 잘 살아가는 것으로 보였다. 귀퉁이 한 필지밖에 없는 전답을 팔아버릴 때도 뱀을 잡으면 잡았지 농사는 죽었다 깨어나도 하지 못하는 그이기에 이해가 되는 부분이었다. 급기야 조상 대대로 내려왔던 선산까지 손을 대자 데면데면했던 형제간의 의가 시퍼런 날을 앞세워 작정하고 덤벼든 것처럼 싹둑 잘리고 말았다. 그러거나 말거나 여자가 집을 나가지만 않았다면 풍기는 아무 상관이 없었다. 반면에 그의 여자는 그의 무턱대고 쏘아대는 사랑만으로는 살 수가 없는 영악한 여자였던 모양이다. 더는 팔아먹을 것이 없다는 것을 알아챈 여자는 정말 마지막인 그들이 사는 집을 팔자고 꼬드겼다.

풍기가 처음으로 꾀를 내어 지은 지 오래된 집이라 팔아봤자 얼마 되지 않을 것이라고 했다. 선산도 여자의 성화에 못 이겨 팔았다. 여자에게 선산이 의미하고 있는 것을 설명할 길이 없는 그로서는 여자의 요구를 들어줄 수밖에 없었다. 그리고 사실 풍기도 그의 여자만 의미가 있었지 선산에 대한 의미는 없었다. 여자는 사랑이 식었다고 펑펑 울기도 했고 당장 베트남으로 돌아가겠다고 협박을 하기도 했다.

집을 안 팔았어도 여자는 떠났을 텐데 풍기는 여자가 떠날까 두려워 집을 팔았다. 여자에게 잘 보이고 싶어서 집터에 딸린 텃밭도 깔끔하게 처리했다. 여자의 치마폭에 아주 으스대며 돈과 함께 '아이 러브 유'를 속삭이며 그도 던졌다. 풍기가 그 동안 배운 유일한 영어였다. 오랜만에 간지럼을 타는 듯한 여자의 웃음소리가 대추나무 울타리 밖으로 넘어가는 날이었다.

풍기는 그 여자에게 날마다, 툭하면 '아이 러브 유'를 외쳤다. 그가 할 수 있는 말은 한국어와 영어를 통틀어 그것밖에 없는 것처럼. 어쩌면 그 여자에게 '아이 러브 유'만이 만병통치의 효과가 있다고 생각하는지도 몰랐다. 어쩌다 그의 아내가 혼자 나들이를 갈 때도 그는 버스정류장까지 따라와서 '아이 러브 유'를 외치면서 배웅을 했다. 그리고 그 여자가 올 때까지 버스정류장 의자에 앉아 버스가 속속 도착할 때마다 긴 목을 최대한 늘어뜨리고 버스 안을 살폈다. 저녁 어스름 무렵 마침내 그의 아내를 태운 버스가 도착하면 풍기는 지금껏 외쳤던 '아이 러브 유'보다 가장 은밀하고 정성스럽게 외치면서 버스에서 내리는 그 여자의 손을 잡았다.

다음 날 아침에 여자가 보이지 않았지만 풍기가 할 일은 별로 없었다. 일 년을 한동네에 살면서 마을 사람들과 눈길도 주고받지 않았던 여자였지만 혹시나 싶어서 긴 목을 최대한 늘려 이웃의 울타리 안을 기웃거려 보는 게 그가 할 수 있는 유일한 방법이었다. 두 번째 방법은 소주를 마시는 일이었다. 여자가 올 때까지 마실 작정이었다. 방에 틀어박혀서 강술만 물 먹듯이 들이키고는 그 자리에 쓰러져서 잠이 들었다가 술이 깨면 다시 들이키고는 쓰러져 잠이 들어버리는 간단한 일상이 그가 선택한 삶이었다. 저러다가 죽지 싶었지만 그의 노모를 포함하여 누구 하나 선뜻 말릴 수가 없었다. 짐승처럼 눈에서 불이 나온다고 했다. 밤에도 불을 켜지 않아서 그의 집은 도깨비집처럼 괴괴하기만 했다. 가끔 그 도깨비집에서 도깨비처럼 괴괴한 그가 나올 때가 있는데 소주가 떨어졌기 때문이다.

9

그 해는 마치 누구에게 쫓기듯이 벚나무와 영산홍과 조팝나무와 철쭉과 돌배나무가 한꺼번에 와락 피어났다. 한꺼번에 피어난 꽃은 한꺼번에 땅바닥에 쏟기도 하고 지기도 할 즈음에 마치 깊은 꽃잠에 빠졌다가 깨어난 사람처럼 풍기가 거리에 허적허적 나타났다. 마치 처음 와본 거리인 양 길 양쪽으로 펼쳐져 있는 가게들을 찬찬히 바라보기도 하고 자동차가 그의 옆을 휙 지나가면 제풀에 놀라 몸을 얼른 피하기도 했다. 원래도 마른 몸이 그 원래보다 절반은 더 말라 보였고 누런 눈동자는 초점마저 없었고 시커먼 피부는 더 시커메서 부시먼이 형님 하면서 손을 잡을 모양새였다. 남편이 그의 손을 잡아끌지 않았다면 풍기는 아마 정처 없이 떠돌다가 길바닥에 픽 쓰러졌을지도 몰랐다.

뱀같이 길게 흐르고 있는 강물이 불어나고 그 옆의 땀띠공원이 녹색으로 짙어지자 풍기는 슬금슬금 천렵을 하러 다니기 시작했다. 또다시 남편이 자청해서 고기를 잡을 만한 어구를 갖춰주고 잡으면 강가에서 같이 구워 먹기도 하고 끓여 먹기도 했지만 할 일이 없는 그야 날이면 날마다 천렵하러 다녀도 상관이 없겠지만 남편은 그럴 형편은 아니었다. 그러자 풍기와 비교를 하면 더하지도 덜하지도 않은 아주 맞춤한 친구 하나를 어디서 만나 여름 내내 천렵하러 다니면서 마신 술이 뱀처럼 길게 흐르는 강물만큼 될 정도였다. 언제나 술에 취해 넘어질 듯 말 듯 허청허청 그림자처럼 걸어다니면서 그와 맞춤한 친구에게 큰소리라도 쳤는지 허구한 날 곧 갚을 거라는 언약을 무지개처럼 걸어놓고 자기 집의 물건처럼 가지고 가면 그만이었다. 그의 노모가 자귀나무 꽃이 활짝 피어 있는 산으로 아주 올라간 날에도 풍기는 술만 마셨다.

공원의 무성한 초록 잎에 단풍이 들자 그와 맞춤한 친구가 약속처럼 풍기의 곁에서 사라졌다. 더는 공원에서 노숙할 수가 없을 정도로 추운 날씨 때문이라고 했지만 술 때문에 어디 구석에서 죽어 자빠졌는지도 모르겠다는 소문도 돌았다. 뱀처럼 길게 흐르는 강물에 단풍잎이 떠다니자 물고기들이 사라졌다. 잡을 물고기가 없자 옵션처럼 함께했던 그도 보이지 않았다. 풍기가 가게에 오지 않자 남편은 궁금해했지만 나는 밀린 빨래를 한 것처럼 속이 시원했다. 가끔 집도 없는 그가 잠은 어디서 잘까 궁금했지만 부창부수라고 남편을 닮아 오지랖 한 번 넓군, 하며 실소를 하면 그뿐이었다. 눈이 펑펑 쏟아졌고 뱀처럼 길게 흐르는 강이 하얗게 얼음이 덮여 밤이면 얼음 깨지는 소리가 여우 울음처럼 깡깡 들리면 풍기가 언뜻 생각났지만 레테의 강을 건넌 것처럼 금방 잊어버렸다. 그 겨울에 몇 번의 눈이 더 내렸지만 그의 부음을 들을 때까지 잊고 있었다.

10

다시 땀띠공원에 초록으로 물이 들자 뱀처럼 길게 흐르는 강에는 살진 물고기가 뛰어올랐다. 풍기와 비교해 더하지도 덜하지도 않던 친구가 가게에 나타났다. 무성한 소문과는 달리 죽지 않아 반가웠다. 그 동안 따뜻한 남쪽에 가 있었다고 했다. 풍기의 죽음을 어디서 들었는지 그의 죽음이 자기 탓인 양 어린아이처럼 훌쩍훌쩍 소리를 내며 한참을 울었다. 그러다가 너무나도 멀쩡한 목소리로 휴지를 달라고 했다. 내가 옆에 있는 두루마리 화장지를 건네자 그는 베개를 싸는 것처럼 둘둘 말아 요란스럽게 소리를 내며 코를 풀었다. 슬픔이 듣고는 멀리 사라질 정도로 시끄러웠다. 그리고도 할 일이 있는 사람처럼 소파에 가만히 앉아 있었다. 그와는 더 할 말도 없어서 어색했지만 그는 가게를 나갈 생각을 하지 않았다. 나를 흘낏흘낏 쳐다볼 때는 마치 풍기를 보는 것만 같았다. 그러다가 이윽고 큰 결심이라도 한 것처럼 나에게 한마디 했다. 처음에는 미처 그의 말을 알아듣지 못했다. 아니 잘못 들었나 싶었다. 그래서 눈을 동그랗게 뜨고 그를 쳐다보자 그는 흐물흐물 웃기만 했다. 더하지도 덜하지도 않은 풍기가 거기에 앉아 있을 뿐이었다.

"저기 형수요, 그물 한 채만 외상으로 주시지요. 이달 말에 꼭 갚을 테니 걱정은 하지 마요."

어디선가 그 놈의
울음소리가 들려오고

산 그림자가 옥수수밭을 까맣게 덮고 있는 한밤중에 별 총총 떠 있는 하늘로 폭죽을 펑펑 터트렸다. 매캐한 냄새와 함께 불꽃이 공중에서 분수처럼 피어났다. 그 바람에 금세 쏟아질 것 같아 눈을 질끈 감곤 했던 별무리는 빛을 잃어 해쓱해졌다. 새벽빛이 아슴아슴 올 때까지 밤새도록 폭죽을 터트리자 정우의 몸은 화약 냄새로 진동했다. 이슬로 목욕해 머리카락도 옷도 축축했지만 그는 남들이 하는 방법을 다 써볼 작정이다. 이 주일만 잘 지키면 되기 때문이다.

처음에는 밤새도록 군데군데 라디오를 켜놓았다. 라디오를 켜기 위해 읍내 마트에서 건전지를 한 상자나 사왔다. 그런데 그것도 사나흘만 소용이 있었다. 영리한 놈이라 금방 라디오의 실체를 파악했다. 그들 중에 간이 큰 놈은 라디오 근처로 슬슬 다가와서 코를 대고 냄새를 킁킁 맡기도 했다. 그리고는 공을 차듯이 앞발로 굴리면서 놀기도 하고 육중한 발로 밟아버리기도 했다. 두 번째 방법은 이런 폭죽놀이였다. 폭죽을 한 아름 사와서 밤만 되면 밤새도록 폭죽을 쏘았다. 새벽이 올 때까지……. 겁도 많은 놈들이라 갑자기 터진 폭죽 소리에 놀라고 하늘에 피어나는 불꽃에 더 놀라서 삼십육계 줄행랑을 쳤다. 그런데 이것도 며칠이나 약발을 받을지 알 수가 없기는 마찬가지였다. 폭죽을 피웅피웅 공중에 터트리면서도 정우는 등 뒤로 느끼는 서늘함에 가끔 뒤를 돌아보았다. 어디쯤엔가 그놈들이 거대한 덩치를 숨긴 채 두 눈만 내놓고 정우의 이런 행동을 예의 주시하고 있을 것만 같았다.

정우는 날마다 신바람이 났다. 더도 덜도 말고 요즈음만 같으면 바랄 것이 없었다. 대학 나와서 도시에 그럴듯한 직장에 다니는 친구들도 부럽지 않았다. 오히려 요즈막에는 그들도 은근히 정우를 부러워하는 눈치였다. 하긴 나이가 나이인지라 벌써 회사에서 목이 잘렸다는 친구도 슬슬 생기는 판이니 딴은 부러울 수도 있을 것이다. 더군다나 불과 얼마 전까지만 해도 민 양의 냉갈령에 속이 시커멓게 탔었는데 요즈막에는 눈초리에 웃음을 살살 매달아가면서 아양을 떨자 괜히 미친년 속곳을 본 모양으로 자꾸 웃음이 실실 났다.

옥수수가 원래부터 그 도도한 민 양도 녹아내릴 만큼 귀하신 몸은 아니다. 오히려 쌀이나 콩이나 팥의 뒷전에서 구황식물로 취급받던 물건이 그리된 것도 다 하늘이 하는 모양이었다. 하긴 우주 삼라만상이 자기 뜻대로 되는 것이 얼마나 있을까. 정우가 정우의 뜻이라서 아직 노총각의 딱지를 떼지 못한 것은 아닐 테니까. 세상 사람들 모두 멸시하고 비웃고 함부로 대하는 다방 여자에게 마음이 빼앗긴 것도 정우의 뜻은 아니었다.

농촌에서 다방 여자 말고 여자 구경을 할 수 있어야 마음을 빼앗기든지 어쩌든지 할 것이 아니겠냐고. 오죽하면 여자 구경을 위해 비행기를 다 탈까. 하지만 어쩐 일인지 정우는 결혼만큼은 신토불이 신봉자처럼 내 나라의 여자와 해야겠다는 생각은 절대로 변하지 않았다. 오히려 나이가 들수록 더 절실했다. 물론 자기 나이보다 스물다섯이나 적은 베트남의 어린 여자를 맞이해서 아들딸 낳고 잘 살아가는 친구도 있다. 하지만 얼마 못 살고 달아나는 캄보디아 신부도 봤고 시집 와서 몇 년이 지났어도 꺼무죽죽한 때를 벗지 못하는 친구의 필리핀 신부를 봐도 백번이고 천 번이고 정우의 결심은 변할 수 없는 것이 되고 말았다. 그들에 비해 수정다방 민 양은 한마디로 그리스 신화에 나오는 여신이었다.

정우는 민 양과의 재회를 잊을 수가 없었다. 아직도 그 생각만 하면 감기약을 독하게 지어 먹은 것처럼 심장이 벌렁거렸다.

민 양은 다시 봐도 참 예뻤다. 정우만 눈에 콩깍지가 씌워 그런 생각이 든 것은 아니었다. 그날 거기에 모인 모든 사람은 무엇에 씌운 것 모양으로 허둥거렸으니까.

야유회였었다. 장가 못 간 정우를 위한 것이라며 친구들이 큰 선심을 쓰는 척 티켓을 한 장 끊어주었다. 이 티켓이라는 것이 영화 티켓도 아니고 전시회나 공연 관람 티켓도 아니다. 티켓은 시골 다방의 영업 상품 중에 가장 오래도록 인기 있었고 고객층이 두터운 상품이었다. 물론 불법이다.

다방 아가씨는 오전 8시부터 자정까지 다방 주인의 시간이지 아가씨

본인의 시간은 없었다. 거기다가 한 달에 몇 번씩 돌아오는 당번일 경우에는 두 시간이나 앞당겨 주인에게 매여 있어서 아가씨와 술을 마시기 위해서는 시간당 5만 원씩 티켓을 끊어야 데리고 나올 수가 있었다. 그런 체제라 아가씨 스스로 어디 볼일이 있어 외출을 나간다거나 몸이 아파 병원에 갈 때도 본인이 직접 티켓을 끊어놓고 가야 했다. 세 시간이면 15만 원 정도를 그녀가 받을 월급에서 제했다. 몸이 자주 아픈 아가씨나 나태한 아가씨는 스스로 끊는 티켓도 많을 수밖에 없었다. 또 전날 티켓 손님과 술을 진탕 마시거나 외박을 하고 다음날 제시간에 일어나기 힘들어 쓰린 속을 달래가며 다방에 늦게 나타나면 그만큼 월급에서 제하게 된다.

다방 아가씨들의 월급이 일반 기업체의 대학 졸업한 신입사원 월급의 두 배 정도라 해도 정작 그녀들의 손에 들어오는 것은 얼마 되지 않았다. 일단은 매일 술에 찌들어 사는 그녀들이 한 달 내내 결근 한 번 안 하고 출근할 수 있는 체력을 가진 아가씨가 없는 게 가장 큰 이유였고 그 다음은 다방까지 올 정도이면 미루어 짐작해야 했다. 모든 아가씨는 이런저런 사연으로 다방 주인인 업주에게 빚을 많이 지고 있어서 다달이 내야 할 이자만 해도 그녀들이 감당하기 벅찼다. 빚이 있다는 것은 지닌 것이 아무 것도 없다는 뜻이라 그녀들이 필요한 모든 것을 업주에게 또다시 빚을 얻어 사야 했다. 옷값과 화장품값과 담뱃값도 만만치 않은데 생활 습관이 그 모양이라 다방 아가씨밖에 못 되었는지 속옷마저 세탁소에 맡겨 날마다 벌어도 날마다 빚이 늘어나게 되어 있었다. 빚이 눈덩이처럼 늘어나도 손해볼 일이 없는 업주들은 아가씨들을 이곳보다 더 열악한 환경으로 보내버린다든가 외딴섬에 팔아 버리면 되었다. 거기서도 더 빚이 늘어나면 지금은 거의 없어졌다지만 그래도 음성적으로 존재하는 사창가로 팔려가는 것이 마지막 길이었다.

민 양처럼 예쁜 아가씨는 대체로 지고 있는 빚이 상대적으로 많아 돈이 있는 업주라야 그녀를 데리고 올 수가 있었다. 민 양이 진 빚을 업주가 고스란히 갚아주고 그녀를 데리고 와서 짧게는 한 달에서 길게는 몇 달 일을 시키고 그녀를 사가겠다는 다른 업주에게 팔아버리고는 또 그만한 아가씨를 물색해서 데리고 오면 되었다. 대부분의 다방 업주들은 아가씨들을 길게 두지 않았다. 길게 두면 필시 동네 남정네와 정분이 날 것이다. 그렇게 되면 여러 가지 시끄러운 일들이 눈에 불을 보듯이 뻔한 일이라 통상 삼 개월 이상은 두지 않는 것이 상식이었다. 특히 그녀처럼 예쁜 여자들은 비싼 돈을 주고 사왔기에 자금 회전 차원에서라도 얼른얼른 다른 곳으로 팔아버리는 것이 장사 잘하는 일이다. 이런 이유로 이 년 전에 별다방에서 두 달 근무했던 하 양이 이번에는 민 양으로 이름을 바꾸어 수정다방으로 다시 왔다.

과연 비싼 값에 사온 민 양은 제값을 했다. 수정다방에 온 바로 그날 미처 짐을 풀 시간도 없이 수정다방에서 한 블록 건너 모퉁이를 돌면 바로 나오는 이층 당구장으로 첫 배달을 갔다. 업주 입장에선 하루에 열 번도 넘게 차 배달을 시키는 단골집이었고 당구장 특성상 잠재된 고객도 무궁무진한 곳이었기에 분초를 다투어 민 양을 선보여야 했다.

꽃샘바람에도 아랑곳없이 엉덩이를 겨우 가릴까 말까 한 짧은 스커트에 끈 나시 차림은 시골 거리에서 좀처럼 보기 힘든 풍경이었다. 물론 기존의 다방 아가씨들 옷차림이 여염집 여자들의 옷차림 같지는 않았지만 다른 아가씨가 민 양처럼 똑같이 입고 나선다고 해도 그녀처럼 아찔하지는 않았다. 백목련처럼 하얀 피부에 팔다리가 길고 날씬한 민 양이 커피 보따리를 들고 엉덩이를 살랑살랑 흔들며 거리에 나서자 당구장에 도착하기도 전에 길거리에서부터 사람들의 눈길을 잡아끌었다. 업주가 일부러 꽤 먼 거리를 걸어가게 만들고 길도 제대로 가르쳐주지 않는 것은 나름 다 장사속셈이 있기 때문이다. 커피 보따리를 들고 거리를 걸어가게 되면 자동으로 다방에 새로운 아가씨가 왔다는 것을 알리는 것이고 목적지를 제대로 찾지 못한 아가씨가 지나가는 사람이나 길가에 늘어선 가게 문을 펄떡 열고 물어보는 것 자체가 홍보였다. 예측대로 민 양이 거리를 활보하기 반나절 만에 동네는 그녀에 대한 소문으로 가득 찼다. 수정다방의 전화는 커피 주문으로 불이 날 정도였다. 민 양이 차 보따리를 들고 올 때까지 기다릴 수 없는 성질 급한 치들은 일부러 별 중요한 약속도 없으면서 수정다방에서 약속을 잡았다.

이렇게 동네 남자들이 무엇에 홀린 것처럼 통째로 붕 떠 있는 반면에 동네 여자들은 일제히 민 양의 뒤통수에 대고 입을 삐죽이며 눈을 흘겼다. 특별히 남편을 더 단속해야 했다. 그러자 남편들은 마누라의 철통 같은 감시망을 뚫기 위해 밤이나 낮이나 머리를 굴릴 수밖에 없는 찰나에 야유회는 그야말로 허가받은 날이다.

시골에서 친구들끼리의 모임에 빠질 수 없는 것은 바로 한여름날 강가에서 천렵도 하고 족구도 하면서 개 한 마리 잡아 보신탕을 끓여 먹는 야유회이다. 작년에도 삼복더위 시작인 초복에 야유회를 잡았다. 복달임도 하고 몸보신을 해야 여름을 무탈하게 보낼 것이라며 거의 연중행사처럼 행해지던 일이었다. 그런데 올해는 초복 때까지 기다릴 수가 없었다.

그날은 넓은 강을 가로지른 긴 다리 옆에 자리를 잡았다. 바닥이 들여다보이는 시퍼런 물이 뱀처럼 길게 흐르는 강가에는 때 이른 개망초가 피어 있었다. 강가 둔덕에 하얗게 군락을 이루고 있는 키 큰 개망초는 때마침 강물을 거슬러온 바람에 이파리를 살짝살짝 뒤집으면서 해롱거렸다. 해롱거리는 개망초 몇 대 눕히고 커다란 양은솥을 걸었다. 양은솥 안에는 핏물 뺀 고기가 차곡차곡 물에 잠겨 있었다. 준비해온 참나무 장작으로 불을 때 그것을 푹 끓일 동안 이것저것 채소를 준비했다. 친구들은 아직 익지도 않은 고기를 썰어내라고 난리다. 그 성화에 못 이겨 정우는 하던 일을 멈추고 수증기를 폭폭 풍기며 끓고 있는 솥뚜껑을 열고 고기 토막을 이리저리 뒤져보더니 내장과 허파를 건져냈다. 그것을 커다란 나무도마 위에 올려놓고 썰어내자 그들은 물고기 떼처럼 도마로 달려들었다. 파와 마늘을 듬뿍 넣은 고추장에 찍어 소주와 함께 넝큼넝큼 먹어치워 버리자 이번에는 뼈가 듬성드뭇해 보이는 갈비를 꺼냈다. 그것을 뼈가 드러나는 방향으로 길게 썰어 접시에 수북이 담아주었다. 본격적으로 탕을 끓이기 위해 솥 안에 있는 고깃덩어리를 다 건져 따로 커다란 구박에 담아놓고 그 물에 된장과 고추장을 푹푹 몇 숟가락씩 풀었다. 꺼내놓은 고깃덩어리를 결대로 찢기도 하고 여의치 않은 가죽 같은 부위는 칼로 뭉텅뭉텅 썰어서 장마철 큰물처럼 술렁술렁 끓고 있는 곳에 도로 집어넣었다. 고사리와 토란과 어슷어슷 썬 대파와 깻잎과 양파를 다시 집어넣고 마지막으로 마늘 한 국자 듬뿍 넣고 한소끔 끓이고 있을 동안에도 그들은 땀을 뻘뻘 흘리며 갈빗살을 뜯느라 정신이 없었다. 다들 어느 새 머리카락이 희끗희끗했고 이마에 주름이 두 가닥 세 가닥 잡혀 있었지만 입맛은 여전히 정우가 끓여주는 보신탕을 좋아했다. 장마철에 큰물나갈 때처럼 보신탕이 울렁울렁 끓어오르자 마치 화룡점정처럼 들깻가루를 한 국자 집어넣고 있는 정우의 체크 셔츠도 땀으로 폭 젖어 있었다. 구수한 냄새가 풍겼다. 냄새만 맡아도 탕의 맛을 알 수가 있었다.

그때 긴 다리 위로 요란한 소리를 내며 오토바이가 나타나자 아귀처럼 우적우적 씹어 먹던 입놀림이 일제히 뚝 멈추었다. 민 양이 도착한 모양이었다. 정우의 친구들은 모두 젓가락을 집어던지고 함성을 지르며 강물에 사는 동자개처럼 우르르 강둑으로 몰려가 민 양을 에워쌌다. 정우만 불을 낮추기 위해 아궁이 장작불을 몇 개 빼면서 친구들의 그 꼴을 물끄러미 바라볼 뿐이었다.

파랗게 살찐 버드나무와 하얀 개망초 숲에 싸여 있는 민 양은 독보적이었다. 허리까지 내려오는 빨강 머리와 빨강 끈 나시는 사하라 사막에 막 떠오르는 태양보다 더 붉어 보였고 엉덩이에 착 달라붙었다가 급하게 퍼지는 하얀 스커트는 짧아도 너무 짧아 현기증이 일 정도였다. 하지만 정작 당사자인 민 양은 아랑곳없이 큰 돌과 작은 돌과 개망초와 쐐기풀 사이를 여치처럼 폴짝폴짝 뛰어 정우 옆으로 날아왔다. 친구 중에는 민 양이 타고온 스쿠터를 호텔의 주차요원처럼 한쪽으로 제대로 세우는 치가 있는가 하면, 그녀가 들고온 커피 보따리를 두 손으로 신줏단지 모시듯이 들고오는 치에다, 민 양이 여치처럼 폴짝폴짝 뛰는 그 동선을 그대로 따라하는 치까지 그야말로 가관이었다. 민 양은 정우 옆에 앉자마자 도마 위에 있는 갈비를 덥석 들고 뜯기 시작했다. 치마가 짧아서 가리는 것을 포기했는지 아니면 상관이 없는지 빨간 망사 팬티가 활짝 핀 모란꽃처럼 다 드러났다. 당사자는 너무나 태연한데 오히려 눈가에는 웃음기가 대롱대롱 매달려 있는데 정우는 눈 둘 데가 없어서 안절부절못했다. 귓불까지 발갛게 달아올라 있는 얼굴을 들킬까봐 솥뚜껑을 일없이 다시 열어보기도 하고 잘 타고 있는 불을 괜히 쏘시기도 했다. 하 양이 민 양으로 이름을 바꾸어서 정우 앞에 다시 앉아 있었지만 그는 여전히 그녀를 제대로 바라볼 수가 없었다. 심장이 벌렁거렸고 머릿속에서는 자갈이 굴러가고 있었다.

민 양이 강가에 도착하자 마치 물속에 잠자고 있던 물고기 떼가 소낙비 한 자락에 일제히 수면 위로 뛰어오른 것처럼 친구들은 들렜다. 조금 전의 갈빗살을 뜯어 먹을 때의 주고받는 목소리가 음계의 '레' 정도였다면 지금은 '솔' 정도의 높이로 왁자지껄 흥겨워했다. 노총각인 정우를 위해 민 양을 불렀다면서 정작 정우는 안중에도 없었다. 배려도 없었다. 민 양은 친구들이 경쟁적으로 권하는 술을 한 번도 거절하지 않고 홀짝홀짝 잘 받아 마셨고 친구들이 시샘하지 않게 골고루 술도 잘 권했다. 그리고 목구멍으로 술렁술렁 넘어가는 술처럼 잘 웃었다. 친구들이 노래를 청하면 노래를 불렀고 춤을 추자고 하면 울퉁불퉁한 자갈 위에서 피나 바우슈처럼 춤을 췄다. 오후쯤에 한 자락 내린다는 소나기를 대비해 기다란 시멘트 다리도 옆에 둘 정도로 단단히 준비했건만 소나기는 내리지 않았다. 그 대신 미처 예측 못 한 난감한 일이 발생하고 말았다.

민 양이 스쿠터를 타고온 기다란 다리 위로 여자들이 건너오고 있었다. 강가에서 민 양과 주지육림에 빠져 있는 남자들의 숫자와 얼추 맞았다. 열아홉은 되는 여자들의 차림새는 비슷비슷했다. 밭고랑을 타고 앉아 김을 매다가 온 모양인지 엉덩이에 흙을 잔뜩 묻힌 채 긴 고무장화를 신었고 목덜미까지 천 가리개가 달린 챙이 넓은 모자를 쓰고 수건을 목에 걸고 있었다. 하지만 손에는 제각기 다른 무엇인가를 들고 있었다. 호미를 제일 많이 들었다. 곡괭이를 든 여자에다가 플라스틱 바가지를 든 여자에다가 양동이를 들고 있는 여자에 하여간 주위에 굴러다니는 것 중에 무엇이든지 가장 먼저 눈에 띈 것을 들고옴 직했다. 무엇보다도 하나같이 분기탱천한 얼굴에다 호흡이 거칠었고 단단히 작정한 듯한 결기마저 푸르게 어렸다. 그녀들이 시멘트 다리를 다 건너 개망초가 하얗게 흐드러지게 피어 있는 강 둔덕을 턱 넘어 서자 그때야 그녀들을 알아보는 치가 있었다. 알아본 치는 어마지두에 옆에 있는 치의 옆구리를 쿡 찔렀다. 백주에 옆구리를 찔린 친구는 옆구리를 찌른 친구를 꼬아보다가 그 치의 눈짓을 따라가다가 자기도 모르게 벌떡 일어났다.

친구들의 아내가 쳐들어왔다. 세상에서 제일 무서운 것은 호랑이도 마마도 아닌 아내가 아니던가. 혼비백산을 할 수밖에 없었다. 조금 전까지 민 양 앞에서 온갖 거드름을 다 피우며 잘난 척을 했던 호방한 기운은 어디로 보내버리고는 꽁지가 빠지게 도망을 치는 게 가장 현명한 처신이라는 것을 그들은 잘 알았다. 한두 번 해본 솜씨가 아니었으니까.

아내들은 남편들이 숯불에 콩 튀듯이 사방팔방으로 다 도망쳐버리자 홀로 남겨진 민 양에게 일제히 덤벼들었다. 하긴 아내들은 남편들보다 민 양이 더 미웠다. 이 모든 사태는 그녀가 이 동네에 들어왔기 때문이라고 생각했다. 주위에 흥청망청 널브러져 있는 온갖 술에 온갖 과일에 고기를 보니 더 억하심정이 들었다. 자기들은 날마다 밭고랑에 엎드려서 일만 했지 한 번도 마음 놓고 경치 좋은 물가에 와서 흥청망청 먹어본 적이 없었다. 그런데 어디서 굴러들어왔는지도 모르는 개뼈다귀는 이런 호강을 하는 것이 배가 아팠다. 자기들보다 얼굴이 예쁜 것이 무엇보다도 죽이고 싶을 정도로 미웠다. 아내들 중에 기석 아내도 있었다.

"이런 불여시, 너 오늘 잘 만났다. 내 손에 죽어봐라."

멍키 스패너를 자갈밭에 내팽개치고 한 손으로 민 양의 긴 머리채를 확 잡아채며 소리를 질렀다. 겁을 잔뜩 먹고 있던 민 양은 비명도 지르지 못하고 그녀가 휘두르는 대로 휘둘릴 뿐이었다. 민 양은 강물 속의 물풀 같았다. 여자들은 뱀처럼 뭉쳤다. 민 양의 머리채는 병든 짐승처럼 뭉텅뭉텅 뽑혔다. 옷은 갈기갈기 찢어졌고 입가며 손바닥이며 팔꿈치며 무릎에 피가 철철 흘러도 여자들은 눈도 끔쩍하지 않았고 더 사나워졌고 더 기세등등했다. 정우는 얌전한 기석 아내가 이렇게 욕도 잘하고 사나울 줄은 미처 몰랐다. 민 양은 여자보다 키만 강가에 서 있는 미루나무처럼 더 컸을 뿐이지 모든 것이 열악했다. 커다란 양은 양동이를 들고 있던 여자가 듣도 보도 못한 쌍욕을 하면서 그것으로 민 양의 얼굴을 때리자 요란한 소리가 강물을 들썩였다. 바가지를 들고 있던 여자도 육두문자를 하며 민 양에게 달려들자 바가지가 흥부네 박처럼 두 동강으로 쩍 갈라졌다. 곡괭이 자루를 들고 있던 여자까지 민 양에게 달려들자 이때껏 구석에서 없는 듯이 앉아 있던 정우가 벼락처럼 소리를 질렀다.

"그만, 그만들 하라고!"

들쥐처럼 덤벼들던 여자들은 주춤했다. 여자들의 주춤한 그 틈을 타서 정우는 입고 있던 셔츠를 벗어 민 양의 몸을 가려주었다. 애당초 몸을 별로 가릴 수도 없는 옷이 그나마 찢어져 펄렁거리는 바람에 민 양은 거의 벌거벗은 꼴이 되고 말았었다. 여자들은 그제야 정우가 보였다. 여자들은 아직도 분이 풀리지 않아 숨을 헐떡이면서도 민망했다. 호미를 주워들고 그 자리에서 자갈밭이라도 파고 싶었고 양동이를 들고 있는 여자는 강물이라도 푸면서 딴짓을 하고 싶었다. 민망하기로 따진다면 정우도 마찬가지였다. 어찌 되었던지 정우로 인해 벌어진 사태였으니까.

무르춤한 여자들이 들어올 때의 그 대열로 긴 다리를 건너가자 그제야 민 양은 자갈밭에 털썩 주저앉았다. 그리고는 울었다. 처음에는 어깨를 들썩거리는 정도였지만 점점 울음소리가 커지다가 마침내 강물을 다 삼켜버릴 기세로 엉엉 통곡했다. 정우는 민 양과 멀찍이 떨어져 앉아서 민 양의 우는 모습을 속수무책으로 바라보기만 했다.

새파랗던 하늘이 거짓말처럼 컴컴해졌다. 정우는 어두컴컴해지는 하늘을 한 번 올려다보고 이제는 아예 두 다리를 쫙 뻗고 울고 있는 민 양도 바라보고 하는데 개망초 숲에서 '두두둑'하는 소리가 들렸다. 순식간에 달구비가 개망초 꽃대를 부러뜨릴 기세로 떨어지기 시작했다. 요란한 빗소리도 민 양의 울음소리는 묻지 못했다. 정우도 민 양처럼 울고 싶었다. 한바탕 울고 나면 갑갑한 가슴이 시원할 것 같았다. 친구들도 미웠고 매번 친구들에게 이용만 당하는 것 같아 한심했고 똥도 안 눌 것 같이 예쁜 여자가 이렇게 서럽게 우는 것이 불쌍해서 눈물이 났다. 노모를 고추밭에 모시면서 한 방울도 흘리지 않았던 눈물이 이제야 터졌다. 정우도 울자 민 양은 울음을 뚝 그치고 정우를 바라보았다. 정우와 눈이 마주치자 더 큰소리로 엉엉 울기 시작했다. 달구비가 멈출 때까지 둘은 울다가 비가 멈추자 약속이나 한 것처럼 울음을 뚝 그쳤다. 그것이 머쓱해서 마주 쳐다보고 웃기도 했다. 정우가 '울다가 웃으면 똥구멍에 털 난대요' 하자 민 양은 또 웃었다.

그 사이 맑은 강물은 누런 흙탕물로 변해 기세 좋게 울렁거리며 흘렀다. 개망초 잎에는 빗방울이 이슬처럼 대롱대롱 매달려 있었다. 강가의 조약돌은 반질반질 윤이 났다.

강물 위에 떠 있는 산 그림자가 어둑어둑해지자 정우는 으스스 한기가 돋았다. 입술이 새파랗게 변한 민 양은 몸을 잔뜩 움츠리고 있었다. 정우는 민 양 앞에 앉아서 등을 돌려댔다. 민 양은 맨발이었다. 정우의 등을 물끄러미 바라보고 있던 민 양은 정우의 등에 답싹 업히며 처음으로 웃었다. 친구와 술 마시며 술처럼 웃던 웃음과 달랐다. 머리는 쑥부쟁이고 화장이 뭉개져 얼굴이 얼룩덜룩했고 도자기같이 매끄러운 얼굴이며 팔다리 곳곳이 빨갛게 생채기가 났고 퍼렇게 멍이 들었고 퉁퉁 붓기도 했지만 신경 쓰지 않는 웃음이었다. 정우의 등으로 전해오는 민 양의 몸은 차갑다가 곧 따뜻해졌다. 민 양의 긴 머리카락이 정우의 볼을 간질였다.

정우는 소낙비를 잔뜩 머금고 있는 개망초 숲이 종아리를 툭툭 치는 언덕을 지나 긴 다리를 건너 아스팔트 길을 민 양을 업은 채 걸었다. 멀리서 다가오는 차량의 불빛이 보일라치면 어두컴컴한 산 그림자 밑에 숨어들었다가 차량이 지나가면 다시 걸었다. 숨을 때마다 등에 업힌 민 양이 키들키들 웃었다. 정우가 웃지 않으면 정우의 옆구리를 간질여서 함께 웃었다. 셔츠를 민 양이 이불처럼 덮고 있는 바람에 정우는 속옷 바람이었는데 하필이면 늘어날 대로 늘어나 너덜너덜한 데다 등 어느 한 곳에 구멍이 나 있는 메리야스였다. 민 양은 그 구멍에 손가락을 넣고 빙글빙글 돌리면서 키득거리곤 했다. 하늘에 빼곡히 박혀 있는 별들도 웃었고 강물 위로 뛰어 오르는 물고기도 웃었고 그 물고기를 노리는 수달 가족도 긴 수염을 흔들면서 함께 웃던 날이었다.

아무리 화장실에 들어갈 때와 나올 때가 다르다고 해도 이건 해도 너무했다. 민 양이 안면몰수를 하고 나왔다. 정우 등에 업혀서 키득거리며 장난을 치던 것이 일 년 전도 아니고 한 달 전도 아닌 바로 엊그제 일인데 전혀 모르쇠다. 기가 찰 노릇이었다. 증인이 있다면 민 양 앞에 보란 듯이 내세우겠지만 강물에 사는 수달 가족을 증인으로 내세울 수는 없었다. 작업복에 장화를 신고 다방을 찾아가서 문제였을까. 물론 정우도 처음부터 그런 복장으로 민 양을 만나러 갈 작정은 아니었다. 양복에다 넥타이를 매고 구두까지 신고 거울을 들여다보니 정우가 봐도 영 어색했다. 군대 제대한 기념으로 산 양복은 유행이 지나도 한참이나 지난 게 문제였고 넥타이도 그 시절에나 어울렸던 빨간 색도 볼썽사나웠다. 검은 머리카락보다는 흰 머리카락이 더 많은 머리에 쭈글쭈글하고 축 처진데다 빛깔마저 거무튀튀한 얼굴과 목에는 언감생심이라 차라리 평소의 모습을 고집했다. 그런데 그것이 잘못인 것 같았다. 다방에 척 들어선 정우의 모습을 민 양은 아래위로 한 번 훑어보더니만 고개를 싹 돌려버리고는 수족관 옆에 죽치고 앉아 있는 놈팡이들 쪽으로 쪼르르 가버리고 말았다. 정우는 황당했지만 달리 방법이 없었다. 처음 며칠 동안은 그런 푸대접을 받으면서도 날마다 수정다방으로 출근했다. 빈자리에 앉아서 커피를 몇 잔씩 시켜 먹으면서 혹시나 민 양이 쳐다볼까 싶어 기다렸지만 민 양은 정우가 안중에도 없는 것처럼 행동했다. 더군다나 할 일 없는 놈팡이는 날마다 다방에서 죽친다고 해도 손해날 일은 없겠지만 정우는 그럴 처지가 아녔다. 밭에 심어놓은 작물은 농부의 발걸음 소리를 듣고 자라는 법이니까.

들판에 퍼렇게 자라고 있는 옥수수의 곁가지를 따야 했다. 곁가지를 제때 뜯어주지 않으면 옥수수자루가 달리지 않았고 달린다고 쳐도 알곡이 들어 있지 않은 쭉정이라 소여물로밖에 쓸 수가 없다. 말하기 좋아 팔천 평이지 눈도 다 미치지 않는 밭에서 곁가지를 따는 것도 보통 일은 아니었다. 정우는 옥수수의 곁가지를 따면서 한 줄기에 암꽃과 수꽃이 같이 피어 있는 옥수수 몸이 부러웠다. 지금쯤 민 양은 어느 놈팡이와 무슨 수작을 부릴지 알 수가 없어 답답했다.

그렇게 민 양이 좋으면 티켓을 끊어 옥수수밭을 보여주라고 친구들이 말했다. 여자들은 영악해서 눈으로 확인되어야 마음을 준다며 눈앞에 퍼렇게 펼쳐진 옥수수밭만 보면 그 자리에서 바로 옷을 훌러덩 벗을 거라고 낄낄거렸다. 정우는 친구들의 그런 말이 마음에 들지 않았다. 민 양의 마음을 그런 식으로 얻고 싶지는 않았다. 그날 민 양을 업고 개망초 핀 둔덕을 지나 아스팔트 위를 걸어 수정다방까지 올 동안 서로 마음으로 교감이 이루어졌다고 믿었기 때문이다.

옥수수 줄기가 굵어지면서 줄기 끝에서 개꼬리가 피기 시작해도 민 양은 여전히 냉갈령을 맵짜게 부려서 정우는 살맛이 나지 않았다. 그런데 익숙한 스쿠터 소리가 둘둘 났다. 처음에는 환청인 줄 알았다. 사방이 산으로 빙 둘러싸여 있어서 옥수수와 정우와 간간이 정우의 뺨을 간질이는 바람 소리와 새 울음밖에 없는 곳이기 때문이다. 오매불망 기다리다 보니 귀가 미쳤다고 생각했다. 잎겨드랑이에서 암꽃 이삭인 옥수수자루가 달리며 빨간 수염이 나오기 시작할 무렵이었다.

타는 사람에 따라 스쿠터 소리가 다를 턱이 있냐고 하지만 정우는 민 양이 타고 오는 스쿠터 소리를 맞힐 수가 있었다. 민 양은 퍼렇게 뻘겋게 물결치는 옥수수밭을 한참을 바라보았다. 옥수수자루에 달린 빨간 수염과 민 양의 빨간 머리가 닮아서 민 양이 옥수수 같기도 했고 반대로 옥수수가 민 양 같기도 했다.

"아저씨, 부자였구나! 다음에는 머리빗을 가지고 와야지."

"……?"

"빨간 수염을 빗겨주고 싶어."

"수염을 건들면 알갱이가 여물지 못하는데……."

"아니면 말고."

민 양은 눈을 흘기며 옥수수밭 가에 쪼그리고 앉더니 스쿠터에 싣고 온 커피 보따리를 풀었다. 친구들이 옥수수밭으로 커피 배달을 보낸 모양이었다. 바람 한 자락에 옥수수밭이 통째로 서그럭서그럭 울어대자 민 양은 타놓은 커피를 보자기로 조심스럽게 덮었다.

옥수수자루가 굵어지자 때맞추어 옥수수수염도 갈색으로 말라갔다. 민 양의 빨간 머리카락도 기다렸다는 듯이 갈색으로 바뀌었다.

며칠 전에 장사꾼이 옥수수밭으로 왔었다. 군데군데를 돌며 옥수수를 살짝살짝 까보더니 가격을 깎지 않았다. 계약금이 통장에 찍히자 정우는 제일 먼저 민 양이 보고 싶었다. 잔금까지 다 받게 되면 수정다방으로 찾아갈 작정이다. 주인에게 민 양의 몸값을 대신 물어주고 민 양을 데리고 올 작심을 했다. 물론 옥수수만 팔아서는 수정다방 주인이 요구하는 금액을 충당할 수가 없어 밭을 담보로 대출을 받을 작정이다. 정우가 민 양에게 이런 계획을 털어놓자 민 양은 고개를 끄덕이기만 했다.

"나는 배운 게 도둑질이라고 앞으로도 계속 농사를 짓겠지만 너에게는 절대로 농사일을 시키지 않을 거야."

"치, 농사일이 뭐 어때서? 다방 레지 생활보다는 백 배는 나을 텐데. 아저씨는 벌거벗고 길거리를 헤매고 다니는 게 얼마나 창피한지 모르지?"

옥수수를 출하하는 날이 다가오고 있었다. 그런데 그때까지가 옥수수는 가장 위험한 기간이기도 했다. 특별 손님이 호시탐탐 노리고 있기 때문이다. 그즈음 정우 옥수수밭 건너편에 있던 한동네 사람 옥수수밭 한 자리가 특별 손님의 방문으로 장사꾼에게 받은 계약금을 고스란히 토해냈다는 소문을 들었다. 그놈은 잔인했다. 조금도 남겨두지 않고 싹쓸이하는 습성이 있어서 그놈이 쓸고 간 자리는 소여물도 할 게 없다. 정우의 옥수수밭은 건너편에 있는 옥수수밭보다 더 산 밑에 있어서 그놈에게는 더 기가 막히게 좋은 조건이었다. 그 좋은 조건을 특별 손님이 외면할 턱이 없었다. 야생동물 보호니 뭐니 때문에 그놈들의 개체수가 날마다 느는 것도 이유였다.

그놈에게 옥수수를 빼앗기지 않는 방법은 전기 목책을 설치하는 방법밖에 없었다. 대부분 정우 옥수수밭처럼 산자락과 이웃해 있는 밭에는 전기 목책을 설치해 그놈의 접근을 막곤 했다. 그런데 정우는 전기 목책이 마음에 안 들었다. 한 해 동안 전기 목책으로 인해 발생하는 사고가 한두 건이 아니기 때문이다. 그놈의 접근을 막기 위한 목적으로 그것을 설치했건만 애먼 동물과 사람이 해를 입기도 했다. 가끔 전기 목책에 감전되어 새카맣게 변해 있는 고라니나 토끼를 보고 나면 마음이 편하지가 않았다. 작년에는 산에 나물을 뜯으러 갔던 한동네 할머니가 전기 목책에 감전되어 그 자리에서 즉사하는 것을 직접 보고나니 더 마음에 들지 않았다. 이런 정우의 마음이 그놈에게 정상 참작되었던지 그 동안은 그놈에게 들키지 않고 무탈했었다. 그런데 올해처럼 옥수숫값이 천정부지로 치솟았을 때 더군다나 민 양도 데리고 와야 하는데 그놈에게 들켜버렸으니 난감했다.

그놈은 산자락과 이웃하고 있는 정우의 옥수수밭에 들어가서 딱 세 대궁만 엎어놓고 그냥 가버렸다. 익지 않은 것은 절대 먹지 않는 놈이었다. 이제 정우네 옥수수밭은 큰일났다. 옥수수밭이 결딴나는 것은 시간문제였다.

칠월의 햇살은 산속의 외딴 옥수수밭도 비껴가지 않았다. 물떠러지처럼 햇살이 옥수수밭에 쨍쨍 내리꽂자 정우도 옥수수도 땅으로 척척 늘어졌다. 마치 중력의 법칙을 충실히 따르는 기분이었다. 시도 때도 없이 울어대던 매미 울음소리도 들리지 않았다. 더군다나 바람 한 자락 불어오지 않자 숨이 턱턱 막힐 지경이었다. 그렇게 철통같이 지켰건만 그놈들에게 또 들켜버리자 더 덥고 맥이 빠졌다. 정우는 요 며칠 동안 축포를 쏘아대느라 제대로 잠다운 잠을 자지 못했다. 사람은 환경의 동물이라는 말은 꼭 정우를 두고 하는 소리인 듯싶었다. 제대로 먹지도 씻지도 못하자 사람이기보다는 그놈과 닮아가고 있었다.

그때 민 양이 오는 소리가 들렸다. 정우는 자울자울 하다가 정신이 번쩍 들었다. 민 양은 스스로 티켓을 끊어 옥수수밭으로 커피 보따리를 들고 찾아왔다. 보따리에는 커피와 함께 포일에 돌돌 감겨 있는 김밥과 캔 맥주와 땅콩도 함께 있었다. 그런데 그게 전부는 아닌 모양이었다. 잠시 머뭇머뭇하더니만 검은 봉지로 싼 것을 슬그머니 꺼내면서 얼굴을 붉혔다. 얼떨결에 검은 봉지를 풀어본 정우도 얼굴을 붉혔다. 검은 봉지 안에는 아찔한 색색의 여자 팬티가 수두룩했다. 그것도 새 것도 아닌 깨끗이 빤 것도 아닌 냄새가 고약한 입다가 벗어놓은 것을 그대로 가지고 왔다.

"며칠을 갈아입지 못해 찝찝해서 혼났네."

민 양은 기어들어가는 목소리로 속삭였다. 정우가 지금 가장 필요한 것을 귀신같이 알고 가지고 왔다. 정우는 몇 번이나 민 양에게 부탁해 보고 싶었지만 총각이 처녀에게 부탁할 말은 아니어서 입이 떨어지지 않았다. 그놈을 퇴치하기에 직방이라고 했다. 대부분 사람은 그것을 사용해서 그놈의 접근을 막는다고 했다. 과학적으로 입증되지 않았지만 옥수수밭에 전설처럼 널리 통용되었다.

밤새도록 축포를 쏘아대는 것도 쉬운 일은 아니었지만 갈수록 약발이 떨어지는 게 문제였다. 몸길이가 2m나 되고 체고도 높은 놈이 상대적으로 목은 짧아 미련스러울 것 같지만 생긴 것과는 딴판으로 영리했다. 밤하늘에 축포를 쏘아올리는 며칠 동안은 멀리 도망을 갔다. 그 중에 덜 놀란 놈은 숨소리조차 숨긴 채 납작 엎드려 있으면서 호시탐탐 기회를 노렸다. 그러다가 소리만 요란했지 별것 아니라는 것을 어느새 깨달아버렸는지 산자락 밑으로 그놈의 발자국이 또 보였다. 며칠 전에 딱 세 대궁만 엎어놓고 간 놈과는 체급이 달랐다. 이번에는 아주 거대한 놈이 다녀갔다. 그놈이 남긴 발자국의 크기로 보아 300kg은 되어 보였고 흑갈색 털이 기다란 옥수수 잎에 군데군데 묻어 있었다. 선발대가 정찰을 온 모양이었다. 그놈들은 옥수수가 가장 잘 익어 맛있는 때를 알고 있었다. 그날이 되면 그놈은 그놈의 마누라와 자식들까지 한 줄로 쭉 줄 세워 거느리고 와서 밭 한자리를 쑥대밭으로 만들고 가버릴 것이다. 그런 생각만 하면 잠도 오지 않아 정우는 오늘 밤은 또 무슨 수로 그놈과 씨름할까 고민하던 차에 민 양이 그것을 들고 나타났다.

그놈은 특히 후각이 발달하여서 사람 냄새를 잘 맡았다. 그런데 정우처럼 일찌감치 옥수수밭 가에 텐트를 쳐놓고 사는 사람은 경계를 하지 않았다. 물론 처음에는 엄청나게 경계를 했겠지만 산속에서 씻지도 않고 며칠을 지내면 그놈이나 정우나 냄새 자체가 다르지 않았다. 사람의 속옷은 특히 여자의 속옷은 가장 효과가 커서 몇 장만 군데군데 걸어놓으면 며칠 동안은 그놈의 꼬랑지도 보이지 않는다. 정우도 푸른 냄새만 있던 옥수수밭에 민 양으로 인해 정신이 혼몽할 정도로 아찔했다.

"내가 아니면 누가 이렇게 지저분한 아저씨를 좋아해줄까?"

민 양은 산사람 같은 정우의 모습에 깔깔거리며 웃기도 하고 놀리기도 하고 코를 쥐고 숨을 참기도 하고 눈을 흘기기도 했다. 수염 때문에 얼굴이 따갑다고 얼굴을 찡그리기도 했다. 정우는 오랜만에 읍내에 나와 목욕도 하고 수염도 깎고 머리카락도 자를 작정이었다. 말끔하게 단장을 하고 수정다방 가서 티켓을 끊어 민 양과 함께 근사한 저녁을 먹고 오랜만에 편안하게 자고 싶었다. 민 양이 그러자고 했다. 자기의 생일이란다. 태어나서 생일다운 생일을 한 번도 보낸 적이 없었지만 이번에는 잘 보내고 싶다고 했다. 정우에게 한 번도 무엇을 바란 적이 없는 민 양이었기에 정우는 그녀의 바람을 들어주고 싶었다. 명품 옷을 사달라고 하는 것도 아닌 저녁 한 끼를 그놈 때문에 다음으로 미룰 수는 없었다. 옥수수밭은 군데군데 빨래처럼 걸어둔 속옷이 사람 백 명의 효과를 내면서 그놈들을 잘 막아줄 것이라고 믿었다. 아니 믿고 싶었다. 하루쯤은 괜찮을 것 같았다. 달리 방법이 없기도 했으니까. 하루가 행복해야 일 년이 행복한 것이라고 민 양이 그의 어깨에 머리를 기대고 속삭이자 정우는 옥수수 걱정을 접어야 했다.

초토화란 단어가 전쟁터에서만 쓰는 단어일까. 쓰나미가 깊은 산속에 들이닥쳤다고 해야 맞는 표현일까. 다음날 아침 정우네 옥수수밭은 초토화가 되어 있었다. 눈앞에 낭자하게 펼쳐진 옥수수밭은 이미 아무것도 아닌 것으로 변했다. 난폭한 사냥꾼은 옥수수를 한 통도 남기지 않았다. 그것도 잘 익은 것만 골라서였다. 조금 덜 여문 것은 주둥이도 대지 않았다. 삐죽한 주둥이와 커다란 앞발 뒷발로 옥수수 대궁을 눕히고 날카로운 송곳니로 옥수수를 먹어 치웠다. 팔천 평은 무시무시한 식탐을 자랑하는 그놈들에게도 버거운지 나중에는 이빨자국만 낸 옥수수가 태반이었다. 자기가 못 먹을 바에는 침이라도 뱉을 작정인 모양이었다. 아님 살려두면 뒤탈이 생길까 두려워 총을 쏴버린 점령군의 잔혹성을 닮은 것 같았다. 무엇보다 가장 심각한 것은 푸른 냄새만 있던 그곳이 흑갈색의 털이 난분분히 날리며 누린내로 진동을 했다. 정우는 그놈들의 냄새로 숨을 쉴 수가 없어 코를 싸쥐었다.

'홀딱 벗고'

'홀딱 벗고'

어디선가 또 그 놈의 울음소리가 들려왔다.

마당가 여자

그 여자가 우리 집 행랑채로 이사온 날은 어둠이 바닥까지 아슴아슴 내려앉은 지지난해 초가을 저녁이었다. 집을 밀면서 마당가에 붙어 있던 행랑채는 가을철 고추 말리기에 안성맞춤이라는 바람에 남겨두었다. 그리고 행랑채이긴 하지만 장 칸의 방 한 개와 쪽마루 식의 거실에다 욕실과 주방을 갖추고 있어 세를 놓으면 월세 받는 재미가 제법 짭짤하리라는 것도 어머니는 염두에 두었던 모양이다.

남편은 붉은 벽돌로 지어진 2층 옆에 혹처럼 나지막하게 붙어 있는 그 방 때문에 새로 지은 집까지 지저분해 보인다고 하루 빨리 행랑채를 밀어버릴 생각을 했다. 대신 그 자리에 연못을 만들어 비단잉어를 풀어놓고 연꽃과 부레옥잠을 피울 작정이었고 연못 주위로 키 낮은 채송화와 갖가지 꽃나무를 심어야겠다고 벼르고 있었다.

남편이 그런 여자를 집에 들이면 어떡하느냐고 투덜거리자 어머니는 그럼 당장 그 밤에 잘 곳이 없는 여자를 거리로 내몰라는 말이냐고 도리어 역정을 내었다. 하나님이 다 내려다보고 있다며……. 그 여자가 세 들어 살고 있었던 방이 집중호우로 물에 잠겨버렸다고 했다. 우리 집 행랑채가 아니면 잠잘 데가 없느냐고 남편이 또 툴툴거리자, 주여! 혼자 사는 여자가 돈이 있어야 번듯한 집으로 들어갈 것이 아니겠냐며, 그리고 마을에 수해 복구공사하는 인부들이 잔뜩 들어와 웬만한 곳은 다 들어찼다고 했다. 난 남편에게 어머니가 신앙심이 깊으셔서 그러니 당장 집을 허물 것도 아니면서 월세나 받게 놔두지 왜 그러느냐고 했더니 남편은 모르면 가만히 있으라고 나에게 역정을 냈다. 그리고는 화를 낸 것이 미안했던지 내 눈치를 흘끔 보면서 이상한 여자라고 했다. 배가 만삭이더라고 했다. 아니 여자가 아기를 가진 것이 뭐 그렇게 대수냐고 하자, 혼자 사는 여자인 데다 나이가 쉰은 넘어 보인다고 했다. 그 소리에 나는 픽 웃으면서 남편은 없을지 몰라도 제법 재미나게 사는 여자네, 했다. 그러자 남편은 내 말이 맘에 안 드는지 굵은 눈썹을 한 번 꿈틀하더니 휙 밖으로 나가버리고 말았다.

남편이 더는 그 여자에 대해 말이 없자 그 여자에 관해서는 까맣게 잊어버렸다. 뜬금없이 이엽춘이라는 이름으로 십육만 원이 입금되고서야 그 여자가 몸을 풀러갔다는 것도 알게 되었다. 십육만 원은 어머니가 다달이 받는 집세 금액이었다.

그 여자가 사는 방문 앞에는 갖가지 모양의 항아리가 햇빛에 반질반질 윤을 내는 장독대가 덩그렇게 놓여 있었고 그 옆에는 작년부터 꽃을 피우기 시작하는 목련나무가 한 그루 서 있었다. 그런데 어느 날부터 그 목련나무가 한쪽 옆으로 비스듬히 기울어지면서 난데없이 아이 울음소리가 들렸다. 처음에는 지나다니는 들고양이 소리인가 할 정도로 그 울음소리는 참 생뚱맞았다. 그리고 그즈음부터 아침마다 마당에 기저귀가 빨랫줄 한 가득 널리기 시작했다. 그 여자가 아이를 낳아서 돌아왔다. 친정이 있었나 보다고 하자, 그렇게 사는 여자가 무슨 친정이 있겠느냐며 아이를 낳고 언니집에서 몸조리했다며 어머니는 그 여자의 대변인처럼 말했다.

그 여자 때문에 목련나무가 기울어졌다. 기저귀를 널어 말리는 빨랫줄을 한 쪽은 그 여자가 사는 집의 추녀 밑에 걸고 다른 한 쪽은 목련나무 원줄기에 매두었다. 그래서 바람이라도 불라치면 기저귀와 함께 목련나무도 그네 뛰듯 펄렁거리다가 급기야는 기저귀의 무게를 지탱할 수가 없었는지 기저귀 쪽으로 살짝 기울어지고 말았다.

요즈음 세상에도 빨랫줄을 밖에다 드리우는 사람이 있네, 빨래 너는 옷걸이가 얼마나 잘 나왔는데 하면서 중얼거리자 어머니는 그거야 그럴 형편이 안 되는 사람들이 하는 것이라고 했다. 마당 널찍한 집에 사는 사람이 왜 그 좋은 햇볕 마다하고 방안에다 빨래를 너는지 알다가도 모를 일이라면서 혀를 찼다. 그 소리는 멀리 갈 것도 없이 나 들으라는 소리였다. 어머니 말대로 널찍한 마당에 드리워진 빨랫줄을 난 한 번도 사용해보지 않았다. 우선은 빨래를 해서 일 층까지 내려가는 것이 귀찮았을 뿐 아니라 늦은 퇴근 때문에 밤중에 빨래할 때가 많아서였다.

그 여자는 내가 사용하지 않는 빨랫줄을 사용하면 될 것을 굳이 자기 처마 밑에 줄을 드리고는 작년부터 꽃을 피우기 시작하는 어린 나무를 괴롭히는 이유가 대체 무엇일까 싶었다. 빨랫줄에 먼지가 뽀얗게 앉아 있다면 젖은 걸레로 한 번만 죽 훑으면 말끔하게 닦여지건만 그 여자가 그것을 모를 리도 없겠고 그렇다고 빨랫줄이지만 집주인 것이라 건들기 싫어서라는 깔끔한 생각을 할 수 있는 위인은 더더욱 아니지 싶었기 때문이다. 그런 생각을 할 수 있는 사람이라면 나이 오십이 넘어서 아이를 낳아 기를 생각은 하지 않았을 테니까. 더군다나 그 여자가 아빠라고 지목하는 남자마다 모두 오리발을 내밀어 혼자 낳아 키울 수밖에 없다고 했다.

동네 사람들은 그 여자를 이상한 여자로 취급해버렸다. 나에게 은근히 그 여자에 대해 뭔가를 알고 싶어 입이 근질거리는 것만 보아도 알 바였다. 내가 어머니만 보면 그 여자를 험담하고 싶어지는 것과 같은 이치였다.

한의원에 있는 친구는 아예 전화해서 그 여자에 관해 물어보기까지 했다. 아이가 아프다고 한의원에 데리고 왔는데 아이를 발가벗겨 수건에 돌돌 감아 안고 왔다며. 나는 대수롭지 않게 아이가 너무 작아 맞는 옷이 없어서겠지 했더니 같은 집에 사는 사람이 맞긴 하느냐고 힐난을 했다. 석 달이 다 되어가는 아이에게 옷도 안 입혀서 병원에 오는 엄마가 어디에 있느냐며 어디 조금 모자라는 여자인가 싶어서 전화한다고 했다.

한집에 살면서 그 여자를 정면으로 본 것은 그 여자 아들의 백일 아침이었다. 주방에서 식탁을 차리고 있을 때면 어머니는 아침 8시에 나오는 드라마를 거의 넋이 나간 채로 들여다보고 있었다. 남편은 남편대로 방 침대에 누워서 어머니와는 또 다른 채널의 프로를 보고 있을 때 유독 나와 같이 주방에서 얼쩡거리는 것은 몰티즈 종의 강아지 한 마리였다. 식탁 의자나 아니면 냉장고 옆에 배를 깔고 엎드려서 내가 움직이는 동선에 따라 눈만 굴리고 있다가 갑자기 귀를 쫑긋 세우더니 그악스럽게 짖어대며 현관으로 달려나갔다. 누가 계단으로 올라오고 있다는 증거였다. 아니나 다를까 그때야 발걸음 소리가 들렸다. 식탁에 수저를 놓다 말고 얼른 현관으로 나가 보았다.

현관에 서 있는 사람은 이 세상 사람이 아닌 분명 귀신의 모습이었다. 너무 놀라서 가슴이 철렁 내려앉았다. 강아지도 온몸을 덜덜 떨며 거기다 침까지 질질 흘리며 죽기 살기로 덤벼들 듯이 짖어댔다. 머리가 거의 다 하얗게 세어버린 여자가 그 머리를 산발한 채로 늘어날 대로 늘어난 초록색 셔츠에 무릎이 쑥 빠져나온 검은 바지를 입고 말처럼 히힝 웃으면서 보자기를 덮은 쟁반을 들고 서 있었다. 말처럼 웃자 140㎝ 겨우 넘어 보이는 작은 키에도 불구하고 얼굴이 길어서인지 그야말로 말처럼 보였다. 아랫배와 윗배가 볼록했고 옆구리도 볼록했고 팔다리도 소세지처럼 통통했지만 얼굴은 쭈그렁 바가지처럼 쭈글쭈글한 여자였다. 나에게 쟁반을 받으라고 또 히힝 웃는데 그 웃음이 상당히 수줍어하기도 했지만 첫 대면 때의 섬뜩할 만큼 놀란 가슴이라 나는 우물쭈물하고 있었다. 내심 행랑채에 사는 그 여자일 거란 생각에 쟁반을 받을 생각은 안 하고 아침 드라마에 빠진 어머니를 불렀다. 그 사이에 그 여자는 현관에 쟁반을 내려놓고 계단을 내려가고 있었다.

그 여자가 가지고 온 보자기를 덮은 쟁반에는 갖가지 음식이 그득했다. 소고기가 드문드문 섞여 있는 미역국에 갖가지 나물을 넣고 무친 잡채와 더덕구이, 백설기와 수수떡, 오징어를 빵가루에 묻혀서 튀긴 동그란 오징어튀김에 애호박에 빨간 실고추로 고명을 얹어 달걀을 입혀 지져낸 호박전과 먹음직스러워 보이는 산적이 담겨 있었다. 그 여자의 모습과 너무나 달라 그 여자가 만들었을 것 같지가 않은 음식의 모양새였다. 어머니는 오늘이 아들 백일인 모양이라며 식당일을 많이 해서 그런지 음식이 참 참하다고 했다. 평소에 그 여자라면 눈에 불을 켜고 비아냥거린 탓에 나는 그냥 그 여자의 음식을 넙죽 받아먹기는 민망해서 잡채에 어묵을 넣은 것은 처음 보네, 했다.

밤중에 남편과 같이 집에 들어가다 보면 그 여자가 아이를 업고 마당을 서성거리는 것을 자주 보았었다. 우리만 나타나면 도망치듯이 숨어버리는 여자라 그리고 캄캄한 밤이라서 제대로 얼굴을 보지 못했었지만 그 정도일 줄은 몰랐다. 언제나 등산용 스카프를 두건처럼 머리에 쓰고 다녀 머리가 그렇게 하얗게 세어버렸는지 몰랐다.

그 여자가 늘 머리에 퍼런 두건을 쓰고 다니자 어머니도 어느 날부터 그 여자와 똑같은 색깔의 두건을 쓰고 있었다. 그 여자가 준 보자기를 쓰고 다니니 골이 시리지 않다며 도리어 우리가 못하게 하는 것을 나무랐다. 더 나아가서 매일 머리 아프다고 약만 먹지 말고 보자기를 써보라고 나에게 적극 권장까지 하고 나섰다.

목련나무는 기울어진 채로 끝내 꽃을 피우지 않았다. 큰길 하나 사이에 있는 앞집에는 가지마다 몽울몽울 몽우리가 맺혔는데 우리 집 목련은 엎어진 김에 쉬어가자는 쪽인 모양이다. 아니면 그 처지에서는 꽃을 피우지 않을 심산인지 민숭민숭한 처녀 다리로 속없이 아기 기저귀와 함께 매일 펄렁거리며 춤추는 데 정신이 팔린 상태였었다. 그리고 우리는 입이 호사했다. 그 여자가 캐온 쑥이며 냉이며 달래가 깨끗이 손질되어 현관에 놓여 있을 때가 많았다. 그냥 달랑 들어다 먹기가 미안해서 아이 키우기도 힘들 텐데 언제 이런 것을 캐왔을까요, 하고 어머니에게 말 부조를 할라치면 어머니는 기회는 이때라고 싶었는지 그 여자에 대해 일사천리로 브리핑하기 시작했다. 지금도 하루 일을 나가면 일당이 얼마인데 아이 때문에 일을 나가지 못해서 엄청나게 답답해한다고 했다. 아이가 잠깐잠깐 자는 틈을 이용해서 이렇게 먹을거리를 잔뜩 구해 오는 것을 보라고 했다. 그런 여자가 무슨 일을 할 수 있겠느냐고 남편이 퉁 내뱉었다. 그러자 주여! 아버지 하나님, 요사이 농촌에 일손이 달려서 외국 사람들을 데려다가 쓰는 판인데 무슨 소리냐고 도리어 어머니가 남편에게 역정을 내었다.

그 여자는 우리 집에 이사 오기 전에 살았던 그 집에서부터 아니 다른 집, 또 다른 집에서부터 주로 한 일은 배추 작업이었다. 배추밭에 다 자란 배추를 칼로 똑똑 따서 가락동시장으로 갈 트럭에 실어주는 것을 배추 작업이라고 하는데 그 여자는 열 살 겨우 넘어 시작한 이 일을 쉰 살이 넘을 때까지 해왔단다. 배추 작업이 없는 계절에는 식당으로 돌아다니며 닥치는 대로 일을 하느라 한순간도 쉬지 않았었는데 지금은 아이 때문에 어쩔 수 없이 쉬고 있다고 했다.

비슷한 처지의 남자와 살림을 차려봤지만 아이가 생기지 않았다고 했다. 그러자 그 여자의 남편이란 사람은 술만 먹으면 가문의 대를 끊게 생겼다고 허구한 날 그 여자를 때렸다. 어디서 들은 풍월로 가문타령하는 남편이 웃기긴 했지만 그 여자는 꾹꾹 참았다. 그런데 어느 날부터 낯선 여자를 데리고 와서 한방에서 끼고 자더라는 것이다. 그 여자가 막일해 벌어온 돈으로 방안에 앉아 얻어먹으면서 더군다나 용돈까지 받아가면서 그 여자가 있든 말든 별짓 다 하는 그들의 꼴에 더는 참을 수 없어 집을 나왔단다. 그리고 지금까지 가정이란 울타리를 만들어 보지 못하고 이리저리 떠돌아다니며 불쌍하게 살았다며 어머니는 마치 그 여자의 삶을 본 것처럼 말했다. 그런 인간말종은 하나님이 가만히 둘 리가 없다고 덧붙였다. 기름이 절절 끓는 지옥의 기름 가마에 들어가는 것은 떼놓은 당상이라고.

아이 아빠도 배추 작업을 다니다가 만났지만 어차피 혼자 키울 생각을 했기 때문에 아이의 아빠 존재는 별로 신경을 쓰지 않는다고 했다. 오히려 늦게라도 아이가 생겨서 사는 재미가 새록새록 날 정도로 아주 좋다고 했다.

목련나무가 끝내 꽃을 피우지 않았지만 그 옆에 있던 하얀 덩굴장미는 작년보다도 더 풍성하게 꽃을 피우기 시작했다. 이층 베란다 쪽으로 길게 줄을 띄워주자 잘 감고 올라갔었는데 올해는 그 바로 옆에 있는 주목에도 슬쩍 가지를 뻗쳐 주목의 몸통을 서리서리 감고 꽃을 피웠다. 그 여자가 사는 방문 바로 앞에 빨간 덩굴장미도 그에 질세라 그 여자의 방 처마 끝을 타고 올라가며 피기 시작했다. 그러자 지붕 낮은 그 여자의 방은 장독대가 얼마쯤은 가린 데다가 이런저런 꽃나무들에 둘러싸여 있어서 마당에서 보면 방문이 보이지 않을 지경으로 어두컴컴했다. 마치 깊은 산 속에 묻혀 있는 외딴집 같은 느낌이었다. 그 무렵에 일어난 일도 이런 이유로 모르고 있었나 보다.

어느 날부터 한밤중이면 망치로 무엇인가를 두들겨 패는 소리가 들려오기 시작했다. 식구들이 모두 잠들어 있는 한밤중이면 어김없이 찾아오는 소리는 혼자 잠들지 않고 있는 나에게 공포 그 자체였다. 더군다나 남들이 모두 잠들어 있는 시간에만 뭔가를 쓰고 읽을 수가 있어 그 소리 때문에 집중할 수가 없었다.

혼자서는 도저히 소리의 진원지를 확인할 길이 없어 곤히 잠들어 있는 남편을 흔들어 깨웠다. 잠이 덜 깬 남편은 처음에는 소리를 듣지 못하는 것 같았다. 오히려 잘 자는 사람을 깨웠다고 나를 책망하고 싶은 얼굴이더니 갑자기 이 밤중에 무슨 소리지, 하며 한달음에 거실로 달려 나갔다. 팬티만 입고 있는 남편에게 난 얼른 반바지를 건네주면서 옷부터 입으라고 했다. 남편은 반바지를 급하게 다리에 끼우면서 나보고 또 무슨 소리냐고 물었다. 나야말로 남편에게 물어보고 싶은지라 고개를 흔들자 남편은 현관문을 살그머니 열고 베란다로 나갔다. 나도 남편의 등에 몸을 반은 숨긴 채 따라 나가보았다.

새벽 두 시에 2층 베란다에서 내려다보는 마당은 운동회를 할 수 있을 정도로 환한 대낮이었다. 전깃줄을 길게 늘여서 창고 앞에다 백열등을 달아놓고 그 여자는 그 백열등 밑에 쭈그리고 앉아 망치질하고 있었다. 그 여자의 등에는 아이가 업혀 있었고 여전히 머리에는 두건을 쓴 채로 마당 한가득 늘어놓은 가지각색의 알루미늄 깡통을 망치로 두들겨서 납작하게 만드는 데 여념이 없었다. 갑자기 일어서더니만 두 손을 뒤로 돌려서 아이의 엉덩이를 받치고 이번에는 발로 힘껏 밟아가면서 깡통을 찌그러뜨리고 있었다. 망치로 깡통을 두드릴 때만 해도 소리가 규칙적이라고 볼 수 있겠는데 그 여자의 코끼리 같은 발로 깡통을 밟아대는 소리는 도저히 맨정신으로는 듣기가 거북했다. 남편은 내 어깨를 돌려세우면서 내보내든지 해야지 더는 참을 수가 없군, 이라고 했다.

한밤중에 웬 물소리가 철철 났다. 비도 오지 않는데 물소리는 또 사람을 긴장시키기 딱 알맞았다. 새벽으로 달려가는 깊은 밤이면 벌레 소리 하나에도 예민하게 다가오는 판에 철퍽철퍽 물질하는 소리가 나면 신경이 곤두설 수밖에 없었다. 저번의 깡통 밟기 사건으로 미루어보아 또 그 여자가 주인공이 되어 한밤중에 벌이는 퍼포먼스일 거라는 짐작에 남편을 깨우지 않고 나만 살금살금 베란다로 나가 보았다. 이번에도 불야성처럼 환하게 불을 밝혀놓고 그 여자는 아이를 업고 두건을 쓴 채로 장독대 옆에 있는 수돗가에 쭈그리고 앉아서 빨래를 하고 있었다. 이미 빨아서 널어둔 것만 해도 마당 한가득이건만 빨아야 할 빨래도 거짓말 좀 보태 산더미만큼 그 여자 옆에 쌓여 있었다.

그 여자가 빨고 있는 빨래는 오물이 덕지덕지 붙어 있는 온갖 종류의 비닐봉지였다. 그것을 빨랫줄에 일일이 널어놓고 바람에 날아가지 않게 집게까지 집어놓았다. 정작 널어야 할 빨래는 자기 집 처마 밑만 고집해 애꿎은 목련나무만 잡아놓더니 이번은 양이 많아서 어쩔 수가 없었던 모양이다. 하얀색 검은색 노란색 등 갖가지 색깔과 모양의 비닐이 그 여자 방 앞에 있는 빨랫줄뿐 아니라 마당 한가운데를 가로질러 있는 우리 빨랫줄에도 가득 널려져 있었다. 그것이 바람에 펄렁거리자 베란다에서 내려다보면 꼭 무당집같이 으스스하고 괴기스러웠다. 문제는 날마다 빨랫줄 가득 비닐이 펄렁거려도 어머니는 무당집 같은 집의 외관에는 아랑곳없이 그 여자를 칭찬하기에 바빴다. 무슨 거창하게 환경 보존운동을 지적한 것이 아니라 길가 아무 데고 날아다니는 비닐들을 깨끗이 씻어서 언니에게 보내는 알뜰함과 우애를 칭찬했다. 나는 그 여자의 언니가 무슨 장사를 하는지는 모르겠지만 그 비닐봉지를 들고 가는 손님이 참 불쌍하다는 생각이 들었다.

매스컴에서는 장마가 끝났다지만 추적추적 내리는 비는 좀처럼 멈출 기미가 아니었다. 제발 일기예보대로 그만 비가 멈추었으면 싶었다. 비 때문에 마당이 더 지저분하게 보였다. 동네에서 꽃나무가 가장 예쁘게 피는 집이라는 찬사가 무색하게 마당에는 고물상을 해도 될 만큼 각종 재활용품이 마대자루에 가득가득 담겨서 그 여자가 사는 방의 처마 높이만큼 높게 쌓이기 시작했다. 처음에는 그 여자가 사는 처마 밑에만 쌓았다. 자꾸 늘어나자 우리가 각종 허드레 물건을 보관하는 두 동의 창고 벽을 타고 쌓이고 급기야는 라일락이랑 수국이 잘 피어 있는 대문 옆으로 있는 작은 화단까지 가득가득 쌓이기 시작했다. 수돗가에 얼마쯤 남아 있는 공간까지 마대자루가 높게 쌓이자 마당에 들어서면 무슨 요새 속에 갇혀 있는 기분이었다. 그쯤 되자 우리보다 동네 사람들이 한마디씩 던지기 시작했다. 언제 고물상을 차렸느냐고 하는 정도는 들을 만한 소리였지만 그 여자 때문에 동네가 지저분해진다고 했다. 급기야 그 여자가 동네를 돌아다니며 주워온 각종 재활용품 때문에 냄새가 나서 견딜 수가 없다고 원성이 자자했다.

남편은 이런 사태를 이미 예상이라도 한 것처럼 어머니에게 뭐라고 볼멘소리를 할 작정이면 어머니는 한 차 분량이 되어야 업체에서 물건을 실어간다고 하니 조금만 참으라고 했다. 오죽했으면 그 어린 것을 업고 깡통을 주우러 다닐 생각을 했겠느냐고 했다. 살 만한 사람이 도와주어야지 지저분하다고 못 하게 하면 입에 풀칠이라도 할 수 있겠느냐고 그 여자의 역성을 들었다. 네 이웃을 사랑하라는 성경 말씀도 있다며. 모자가정은 면사무소에서 생활보조금이 좀 나오는 것으로 알고 있는데 그리고 그 사촌오빠가 생활비는 보태기로 하지 않았냐고 내가 어머니에게 여쭈었다. 어머니는 도리어 주여! 주여! 하며 혀를 끌끌 찼다. 그놈이 도망을 가버린 지가 언제인데 여태 그것도 몰랐느냐고, 한집에 살면서 그렇게 관심들은 없고 그냥 내칠 생각만 한다고 했다. 그깟 집 한 채 쓰고 있는 것이 뭐 그리 대단한 세도라고 그러는지 모르겠다는 말에는 남편이나 나나 아무 대꾸 없이 밥이나 먹을 수밖에 없었다.

우리가 짐작했던 대로 그 여자와 잠시 살았던 남자는 사촌오빠가 아니었다. 겨울이 지나고 봄이 무르익자 그 남자는 일거리를 알아봐야겠다며 백만 원만 꾸어달라고 했단다. 그 여자는 땅이 녹기도 전에 냉이며 달래를 캐서 장에 내다 판 것이 그냥저냥 돼서 꾸어주었더니만 그 길로 집을 나가서 여태 돌아오지 않고 있다고 했다. 재활용품을 주우러 다니는 것도 그 돈을 벌충하기 위해서라고 했다. 그 돈도 아이의 수술비였다. 어머니는 애초에 남편 복이 없는 여자가 무슨 복을 기대했는지 모르겠다고 했다. 문둥이 콧구멍에 있는 보리쌀을 꺼내 먹을 종자가 바로 착하고 없는 여자 등쳐먹는 그런 놈이라고 욕을 했다. 그런 놈은 죽어도 곱게 죽지는 못할 것이라고 덧붙였다. 지옥의 절절 끓는 기름가마에서 영원히 고통을 받아야 할 것이라고. 나는 지극히 의도된 목적으로 아니 어머니께선 그 여자의 사촌오빠라고 하지 않으셨어요, 하자 어머니는 주여! 아버지 하나님, 글쎄 나도 그렇다 하길래 그런 줄만 알았지 그렇게 흉악한 사기꾼인 줄은 몰랐다고 얼버무렸다.

지난해 초겨울쯤 그 여자 방에는 밤만 되면 시커먼 남자가 들락거리는 눈치였다. 남편과 늦은 밤에 집에 들어오다가 대문 앞에서 몇 번 마주쳤었다. 그림자처럼 슬쩍슬쩍 왕래하더니 어느 날부터 아예 그 여자와 함께 살기 시작했다. 처음에는 아이의 아버지인 줄 알았다. 자기 아이란 걸 어떻게 증명할 수 있느냐며 펄쩍 뛰던 사람이 이제야 생각이 바뀐 모양이라고 아이를 위해서도 잘된 일이라고 지레짐작을 하기도 했다.

그 여자의 사촌오빠라고 했다. 역시 품 팔아서 하루하루 먹고사는 사람이 겨울이면 일감도 없는데 방세라도 반반씩 부담하면 그만큼 절약이 되고 비싼 난방용 기름값 부담도 줄일 수 있지 않겠냐고 했다고 한다. 그 여자도 아이 때문에 일을 나가지 못하는 대신에 오빠 밥과 빨래를 해주고 얼마큼의 수고비를 받게 되었으니 좋은 일이라며 어머니는 말했다. 그 여자와 아이는 방에서 생활하고 사촌오빠는 거실에서 잠을 자면 전혀 문제될 것도 없다고 어머니는 묻지도 않는 것까지 장황하게 설명했다. 퍼런 두건을 그 여자와 똑같이 쓰고 다니고 그 여자가 캐온 달래며 쑥, 냉이를 맛있게 드시면서도 그리고 남의 말에 의심하지 않는 어머니도 우리처럼 어딘지 찜찜한 구석이 있었던 모양이다.

비가 추적추적 내리는 날이었다. 그 여자는 퍼런 두건 대신 검은 비닐봉지를 머리에 쓰고 노래방 앞에 있는 쓰레기통을 뒤지고 있었다. 분리수거가 되어 있지 않은 쓰레기더미에서 음료수 캔을 골라내느라 내가 동료들과 노래방에서 나와 자기를 지켜보는 것도 모르고 있었다. 아이는 그 여자의 옆에 있는 유모차에 누워 있었는데 유모차에는 비를 가릴 덮개가 없어서 추적추적 내리는 비를 고스란히 맞고 있었다. 웬만한 유모차에는 비를 가릴 수 있는 덮개가 다 달려 있건만 이 유모차는 덮개 대신 그 여자가 수집한 캔들이 비닐봉지에 담겨서 주렁주렁 매달려 있었다. 유모차에 달린 바구니에도 포화상태였고 아이가 누워 있는 곳에도 한 보따리가 들어 있어서 마치 아이가 그것을 안고 있는 모양새였다.

나는 그 여자가 자기가 목적한 음료수 깡통만 챙기고 바닥에 하얗게 흩어져서 비를 맞고 있는 음료수 깡통에서 나옴직한 담배꽁초를 줍지 않을까 걱정을 하느라 비를 맞고 있는 아이 생각은 하지도 않았다.

하루에도 몇 번씩 돌돌 소리가 들리면 오던 길도 돌아섰다. 깡통끼리 부딪치는 소리 때문에 멀리서도 그 여자가 오는 소리는 알 수 있었다. 그 여자도 내가 찬바람처럼 쌩쌩 쌀쌀맞게 대하자 길에서나 어디서나 만나도 먼저 시선을 돌렸다.

밤 늦게 혼자 걸어서 집에 가다가 쓰레기더미 옆에 있는 시커먼 물체 때문에 가슴이 철렁할 때가 많았다. 비라도 부슬부슬 내리거나 멀쩡히 불을 밝히고 있던 가로등이 순간적으로 꺼진다든가 하면 더 음산했다. 들고양이나 개가 함께 어슬렁거릴 때면 한 발자국도 움직이고 싶지 않을 만큼 전신이 오싹했다. 내심 그 여자일 거라는 생각은 들었지만 닥칠 때마다 매번 기분이 나빴다. 깊은 밤에 깡통 찌그러뜨리는 소리나 병을 잘못 다루어 깨지는 소리는 대낮보다 더 크게, 더 멀리까지 퍼지게 마련이지만 그 여자는 전혀 신경을 쓰지 않는 눈치였다.

그런데 아이의 수술비 때문에 밤낮으로 거리를 헤매고 다닌다는 어머니의 말에는 처음으로 그 여자가 불쌍하게 생각되었다. 그렇다고 한밤중에 그 여자가 벌인 퍼포먼스까지 이해하는 것은 아니지만 마음이 착잡하긴 했다. 복 많은 과부는 엎어지더라도 가지밭에 엎어진다지만 복 없는 과부는 넘어져도 가시밭에 자빠진다는 말이 있듯이 아이가 언청이로 태어났다고 했다. 너무 어려서 수술을 받지 못하고 있다가 이제야 수술 날짜가 잡혔다고 했다. 수술할 때까지 얼마라도 더 모아야 한다는 말에는 내심 그 여자가 대단하다는 생각이 들기도 했다. 그런데 이런 마음도 얼마 못 갔다. 그 여자 방문 앞에 있는 간장 항아리가 깨지는 바람에 그 여자를 향해 살짝 열리려던 마음이 다시 닫히고 말았다.

그런 여자에게 찾아오는 놈도 매한가지 놈이라고 남편은 또 이죽거리기 시작했다. 그 여자 때문에 동네 버린다는 말도 했다. 어머니는 이번에는 남편이 그 여자에 대해 어떤 독설을 퍼부어도 주여! 아버지 하나님, 주여! 아버지 하나님만 되풀이할 뿐 가만히 듣기만 했다. 깜초롬한 빛깔로 맛있게 잘 익은 간장을 항아리째 버려야만 했고, 삼 년이나 묵혀서 검은 빛이 도는 고추장마저 못 먹게 된 마당이었다. 그 옆에 있는 된장 항아리는 항아리를 덮은 유리 뚜껑이 거미줄처럼 조각조각 금이 갔지만 고추장 항아리처럼 유리가 폭삭 내려앉지는 않아서 다행이라고 했다. 얼마나 큰 돌을 들고 설쳐댔는지 된장 항아리 뚜껑에 새겨진 금 간 모양을 봐서도 짐작이 되었다.

그 여자가 방문을 열어 주지 않아서 그런 일이 벌어졌다고는 믿고 싶지 않았다. 그렇다고 그런 일이 발생한 이유를 알고 싶지도 않았다. 남편은 책 본다고 잠도 안 자면서 그 소리도 못 듣고 뭐했냐고 오히려 나를 추궁했다. 나는 요사이 책 펴놓고 십 분을 못 앉아 있기가 일쑤여서 그리고 얼마쯤은 그 여자가 내는 소음에 익숙해져서 별 저항 없이 듣고 있었는지도 몰랐다.

마당에 있던 그 여자의 재활용품이 다 처분이 되었다. 깨진 간장 항아리 덕이다. 요새처럼 쌓여 있던 그것들이 사라지자 마당 귀퉁이에 보석처럼 박혀 있는 붉은 앵두가 눈에 들어왔다.

그 여자는 여전히 밤낮으로 재활용품을 주우러 동네를 돌아다녔다. 장마가 끝나고 본격적으로 태양 빛이 두꺼워지자 아이를 태운 유모차에 검정 골프 우산을 매달았다. 맥가이버가 울고 갈 솜씨로 잘 붙들어 매놓았지만 골프 우산이 무색하게 아이는 그 여자처럼 이미 햇볕에 그을릴 대로 그을어서 눈의 흰자위 빼고는 얼굴이며 목이며 팔에 손까지 온통 다갈색으로 변해서 반질반질 윤이 났다.

"아이에게 모자라도 씌우면 이렇게 타지는 않을 텐데요."

처음으로 그 여자에게 말을 붙였다. 엄마를 잘못 만나서 이렇게 고생하는구나 싶어서가 첫 번째 이유라면 마당에 쌓여 있던 재활용품들을 못마땅해 했던 것이 미안했기 때문이다.

"야가 모자를 씌어주면 기를 쓰고 벗어버리는 통에 씌울 수가 없어요, 집에 모자가 열 개도 넘게 있는데 한 번도 못 씌워서 아까워 죽겠어요."

하얀 선캡을 하나 사서 아이에게 씌어주고 싶은 생각이 들었다가 사라지게 하는 그 여자의 말이었다. 아이들이 처음에는 거의 다 모자 쓰는 것을 싫어하지만 자꾸 씌어주면 익숙해진다고 말해주고 싶었지만 괜한 참견일 것 같았다.

깨어진 항아리 여파 때문인지 이번에는 그 여자가 주워온 재활용품들이 마당에 쌓이지는 않았다. 대신 집 앞에 있는 넓은 공용 주차장 귀퉁이에 쌓기 시작했다. 벌써 꽤 많이 쌓여서 주차장 귀퉁이는 작은 언덕처럼 불룩 솟아났다. 나는 마당이 아니라서 다행이면서도 자고 일어나면 무슨 괴물처럼 쑥쑥 커지는 덩치를 바라보면 슬슬 걱정되기 시작했다. 오히려 마당에 있을 때는 마대자루에 잘 갈무리해놓더니만 이제는 그것도 귀찮은지 온갖 종류의 물건들이 고기 내장처럼 적나라하게 늘어져 있었다. 빈 병, 빈 깡통, 부탄가스 통은 깨끗하기라도 하지 영업용 태양초 고추장 통이나 케첩 통은 초롱에 시뻘건 내용물이 그대로 달라붙어 있어서 보기가 영 안 좋았다. 남의 마당 안에 있는 것도 동네 미관을 따지면서 간섭을 하는 판에 큰길 한가운데에 자리잡은 주차장이고 보면 결국에 일어날 일은 불을 보듯이 빤하기 때문이다. 거기다가 찢어진 장판, 은박 돗자리, 헌옷 나부랭이들과 이불을 포함해서 전에는 수집하지 않았던 종이류와 고철이 보태지자 주차장은 마치 작은 난지도를 방불케 했다. 그러나 그 여자는 태양이 지글지글 끓어대는 대낮이나 남들 다 깊은 잠에 빠져 있는 한밤중이나 새벽에도 개의치 않고 주워 나르기에 정신없었다.

예상과는 달리 먼저 일을 낸 사람은 따로 있었다. 언덕처럼 쌓이는 그 여자의 물건 때문에 어머니도 드러내놓고 말은 안 했지만 걱정이 이만저만이 아니었나 보았다. 도둑이 어머니의 눈에 띈 것도 그런 범주였다.

백주에 화물차를 턱 대놓고 그 여자의 물건을 척척 싣고 있더라고 했다. 어머니는 남의 물건을 왜 훔쳐가느냐며 소리를 지르면서 쫓아갔지만 차로 도망가는 도둑은 잡을 수가 없었다. 그나마 다행인 것은 몽땅 잃어버릴 수도 있는 물건을 어머니 때문에 반은 건졌다고 했다.

아무리 세상이 어려운 때라고 하지만 일부러 모아놓은 물건을 훔쳐가는 사람이 있다는 것에 나는 놀랄 뿐이었다. 남들이 버린 것을 주워놓은 것이라지만 벌건 대낮에 남의 물건을 훔쳐가는 사람도 그 여자를 무시했기 때문이다. 그것도 같은 업종의 기동력이 있는 경쟁자라고 보면 기동력은커녕 그 흔한 손수레도 없이 아이를 태운 유모차에 봉지봉지 주렁주렁 매달아서 물건을 주워 나르는 그 여자가 처음으로 불쌍해졌다.

한 차 가득 모으면 얼마냐고 물었더니 50만 원이 될 때도 있고 조금 안 될 때도 있다고 했다. 한 차 분량을 만들자면 그 여자가 얼마나 오랫동안 잠도 자지 않고 밤낮으로 거리를 쓸고 다녀야 하는지를 알고 있기에 더욱 그랬다. 그런데 정작 그 여자는 자기의 물건을 도둑맞고도 별로 낙심하지 않았다. 기껏 한다는 말이 '아이고 요즈음은 불경기라서 사람들이 음료수도 잘 안 마시는데 어디 가서 주워 와야 하나' 하고 말았다. 그 여자가 살아오면서 겪어온 수많은 일 중에 이 일은 사소한 일일 수도 있겠고 아니면 주차장에 물건을 부릴 때부터 이미 각오를 하고 있었는지도 모를 일이었겠지만 마당을 내어주지 못한 나는 신경이 쓰였다.

그래서인지는 몰라도 그날 이후부터 평소에는 보이지 않던 것들이 눈에 띄기 시작했다. 길 가다가도 그 여자가 수집해 갈 만한 물건을 보게 되면 그 여자가 빨리 와서 주워야 하는데 하는 생각이 들기 시작했다. 폐지를 주워 나르는 사람들은 몇 명 있었지만 이런 온갖 잡동사니는 그 여자 말고는 없는데도 조바심이 일었다. 꼭 그 여자가 줍기 전에 다른 사람들이 몽땅 주워갈 것만 같아 쓰레기더미에서 떠나지도 못하고 쓰레기를 지켜보고 있기도 했다. 그러다가 그 여자가 돌돌 소리를 내면서 유모차를 끌고 오는 모습이 보이면 나도 모르게 안도의 한숨이 저절로 나오기도 했다.

커다란 골프 우산을 매단 유모차는 멀리서도 잘 보였다. 그 여자는 전봇대 옆에 웅크리고 앉아서 각양각색의 물건 중에서 자기가 필요로 하는 물건을 찾기 위해 꽁꽁 묶어놓은 봉지들을 풀고 있었다. 그러다가 그 중에 하나를 들고는 진귀한 보물이라도 만난 것처럼 요리조리 뜯어보고 있었다. 카탈로그를 꽂아두는 책꽂이인데 그것이 소용되는지 안 되는지를 가늠하는 것 같았다.

검정 골프 우산 때문에 그 동안 온몸으로 맞았던 비라든가 햇볕 그리고 밤이슬에도 아이는 보호가 될 것 같았다. 유모차 안에 있는 아이는 이제 눕지도 않고 앉은 채로 나팔같이 생긴 장난감을 쭉쭉 빨고 있다가 나와 눈이 마주치자 활짝 웃었다. 눈이 다 감기도록 웃는 아이를 마주 바라보고 웃어주면서 퇴원한 지 얼마 되지도 않았는데 이렇게 나와도 되는지, 아이 수술은 잘 되었는지를 그 여자에게 물어보았다. 그 여자는 돈이 많이 들어서 그렇지 수술은 잘 되었다고 했다. 아이 이가 다 썩어서 이 치료까지 받느라고 돈이 더 들어갔다고 했다. 젖만 먹는 아이가 이는 왜 썩는지 알다가도 모를 일이라며 그 여자는 눈을 끔뻑거렸다.

그 여자의 두건이 바뀌어 있었다. 보라색 바탕에 흰 물방울무늬가 있는 두건을 쓰고 종아리까지 내려오는 무릎 나온 파란 면 반바지에 가슴골이 다 들여다보이는 늘어날 대로 늘어난 재색 민소매 셔츠를 입고 있었다. 브래지어를 하지 않아서 가슴이 수세미처럼 척 늘어져 있었다. 그 동안 아이 때문에 병원 생활을 해서인지 살도 조금 빠진 것 같았다. 새까맣게 얼굴이 타서 아이처럼 반질반질했는데 쌍꺼풀이 부드럽게 져서 밉상은 아니었다. 여자 나이 쉰이 넘으면 시들시들하게 마련이지만 젖먹이가 딸려서인지 나이보다 젊어 보였다.

젖만 먹어도 아이 이는 아침저녁으로 닦아주어야 한다고 말해주었다. 그리고 저쪽 모퉁이로 돌아가면 빈 병과 부탄가스 통을 잔뜩 내놓은 집이 있더라고 덧붙이자 그 여자는 나를 물끄러미 쳐다보았다. 폐를 끼쳐 죄송하다고 했다. 조금만 더 모으면 허름한 시골집 한 칸은 장만할 수 있다며 그때까지만 봐달라고 했다. 언제 그런 큰돈을 모았느냐고 내가 놀라면서 물어보자 그 여자는 달리 비법이 있는 것은 아니라고 했다. 자기처럼 팔자 드센 년은 닥치는 대로 죽을둥살둥 일하다보면 꽉 막혀 있던 것이 어느 순간에 열리기도 한다고 했다. 먹을 것 안 먹고, 입을 것 안 입고, 잠 안 자고, 한마디로 몸뚱이를 편하게 두지 않으면 된다고 했다. 그 여자가 머지않아 떠날 것이라고 생각하자 섭섭한 생각이 들었다. 그래서 이런 재활용품을 수집하기에는 시골보다는 여기가 낫지 않겠느냐고 슬쩍 물어봤다. 굳이 이사까지 할 필요가 뭐 있냐며 덧붙이자 그 여자는 나를 쳐다보며 슬며시 웃었다. 나도 마주 바라보며 웃으면서 그 여자의 웃는 모습을 처음 본다고 생각했다. 어느새 그 여자는 돌돌 소리를 내며 유모차를 밀고 모퉁이로 돌아가고 있었다.

배추 3

파타야에는 낮과 밤이 다른 두 개의 나라가 공존했다. 40도가 넘나드는 붉은 대낮에는 유령의 도시처럼 텅텅 비었다가 밤만 되면 봇도랑 물 빠지듯이 사람들이 한꺼번에 거리로 쏟아져 나왔다. 파타야의 밤거리는 딴 나라에서 온 젊은 군인들의 입맛에 딱 맞게 만들어져 있었다. 그들을 위해 존재하는 그들의 공화국 같았다. 파란 눈의 젊은 군인들을 위해 짧은 치마에 하이힐을 신은 여자가 거리에 넘쳐났고 링 위에서는 킥복싱 선수들의 이유 없는 싸움이 죽기 살기로 이어지고 있었다. 용달차를 고쳐 만든 것 같은 택시도 되고 버스도 되는 쏭태우가 굴러다녔다. 루비 쇼와 게이 쇼가 쉬지 않고 펼쳐졌다. 젊은 군인들은 맥주를 마시면서 여자들을 골랐다. 아고고바 여자들은 커다란 회전 탁자 위에서 팬티와 브래지어만 걸친 채 스테인리스 봉을 하나씩 잡고 춤을 추었다. 팬티에는 보름달 같은 번호표를 하나씩 달고 있었다. 가끔 남자들이 브래지어 속이나 팬티 속에다 달러를 꽂아주면 그것을 꽂은 채 하느작하느작 춤을 추었다. 번호가 불린 여자는 번호를 부른 남자와 어디론가 사라져버렸다. 태국 전통 복장을 한 키 작은 여자가 천장을 손가락질하는 것을 보면 위층 어디쯤 있을 침실로 가는 것 같았다. 춤이 무르익으면 여자들은 브래지어를 벗어던지고 팬티도 벗어버리고 무대 뒤로 사라졌다. 그리고는 조금 후에 다시 나타나서 예의 그 하얀 속옷을 입고 아무렇지도 않은 표정으로 봉을 잡고 살랑살랑 춤을 추었다. 빠르지도 느리지도 않은 음악에 맞추어서…….

여자 중에 웨이가 있었다. 끈 하나만 잡아당기면 벗겨질 것 같은 하얀 팬티에는 푸른 달러가 돌돌 말린 채 꽂혀 있었다. 나와 눈이 마주쳤지만 그녀의 얼굴에는 표정이 없었다.

깜짝 놀라 잠에서 깨어났다. 얼마 자지 않은 것 같은데 꽃무늬 커튼이 반쯤 쳐진 두 폭짜리 창문이 희붐하다. 난 습관적으로 옆자리를 살펴보고 나도 모르게 한숨을 나지막하게 쉬었다. 웨이는 가느다랗게 코까지 골면서 세상 모르게 자고 있었다. 숨을 쉴 때마다 그녀의 가슴이 오르락내리락했다. 호빵같이 부드러운 젖가슴이 검은 망사 잠옷에 살짝 비치자 나도 모르게 빽빽하게 차올랐다. 한바탕 시원하게 몸을 풀고 싶었지만 곤하게 자는 잠을 방해할까봐 이불만 끌어다 덮어주고 밖으로 나왔다. 새벽 향기가 코끝을 자극했다. 난 언제나 이 냄새가 좋았다. 문소리에 진순이가 철커덕거리며 자기 집에서 나와 꼬리를 흔들어댔다. 진순이 옆에 서 있는 늙은 살구나무로 다가가서 밤새도록 참았던 오줌발을 시원하게 뿜어냈다. 빽빽하게 차올랐던 게 진정되면서 개운해진 것 같다. 웨이가 일어나서 아침밥을 준비할 동안 배추밭에 다녀와야겠다. 노란 약통이 실린 세렉스에 시동을 걸었다. 차 소리에 그녀가 잠을 깰까봐 조바심이 났다.

내가 털털거리며 배추밭에 도착하자 밤새도록 배추를 지키고 있던 안개는 마치 임무를 마친 아파트 수위 마냥 나에게 멋진 경례를 한 번 올려붙이고는 스멀스멀 공중으로 올라갔다. 세렉스 앞머리에 달린 노란 불빛이 파라오 무덤처럼 밭으로 퍼지자 곤한 잠에 빠져 있던 배추들은 일제히 우우 잠에서 깨어났다. 이슬을 흠뻑 마신 배추들은 잎사귀마다 이슬방울들을 대롱대롱 매달고 있었다. 난 이때의 배추들이 가장 예뻤다. 웨이가 오기 전에는 세상의 무엇과도 비교되지 않을 만큼 섹시하기도 했지만 지금은 그 정도는 아니다.

어제 밤 늦게까지 제초제를 쳤지만 다 치지 못했다. 혼자서 일만 평 배추밭에 약을 치는 일이 쉽지는 않았다. 특히 제초제는 어린 배추 잎에 한 방울이라도 튀기만 해도 비실비실 죽어버리는 무서운 독성이 있어 더 조심해서 다루어야 했다. 단 한 방울만으로도 모든 살아 있는 것을 죽이는, 그것도 아주 점잖게 서서히 말려 죽이는 그라목손이 난 아주 유혹적일 때가 있었다.

혼자 낑낑거리며 약을 치고 있자 친구들이 지나가면서 한마디씩 했다. 색시가 그렇게 아까우냐고……. 하긴 약 줄만 잡아주어도 일은 몇 배는 쉽다. 다들 그렇게 약을 치고 있었다. 영리한 여자이니 한 번만 가르쳐주면 잘하겠지만 그 예쁜 발이 흙투성이가 되는 게 싫었다. 농사꾼의 아내지만 농사꾼 아내로 살게 하고 싶지 않다. 웨이와 맞선을 보면서 그녀에게 약속했기 때문이다. 웨이는 나의 말을 알아들었는지 못 알아들었는지 치약 광고하는 여배우처럼 하얀 이를 드러내고 웃기만 했다. 하긴 기본적인 인사밖에 웨이나 나나 의사소통이 안 되는 마당에 이런 장황한 말을 알아듣기에는 역부족이었다. 그러나 난 내 입으로 뱉은 약속은 꼭 지키고 싶었다. 내가 이틀에 걸려서 약을 치든 일주일이 걸리든 간에 내 손톱 끝이 다 닳아 없어지더라도 배춧값만 있으면 더 바랄 것이 없다.

역시 새벽녘에 하는 일은 정수리가 훌러덩 벗겨질 정도로 뜨거운 대낮에 하는 것보다는 훨씬 능률이 올랐다. 아침 먹고 시작했다면 온종일 걸릴 일을 벌써 다 마쳤다. 제초제를 다 치고 둘러보는 배추밭은 눈이 모자랄 지경으로 드넓었다. 다섯 잎 정도 나온 연두색 배추 잎은 웨이의 손처럼 연약하기도 하지만 그녀처럼 까칠하기도 했다. 그녀처럼 수줍어하는 것 같았다. 이제 노랗게 속이 차오르기 시작하면 영양제를 뿌려줄 것이다. 물론 비료도 몇 번은 더 쳐야 할 것이고.

봄에는 밭에 배추를 그냥 버렸다. 웨이를 맞이하고 처음 짓는 농사라서 애착이 많이 갔고 정성도 더 많이 기울였다. 그녀에게 나의 능력을 보여주기 위해서였다. 이 근동에서 내 배추를 따라올 만한 물건은 없었다. 배추품평회에 내보낸다 해도 일등감일 정도로 아주 모양 좋게 잘 키워놓았지만 그만 배춧값이 말 그대로 똥값이었다. 일만 평의 배추를 기르자면 기본적으로 들어가는 씨앗과 농약과 비룟값을 제외하고도 인건비만도 만만치가 않았는데 그것을 다 빚으로 떠안은 셈이다. 더군다나 내 땅이 아니었으니 가을이면 도지도 주어야 했다. 친구의 트랙터를 빌려서 그 알토란 같은 배추를 다 밀어버렸다.

이제 배추는 그 소리만 들어도 자다가도 벌떡 일어나 앉을 정도로 무섭다고 친구들은 말했다. 나도 마찬가지였다. 길을 가다가도 팔리지 못해 밭에 널브러져 있는 배추를 보면 나도 모르게 외면을 했다. 텔레비전에서도 배추가 나오면 채널을 돌렸고 하다못해 읍내 마트 채소 코너에 배추가 진열된 것이 보기 싫어 가지 않았다.

봄배추를 그냥 버린 친구들은 가을에는 그해 값이 그런 대로 좋았던 브로콜리나 적채를 심거나 양배추를 심기도 했다. 그런데 난 또 배추를 선택했다. 지금까지의 경험으로 미루어 가을배추는 값이 있을 것 같았다. 일 년 중에 한 번은 값이 좋을 때가 있는데 너도나도 안 짓는 이때가 바로 적기라고 생각했다. 마끼 당 일백만 원만 되면 좋겠다. 천 평에 비닐이 네 마끼 정도 들어가니 일만 평이면 마흔 개 정도다. 그 정도면 급한 이자와 종잣값과 인건비를 갚고 나서도 웨이에게 생색을 낼 수가 있을 것 같다. 웨이는 전기밥솥을 사들고 붕따우에 있는 친정에 다녀오고 싶은 눈치였다. 그깟 전기밥솥이야 제일 좋은 쿠쿠 압력밥솥을 몇 개 산다고 해도 백만 원 정도면 되겠지만 비행기 요금이 만만치가 않았다. 웨이 혼자 보낸다 해도 용돈까지 삼백만 원은 들 터인데 그렇다고 그녀 혼자만 보내고 싶지 않았다. 다시 올 것 같지가 않았다.

평소에는 내가 어떻게 살아가는지에 대해 전혀 관심도 없었던 형은 내 결혼을 무조건 반대했다. 주위에서 일어나는 온갖 사기 결혼 사례를 다 들먹였다. 의심과 걱정거리 많은 늙은 아버지도 반길 리가 없었고 친구들도 반대했다. 아들딸 낳고 잘 사는 여자들도 많지만 단순히 한국국적을 얻기 위해서 시집을 오는 여자들도 있다고 한다. 그런 소리를 자꾸 듣고 있으려니 망설여지는 것도 사실이었다. 이미 여자라면 나에게 상처만 주던 존재가 아니던가. 이제야 겨우 아문 상처인데 그 자리에 또 다른 상처를 덧댈 자신이 없었다.

호치민 떤섯녓 국제공항에 도착할 때까지만 해도 형에 대한 반발심으로 저질러진 일이었다. 국제결혼정보회사에 회원 가입을 하자 모든 것은 일사천리로 진행되었다. 회원 가입을 한 지 두 달 만에 여자를 만나러 생전 처음으로 이국땅을 밟았다. 내 주머니에는 다섯 장의 사진이 들어 있었다. 어깨가 훤히 드러난 드레스에 머리 스타일과 화장이 똑같아서 언뜻 보면 모두가 비슷비슷했다. 내가 다섯 장의 사진에서 딱히 이거다 하고 고르지 못하자 주 실장은 현지에 가도 몇 명은 더 만나볼 수 있으니 걱정하지 말라고 안심시켰다. 주머니 속에 있던 여자들을 차례로 호텔 커피숍에서 만났다. 한 시간씩 미팅이 주어졌는데 서로 말이 통하지 않아 물어볼 말도 별로 없었다. 물론 통역하는 사람이 옆에 앉아 있었지만 아는 게 없어 궁금한 것도 없었다. 다섯 명의 여자 중에서 상대가 좋다고 하면 아무 여자라도 상관없을 것 같았다. 반대로 아무 여자도 내키지 않았다.

내가 국제결혼을 해서라도 아버지에게 아침저녁으로 따뜻한 밥상을 올리겠다고 하자 형은 아버지를 모시지 못한 이유를 집이 좁아서라고 했다. 마흔 평이나 되는 집에 살면서 그걸 좁다고 하는 것은 단지 핑계일 뿐이다. 형은 넓은 집으로 이사를 하면 아버지를 모실 수 있으니 얼마 남지 않은 밭을 팔자고 했다. 형의 욕심이 끝이 없어서 기가 막혔다.

내 생명줄이나 다름없는 밭을 팔면 나는 농사를 어떻게 짓겠느냐고 처음으로 형에게 대들었다. 형은 이성적으로 생각하라고 했다. 어차피 대한민국에서 농사를 짓는 일은 서울 강남에서 대장간을 하는 것과 똑같다고 했다. 대장간 주인이 최신식 건물에다 최신식으로 실내장식을 하고 온종일 낫과 쟁기를 벼리어 봤자 사러오는 사람은 아무도 없을 것이라고 했다. 농사는 국가의 근간이라고 형에게 말했다. 농사가 무너지면 나라가 무너지는 것이라고 어디서 들은 것 같은 말로 대들자 형은 어쭈, 제법인데 하면서 비웃기도 했다. 농민들도 이제 농사를 농사로 보지 않고 투기로 보는 것이 문제라고 했다. 옥수수나 콩을 심어야 할 밭에다가 투기하기 좋은 배추나 양배추를 심어 가격이 치솟을 때 한탕 잘 벌어먹을 생각만 한다고 했다. 그거야 그렇게 하지 않고서는 농협에서 빌려다 쓴 돈을 갚을 길이 없기 때문이라고 하자, 형은 대뜸 내 말을 받아쳤다. 농협의 돈을 빚이라고 생각 않고 자기 주머니에 들어 있는 것처럼 꺼내 쓰는 것부터가 문제라고 했다. 그러다가 갚을 때가 되면 농산물값이 없다면서 술 마시고 주정이나 부릴 줄 알지 뭐 제대로 하는 것이 있느냐고 했다. 연체이자는 복리라 땅을 또 저당잡히고 빚을 내 갚아보지만 결과적으로는 빚만 더 늘어나는 것 아니냐고 했다. 돈을 벌 수 있는 곳에 투자하는 것이 자본주의 사회의 원리라면서 어려운 말까지 들먹거렸다.

형이 어려운 말만 꺼내면 고슴도치같이 빳빳하게 세웠던 나의 가시는 슬그머니 사라지고 말았다. 형은 항상 내가 잘 알아들을 수가 없는 이론과 문자를 사용했다. 아니 알아들을 수가 없다기보다는 시골에서 개천에서 용 났다고 할 정도로 좋은 대학 나와서 좋은 직장에 좋은 집 여자를 아내로 맞은 형이었기에 그의 앞에서는 늘 주눅이 들었다. 머리가 좋은 형 때문에 머리가 그보다 못한 나는 공부를 해보고 싶다는 말조차도 아버지에게 꺼내지 못했다. 나보다 공부 못했던 친구가 지방대학을 나와 모교에서 교편을 잡고 사는 것을 보면 형만 아니었다면 나도 저 정도는 되었을 텐데 하는 생각도 해보았다. 형의 대학 등록금 낼 시기만 다가오면 아버지는 조상 대대로 물려받은 땅을 한 자리씩 야금야금 팔아야 했다. 형이 출세하면 땅을 다시 사들이는 것은 일도 아닐 것이라고 아버지는 굳게 믿었지만 형은 관심 밖이었다. 오히려 이른 결혼에 아파트까지 장만해주느라 비탈밭만 남기고는 다 팔아야 했다. 그런데 지금 그것마저 형은 노리고 있었다. 맏이의 권리라나 뭐라나 하면서. 그럼 의무는 어쩌고 하려다가 그만두었다.

다섯 여자와 차례대로 똑같은 내용의 미팅을 끝낸 후 주 실장은 어떤 여자가 맘에 드느냐고 나에게 물었다. 내가 우물쭈물하고 있자 주 실장은 세 번째 여자가 나를 아주 맘에 들어 한다고 했다. 세 번째 여자라……. 방금 이 자리에서 미팅했건만 얼굴이 언뜻 생각나지 않았다. 노란 리본 블라우스를 입은 여자라는 주 실장의 말에 그 여자가 괜찮다고 하면 나도 괜찮다고 했다. 주 실장은 그때야 환하게 웃으면서 그럼 다른 여자들은 다 돌려보내고 2차 순서를 진행하자고 했다. 같이 온 다른 사람들도 다 짝을 정했으니 지금부터 정말 눈코 뜰 새 없이 바쁠 것이라고 했다. 일단은 정한 짝과 다시 만나서 저녁 식사를 같이하고 호텔에서 1박을 한 후 여자 집에 가서 인사를 드려야 한다고 했다. 5박 6일 동안의 일정에서 결혼식까지 들어가 있는 프로그램이라 짐작은 했지만 처음 보자마자 같이 잔다는 것부터가 조금은 우스웠다. 아무리 문화가 다른 나라지만 여자 쪽에서 받아들여지기나 할지 걱정했는데 결과적으로 여자보다 남자인 내가 문제였다.

노란 리본 블라우스를 입은 세 번째 여자는 나랑 하룻밤 잘 자고 난 다음 날 아침 주 실장부터 찾았다. 그리고 나와는 결혼을 할 수 없다고 통보를 했다. 내가 무슨 실수를 했는지 알 수가 없어서 어안이 벙벙했고 뒤통수를 한 방 얻어맞은 기분이었다. 곰보 째보도 다 가는 국제결혼을 곰보도 째보도 아닌 내가 그것도 마음대로 되지 않았다. 주 실장이 다른 여자 몇 명을 더 소개해주겠다고 했지만 난 이미 의욕을 잃고야 말았다. 모든 것이 귀찮아졌다. 같이 온 열다섯 명의 남자들이 신붓집에 가서 인사하고 결혼식을 올릴 동안 난 관광이나 실컷 해볼 작정이었다. 제주도도 못 가본 주제의 내가 생전 처음 비행기를 타고 이곳 베트남까지 왔다면 그것만으로도 헛수고는 아니라는 생각이 들었다.

그때 웨이를 만났다. 짝을 못 찾은 남자가 있다는 소문을 듣고 그녀는 자기 어머니와 함께 나를 만나러 왔다. 엄마 손을 꼭 잡고 서 있는 그녀는 마치 얼떨결에 사고치고 산부인과로 끌려온 순진한 소녀같아 보였다. 그녀 뒤 창문 너머로는 남국의 붉은 태양이 자글자글 끓고 있었다. 뜬금없이 마누라가 생각났다. 그녀의 새까만 눈망울과 정면으로 마주치자 숨이 탁 막혔다. 복숭아뼈까지 오는 길이의 연한 색의 청바지에 목이 깊게 파인 연두색 티셔츠는 그녀의 백설기 같은 하얀 피부를 한결 돋보이게 했다. 내 한쪽 팔에 감길 것 같은 날씬한 허리 때문에 도망간 마누라가 생각난 것 같았다. 날씬한 몸매에 얼굴도 예뻐서 나에게는 분에 넘치는 여자였다. 그런데 그녀와 그녀의 엄마와 주 실장은 연신 내 입만 쳐다보고 있었다. 내 입에서 나오는 한마디에 죽기도 하고 살기라도 하는 양 마치 주인의 처분만을 기다리는 종인 양 그렇게 서 있었다. 형이 생각났다. 형의 코를 납작하게 만들고도 남을 만한 여자였다. 그래서 고개를 끄덕였다. 그 다음부터는 모든 것이 일사천리로 진행되었다.

작년 겨울에 웨이가 들어왔다. 인천공항으로 마중을 가기 전에 큰맘 먹고 라코스테에 가서 보라색 오리털 재킷을 하나 샀다. 모자가 달린 재킷인데 모자에는 연보라색 긴 털이 촘촘히 박혀 있었다. 하얀 피부의 그녀가 입으면 아주 잘 어울릴 만한 옷이었다. 생각보다 비싸긴 했지만 잘했다는 생각이 들었다. 나를 보자마자 그녀가 '추워'라고 했으니까. 웨이를 본 형과 형수는 표정이 없었다. 형 나이가 되면 예쁜 것도 눈에 들어오지 않는지 아니면 표정 정도는 스스로 관리가 돼서 그런지 아주 예의 바른 시아주버니 역할을 잘해냈다. 하긴 그녀가 예뻐서 그런 예의가 나왔을는지도 모른다. 그녀 앞에 서면 누구든지 그녀의 시종이 되고 싶은 마음이 생겼을 정도였으니까. 그러다가 한국에서는 제대로 장가갈 수 없는 남자에게 시집온 베트남 여자라는 생각에 미치면 시종은 친절한 옆집 오빠로 변신하고 싶어 했다. 형수는 고등학교 교복을 입혀 놓으면 딱 좋을 것 같다는 말을 했다. 스무 살이나 넘는 나이 차이 앞에서 그녀는 고등학생같아 보였고 난 중늙은이였었다. 우리가 무슨 말을 해도 고개를 숙이고 있거나 미소를 지을 뿐인 그녀가 '웨이'하면 숙이고 있던 고개를 번쩍 들고 바라보았다. 그녀의 이름은 '응우웨이'였다.

세렉스 소리에 웨이가 문을 열고 마당으로 나왔다. 구수한 된장찌개 냄새가 폴폴 흘러나와 마당 곳곳에 스며들었다. 늙은 살구나무 가지에도, 꼬리를 흔들어대는 번지레한 진순이 코에도 된장찌개 냄새가 걸려 있었다. 이젠 제법 반찬도 만들 줄 알았다. 왜 이렇게 늦게 왔느냐고 묻는 것 같았다. 그녀의 커다란 눈동자와 '늦어'라는 단어가 동시에 말을 하고 있었다. 벽에 걸린 뻐꾸기시계를 올려다보니 평소보다 30분이나 늦은 아침이었다. 그녀가 배가 고팠을 것 같았다.

그놈의 배추시세 때문에 요즈음은 자꾸 넋을 놓을 때가 많았다. 요즘처럼 배춧값이 없다면 한창 속이 노랗게 차오르고 있는 배추도 봄배추처럼 트랙터로 폐기처분이 될 수도 있다는 생각 때문에 도무지 마음 놓을 수 없는 나날이었다. 투기를 목적으로 농사를 짓지 말라는 형의 당부가 아니더라도 이젠 만약을 생각해서라도 한 삼천 평 도지를 더 얻어서 다른 작물도 골고루 심어 놓았다. 꾀부리지 않고 부지런히 농사짓는 나의 스타일을 알기 때문에 도지를 얻기가 쉬웠다. 그런데 여름철에 때아닌 물난리를 만나 애써 가꾸어놓은 그것들을 다 떠내려 보내고 말았다. 그 중에서도 이천 평짜리 당귀가 제일 아까웠다. 전국적인 물난리로 당귀 값이 아주 좋았다. 마른 당귀 1kg에 칠천 원 정도라고 하니 이천 평이면 못 나와도 삼천만 원 정도는 되었다. 농사는 이처럼 동전의 양면과 같았다. 물 때문에 한쪽에선 통곡하지만 그것 때문에 톡톡히 재미를 보는 지역도 있었다. 내가 가끔 트랙터를 빌리는 친구는 높은 지대에 당귀를 심어놓아 물난리를 피할 수 있었다. 나처럼 봄배추는 트랙터로 밀어버렸지만 삼천 평의 당귀로 인해서 요즈음 매일 희희낙락이었다. 그리고 밀어버린 봄배추 자리에 브로콜리를 심어놓았는데 그것도 종자와 인건비 정도는 뺄 수가 있다며 자기 말을 안 들은 나를 아주 병신 취급하듯 했다. 네가 그렇게 고집이 세고 꽉 막혀 있어서 일찍이 네 마누라가 도망을 간 것이 아니냐고 드러내놓고 이죽거리기도 했다. 그러면서도 웨이를 마당가에 달린 단호박처럼 들척지근하게 쳐다보는 것 같아서 난 그놈이 우리 집에 오는 것조차 영 마땅치가 않았다.

어느 날 자고 일어나니 마누라가 없어졌다. 처음에는 식전 댓바람부터 마실에 갔나 했다. 읍내에 있는 식당에 일을 나가고부터는 마을 아낙들이랑 수다를 떨 수도 없었으니 궁금하기도 하겠다 싶었다.

마누라가 식당에 나간다고 했을 때 난 죽이 되든 밥이 되든 그냥 있는 대로 먹고살자고 했다. 그러자 마누라는 매일 그렇게 부처님 가운데 토막 같은 생각을 하고 있으니 우리가 이 모양 이 꼴로 산다고 했다. 아버지 끼니는 어떻게 하느냐고 했더니 그놈의 밥타령은 징글징글하다며 나보고 일하는 틈틈이 나와서 밥을 챙겨 드리라고 했다. 이자 낼 돈이라도 벌어서 땅은 뺏기지 말아야 하지 않겠느냐고 했다. 누가 들어도 마누라 말이 백 번 천 번 맞는 말이다. 그해 농사도 폭삭 망했기 때문이다.

눈 반들반들한 친구 한 놈은 겨울만 되면 도시로 나갔다. 공사판에 가서 막노동이라도 뛰어 이자를 갚겠다고 했다. 긴 겨울 동안 농촌에서 젊은 사람들이 할 일은 아무 것도 없기 때문일 터였다. 나도 이제는 그 방법밖에 없는 것 같았다. 하지만 아버지 때문에 노동판에도 갈 수가 없었다. 아니 가만히 있는 아버지를 들먹일 필요 없이 마누라 때문이었다. 차츰 멋을 부리는 마누라가 눈에 거슬리기 시작했다. 싹싹하고 일 잘하는 것까지는 좋은데 웃음이 너무 헤픈 게 문제였고 농사꾼 아낙처럼 안 생긴 가느다란 몸뚱어리도 영 신경이 쓰였다. 방귀 잦은 놈이 똥 싼다고 마누라는 다니는 식당에서 밥을 대먹던 배추장사꾼과 배가 맞아 결국엔 도망을 가버리고 말았다. 죽도록 일해도 빚만 늘어나는 농사꾼 남편보다는 일 안 하고도 돈 잘 버는 배추장사꾼이 더 좋았던 모양이다.

배추는 참 여러 모양으로 나를 죽이고 있었다. 그리고 이제는 내 인생에서 여자가 차지할 자리는 없겠구나 생각하면서도 유혹을 이길 수가 없었다.

어쩌다가 다방 아가씨에게 맘을 주게 되었을까. 일단은 가장 고민거리인 아버지 끼니가 해결될 것 같아서 다방 여자의 손을 잡게 되었는데 그녀는 내가 잡은 손을 물리치지 않았다. 그러나 딱 석 달 후 새벽에 그녀도 사라지고 말았다. 샛별다방에서 그녀를 빼오기 위해 비탈밭 한자리를 팔았다. 그녀의 몸값이 밭 한자리 값이나 된다는 것에 놀라기는 했지만 아깝지 않았다. 호시탐탐 땅을 노리는 형 때문인 것 같았다. 일이 이렇게 되자 형은 박수처럼 이미 예상했던 일이라고 했다. 형뿐 아니라 친구들도 그녀가 오래 살 여자는 애당초 아니라고 생각했던 모양이다. 남들은 그토록 나의 미래에 대해서 잘 알고 있었는데 나만 나를 잘 모르는 것 같다. 난 정말 그녀에게 아무 욕심이 없었다. 그녀와 처음 잠자리를 가진 후에 딱히 할 말도 없고 해서 지나가는 투로 제일 자신 있는 일이 무엇이냐고 물어보았다. 그러자 기다렸다는 듯이 대뜸 자기는 밥하는 게 제일 자신 있다고 했다. 그 순간 난 아버지를 떠올렸다. 내가 이러고 있는 날에는 아버지도 끼니를 거르는 날이었다.

"우리 집에 와서 밥이나 할래?"

그녀는 깔깔 웃으면서 다방에 진 빚만 갚아준다면 오늘 저녁부터라도 당장 밥을 하겠다고 했다.

이렇게 나랑 살던 여자들이 새벽이면 홀연히 사라지는 것처럼 웨이도 어느 날 새벽에 사라질 것만 같았다. 난 잠을 이룰 수가 없었다. 어쩌다 잠이 들면 꿈속에서 그녀는 봉을 잡고 춤을 추었다. 친구들이 툭툭 내뱉는 말도 신경쓰였다. 친구들은 나보고 농사는 잘 안 돼도 여자 복 하나는 타고난 것 같다고 했다. 하지만 매일 듣는 그 말이 그저 흘려들을 일만은 아니라는 생각이 들었다. 점점 더 자신감이 없어서인 것 같았다. 모름지기 뭐니뭐니 해도 돈이 큰소리치는 세상에서 돈을 언제 제대로 만져 보았는지 아득하게 느껴졌다. 여름에 선산자락에 심은 풋고추가 그런 대로 값을 해서 그 돈으로 웨이와 시장을 자주 다녔다. 그녀는 과일을 좋아했다. 처음 이곳에 왔을 때 다른 음식은 다 못 먹으면서도 귤은 잘 까먹었다. 겨우내 귤만 까먹어서 손가락이 노랗게 물들었다며 얼굴을 찡그렸다. 올 겨울에도 귤을 많이 사주어야 할 텐데 그럴 돈이 생기지 않을까봐 겁이 난다.

봄배추를 트랙터로 갈아엎고 그 자리에 다시 배추를 꽂기 위해서는 배추 모를 비롯한 농약과 비료 그리고 인건비가 수월찮게 필요했다. 할 수 없이 농협의 대부계 강 대리를 찾아갔다. 대부계는 사무실에서 가장 구석자리에 배치되어 있었다. 그것도 모자라 칸막이로 빙 둘러싸여 있었다. 열려 있는 공간에 뜬금없이 요새처럼 둘러싸인 칸막이는 오히려 더 궁금증을 불러일으켜 사람들은 자꾸 흘끔거렸다. 배려가 폭력이 된 꼴이었다. 강 대리는 먼저 온 손님과 상담 중이었다. 난 이상하게 강 대리 앞에만 서면 나도 모르게 기가 죽고 머리가 조아려졌다. 강 대리는 아주 고압적인 자세로 서류를 뒤적이고 있었다. 강 대리 앞에 앉아 있는 사람은 나처럼 배추 농사를 짓는 동네 사람이었다. 그는 빚돈을 얻은 것 같기도 하고 못 얻은 것 같기도 하고 영 종잡을 수 없는 표정을 나에게 지어보이며 허깨비처럼 허정허정 사무실을 빠져나갔다.

조금 전에 그 사람에게 취했던 고압적인 자세보다도 한 단계 더 높은 자세를 취한 강 대리는 이번이 마지막이라고 윽박질렀다. 새 출발도 했기 때문에 봐주는 줄 알라면서 사뭇 선심쓰듯이 말했다. 그런데 새 출발이란 단어 앞에서는 입꼬리가 슬쩍 말려 올라갔다. 비웃는 것일까. 연말까지 원금과 이자를 갚지 않으면 담보로 잡힌 것을 내놓아야 할 것이라고 했다. 난 무조건 알았다고 했고 고맙다고 머리를 조아렸다. 일만 평의 배추가 사상 유례없는 최고의 가격을 받는다고 해도 이때껏 진 빚을 갚기란 사실상 어려운 그것을 강 대리도 알고 나도 잘 알고 있으면서도 강 대리는 무조건 갚으라 했고 나는 무조건 갚겠다고 했다. 강 대리로서는 지금 사는 집터와 선산을 담보로 잡아놓았기 때문에 손해

볼 일은 아니었다.

산간지방에 서리가 내릴 것이라는 일기 예보가 오보이길 바랐다. 맞는 날보다 안 맞는 날이 더 많았으니까. 그런데 이것도 내가 꾸면 안 되는 욕심이었던지 간밤에 푸르디푸른 일만 평의 배추밭에 때이른 서리가 하얗게 내렸다. 어제까지만 해도 새파랗던 배추들이 밤에 내린 서리 한 방으로 물먹은 목화솜처럼 밭이랑에 맥없이 짜부라졌다. 나도 서리 맞은 배추처럼 허물어지듯이 주저앉았다.

가을에는 배춧값이 있으리라는 내 예상은 철저하게 빗나가고 말았다. 비닐 한 마끼당 일백만 원은커녕 오십만 원도 쳐주려고 하지 않았다. 눈치 빠른 농사꾼들은 그 돈이라도 작자가 나섰을 때 처분하듯이 얼른 팔아버렸다. 하지만 나는 혹시 배추 시세가 오를까 싶어서 팔지 않았던 것이 오히려 문제였다. 배추 시세는 신만 알지 아무도 예측할 수가 없기에 미련을 버리지 못했다. 그런데 기대와는 달리 배추 시세는 자이로드롭을 탔는지 바닥으로 무섭게 추락할 줄밖에 몰랐다. 비닐 한 마끼당 십오만 원으로 떨어지고부터는 배추를 사러 다니는 장사꾼은 아예 보이지가 않았다. 그 사이 농협에서는 몇 번이나 최고장을 보내왔다.

같은 날에 결혼한 열다섯 명의 남자 중에 지금껏 결혼생활을 유지하는 남자는 나를 포함해서 일곱 쌍밖에 안 되었다. 나머지는 이미 파탄이 나 있었다. 그렇게 되기까지는 이유도 가지가지였겠지만 대부분 여자 쪽이 문제라고 했다. 물론 사라진 여자 쪽은 말이 없고 피해자로 남겨진 남사 쪽 얘기만 듣게 되니 알 수는 없었지만 다른 남자들보다 형편이 좋은 주 실장의 여자도 사라져버렸다. 그는 베트남 여자를 위해 베트남어를 배우는 것은 기본이고 베트남 텔레비전 방송까지 설치해주면서 최선을 다했다고 한다. 이런 일이 발생한 것은 그들끼리 연락의 끈이 있었고 그들 뒤에는 집을 나오게 하는 신종 범죄단이 숨어 있었기 때문이라고 본 듯이 말했다.

부쩍 전화가 잦더라고 했다. 백방으로 수소문해서 찾아보았지만 오리무중인 것은 누가 뒤에서 봐주고 있기 때문이라고 했다.

오늘이 농협에서 정한 마지막 날이었다. 오늘까지 이자라도 해서 살모사 대가리 같은 강 대리에게 허리를 굽실거리면 선산만은 별 탈 없이 보존할 수가 있을까? 그리고 꽃무늬 커튼이 반쯤 쳐진 내 집에서 웨이와 행복하게 살 수 있을까? 이런 생각 저런 궁리를 해가며 서리 맞은 배추를 어찌해볼 요량도 없으면서 버릇처럼 배추밭에 다녀왔다. 빚에 빚을 더한다 해도 빚을 내주기만 한다면 강 대리 앞에 얼마든지 무릎을 꿇을 것이다. 웨이와 사는 방법은 그것밖에 없기 때문이다.

세렉스 소리가 났지만 그녀는 보이지 않고 물색없는 진순이만 꼬리를 흔들어댔다. 웨이는 방안에서 전화하고 있었다. 베트남어로 말을 하니 무슨 말인지를 통 알 수가 없었다. 내가 순간적으로 가슴이 쿵 내려앉은 것은 그녀가 전화하면서 짓던 미소 때문이었다. 일 년 가까이 살면서 나에겐 단 한 번도 보여주지 않았던 미소를 웨이는 전화를 하면서 날리고 있었다. 그 미소는 살을 섞고 살아가는 남편에게만 던져야 하는 그런 종류의 미소였기 때문이다. 그러느라고 그녀는 내가 들어오는 것도 모르고 있었다.

나를 발견한 그녀는 죽은 시아버지가 살아 돌아온 것처럼 깜짝 놀라며 수화기를 떨어뜨렸다. 역시나 친구 말이 맞는 것 같았다. 인물값을 하는 것이다. 베트남에 샛서방을 숨기고 있다거나 아니면 이미 한국에 와 있는 것인지도 모른다. 내가 첫 남자가 아니라는 것은 내가 더 잘 알았지만 그것은 문제될 것도 없었다. 그런데 그놈과 매일 꼭두새벽부터 전화질했다면 문제는 달라지는 것이 아닌가.

웨이에게 그놈이 누구냐고, 바른대로 대라고 다그쳤다. 바른대로만 말하면 살려주겠다고 했다. 웨이는 몸을 달팽이처럼 말고는 울기만 했다. 왜 울고 있을까? 나 모르게 이미 죽을 짓을 했다는 뜻이 아닐까? 웨이는 내가 좋아하는 가슴이 살짝 비치는 검은 망사 잠옷 차림으로 두 다리를 가슴에 착 붙이고 몸을 감았다. 그 와중에도 탐스러운 젖가슴은 그녀의 동그란 무릎 위로 비죽 나왔다. 호빵같이 부드러운 그것을 보는 순간 난 미쳐버렸다. 그것은 그놈과 나누어 가질 수 없었다. 왜 내 손에 시퍼런 식칼이 들려 있었는지 알 수가 없다. 서리 맞은 배추가 아까워 그 중에 그래도 서리 덜 맞은 배추를 고르기 위해 들고 갔었다. 집에 들어와서는 그것을 부엌에 아니 마루나 뜰 아무 데나 내려놓지 않고 방에 들고 들어간 것이 잘못이었을까? 웨이는 어느 순간 도망간 아내가 되었다가 도망간 샛별다방 아가씨였다가 머리 좋은 형이었다가 했다. 그들은 똘똘 뭉쳐서 나에게 덤벼들었다. 손톱을 세우고 낄낄 웃으면서 비

웃었다. 그들에게 잡아먹히기 전에 나는 힘껏 식칼을 휘둘러야 했다. 내가 살 수 있는 방법이었으니까.

정신을 차리고 보니 바닥은 끈적끈적한 물로 홍수가 났고 꽃무늬 커튼이 반쯤 쳐진 커튼에 꽃무늬 색보다 더 붉은 꽃이 점점으로 피어났다. 내 얼굴과 손과 옷에는 이 모든 것보다 더 많은 꽃이 화들짝 피어 죽죽 흐르고 있었다.

창고 깊숙이 보물처럼 숨겨두었던 그라목손을 찾아들고 배추밭으로 휘청휘청 걸어갔다. 이 와중에 찾아갈 곳이 있다는 것이 다행이었다. 배추는 내가 무슨 짓을 해도 나를 받아주고 용서를 해줄 것 같아 위안이 되었다.

웨이보다 때로 더 유혹적인 그라목손은 한마디로 참 시시했다. 그것을 목구멍에 털어넣는 데는 시계 초침이 두 번밖에 움직이지 않았다. 마음 같아서는 배추밭 한가운데에 가서 아주 폼나게 드러눕고 싶었지만 목구멍이 불붙은 것처럼 뜨거워서 그럴 수가 없었다. 부드러운 배추의 감촉은 다 어디로 가고, 차갑고 딱딱하기만 했다. 배추는 이 순간에도 참 마음에 안 들었다.

허토

노란 해가 가득

장지 바로 앞까지 차가 들어가는 바람에 꽃상여를 쓰지 못했다. 그래도 굳이 꽃상여로 모시길 고집했다면 못할 것도 없었겠지만 상주 그 누구도 그런 말을 내비치지 않았다. 참다 못한 은조가 조심스럽게 꽃상여를 운운하자 차가 들어갈 수 있는 좋은 길을 놔두고 번거롭게 무슨 상여 타령을 하느냐고 민우가 일축해버렸다. 아들이 그렇게 나오자 은조도 더는 할 말이 없었다. 꽃상여를 쓰지 않고는 견딜 수 없는 절박한 것이 남아 있지 않았기 때문이었다. 며칠 잠도 자지 못하고 계속되는 강행군에서 하루 빨리 벗어나고 싶은 마음도 있었다.

장지는 밤 사이 내린 눈이 희다 못해 새파랗게 덮여 있었다. 이른 아침부터 장례식장에서 마치 쫓기듯이 부랴부랴 출발했기 때문에 산등성이로 올라올 해보다 그들이 먼저 도착했다. 그가 묻힐 자리는 이미 한눈에 짐작이 되었다. 그곳만 주위 환경과 생경한 빨건 진흙이 마치 내장을 드러낸 짐승처럼 파헤쳐졌다. 그리고 그 옆에는 그렇게 만든 주

범으로 보이는 노란 굴착기가 큰 덩치와는 어울리지 않게 바가지를 얌전히 오므린 채 시아버지 분부를 기다리는 새색시처럼 서 있었다. 굴착기 옆에는 화톳불이 활활 타올랐고 마을 사람들은 이미 화톳불을 중심으로 둥그렇게 둘러서서 불을 쬐고 있었다. 그 옆에는 김이 펄펄 끓어오르는 커다란 양은솥을 두 개나 걸어놓은 화덕이 자리를 잡았다. 마을 사람들이 장지에서 손님들에게 대접할 음식을 준비하는 모양이었다.

그를 모신 상조회사 리무진이 도착하면서 뒤를 이어 역시 상조회사 버스가 도착하고 그 뒤를 줄줄이 차가 도착하자 화톳불 주위에서 불을 쬐고 있던 사람들이나 양은솥 주위에 앉아서 무나 파를 다듬던 여자들은 일제히 하던 일을 멈추고 그들 쪽을 바라보고 있었다. 그러나 그것도 잠깐이고 화톳불 주위에 있던 장정들은 부랴사랴 그들을 마중 나왔고 무나 파를 다듬던 여자들은 일손을 더 빠르게 놀렸다.

미리 조를 짜두었는지 하얀 장갑을 낀 남자들이 양쪽으로 조심해서 관을 모시고 장지로 향했다. 장지로 올라가자면 어른도 다리를 한껏 치켜올려야 할 정도로 높다란 둔덕을 넘어야 했다. 그를 모시고는 여의치 않을 거로 생각했었는데 누군가가 벌써 임시방편으로 두꺼운 나무판자로 비스듬히 개어놓았다.

마을 사람들은 기다란 새끼줄로 길을 탁 막아버리며 장난을 치기 시작했다. 그러자 상주들도 이미 예상했다는 듯이 미리 준비한 봉투를 새끼줄에 리본처럼 매달고 다른 한편에서는 술상을 부랴부랴 차려 한 잔씩 돌리자 그제야 내려놓은 관을 다시 들고 길을 가기 시작했다. 하지만 다섯 걸음도 떼기 전에 새끼줄은 다시 쳐지고 그러면 상주들이 일제히 달려들어 새끼줄에 리본을 걸고 술을 돌리면 큰 선심이나 쓰듯이 장지를 향해 몇 걸음 옮겨갔다. 이런 식으로 몇 번의 우여곡절과 몇 번의 우격다짐과 몇 번의 새끼줄에 리본을 걸어 더는 봉투 리본을 걸 자리가 없을 즈음에야 장지에 도착할 수 있었다. 그때야 장지에서 마주 보이는 아취산 위로 아침 해가 노랗게 얼굴을 내밀고 있었다.

떠오르는 해를 흘깃 쳐다보던 지관은 서둘러 모셔야 할 것이라며 재촉했다. 동네 사람들의 묏자리를 거의 다 잡아주었고 이 업계에서는 나름대로 인정을 받는 사람이라 그런지 일흔이 훨씬 넘은 나이에도 목소리는 카랑카랑했다. 검은 색이라고는 한 올도 찾아볼 수 없는 은발에 날카로운 눈매는 산 자와 죽은 자의 중간쯤에 서 있는 것 같아 입고 있는 검은 오리털 점퍼도 보통 사람의 그것보다 다르게 보였다.

굴착기가 파놓은 광중에 미리 준비한 소나무 나무토막 일곱 개를 가로로 깔아놓고 그 위에 그를 모신 관이 조심스럽게 들어갔다. 그런 다음에 관을 묶었던 무명 끈을 풀고 관 뚜껑을 열고 그를 꽁꽁 묶고 있던 모든 끈을 풀었다. 이제야 그가 편안할 것 같았다. 생전에도 몸에 무엇을 묶는 것은 딱 질색이라 허리띠도 바지가 흘러내리지 않을 정도로 헐겁게 해서 다녔다. 넥타이도 목을 매다는 것 같다며 아주 중요한 자리 아니면 매지 않았다. 하긴 그에게 중요한 자리라고는 자식들 결혼식 정도였으니 어쩌면 묶는 것을 싫어했기에 평생 넥타이를 매고 격식을 차릴 자리가 그에게 주어지지 않았는지도 몰랐다. 이런 그에게 입관할 때부터 마치 멀리 떠나는 보따리처럼 꽁꽁 묶어 놓았으니 얼마나 답답했을까. 끈이란 끈은 다 풀어버린 후에 사이사이에 흙을 채워놓았다. 은조는 관도 엄밀히 말하면 방일 터인데 방에 흙을 집어넣는 모습을 물끄러미 내려다보면서 결국 흙으로 돌아가는 거라고 생각이 들었다. 숨이 붙어 있을 때는 흙과는 전혀 무관한 영물인 양 행동을 하지만 숨이 떨어지는 것과 동시에 흙과 동격이 되는 것 같았다. 아니 이제야 긴 여행에서 돌아온 것 같았다. 본래의 고향으로 돌아가는 것 같았다. 더는 흙을 넣을 틈이 없자 관 뚜껑을 조심스럽게 덮고 하얀 보자기로 덮었다.

그때 지관이 낮게 탄성을 질렀다. 그곳에 있는 사람들은 영문을 몰라 지관을 바라보자 지관은 말없이 손을 들어 해를 가리키고는 다시 시선을 하얀 보자기로 보냈다. 그들도 지관이 가리키는 해를 바라본 후에 다시 하얀 보자기를 바라보자 하얀 보자기 위로 노란 해가 가득 들어 비추었다. 마치 일부러 조준한 것처럼, 일부러 해를 모은 것처럼 하얀 보자기를 노랗게 감싸고 있는 모습이 나쁘지 않았다. 서광까지는 아니지만 뭔가 안도감을 느끼게 했다. 지관은 그의 이 자리가 명당이라고 했다. 아마 천당을 갔을 것이니 걱정하지 말라며 원래 무덤은 음인데 태양 빛인 양이 합해지는 이 시간에 자리를 잡아야 좋은 곳으로 가는 것이라고 했다.

말을 할 때마다 말보다는 침이 더 많이 튀었고 연신 손가락질로 부산한 지관이 상주들에게 허토를 명했다. 맏상제가 제일 먼저 허토를 시작하자 어느 순간 은조가 삽을 들어야 할 순서가 되었다. 은조는 금방 땅에서 캐낸 붉은 흙을 한 삽 떠서 그에게 조금씩 조심스럽게 뿌렸다. 그가 죽어도 값싼 눈물 같은 것은 절대로 흘리지 않겠다고 맹세했건만 그녀도 모르게 눈물이 나왔다. 사람들이 없다면 삽자루를 바닥에 팽개치고 땅바닥에 주저앉아 아이처럼 발길질하면서 엉엉 울고 싶었다. 마치 뒤통수를 크게 한 대 맞은 기분이었다.

들판에는 벚꽃이 난분분히

은조가 그를 처음 본 것은 대학을 막 졸업했을 때였다. 민우가 미리 귀띔했다면 절대로 그 장소에 가지는 않았을 것이다. 겨울이었다. 발목까지 내려오는 롱코트가 유행하던 시절이었다. 또 가슴에 브로치로 멋을 내던 시절이라서 양식 진주 브로치를 롱코트의 가슴에 달았다. 그들의 데이트 장소가 민우는 버스를 타고 내려와야 했고 은조는 기차를 타고 올라가야 했었는데 그곳이 은조와 민우가 사는 곳에서 딱 중간 지점이었다.

기차가 플랫폼에 서서히 도착하자 대기실 유리창으로 민우의 모습이 보였다. 오랜만에 만난 민우는 먼저 갈 곳이 있다고 했다. 그런데 그 말투나 행동이 무척 주저해서 평소 모습과는 달랐지만 그럴 때도 있을 거라고 은조는 가볍게 생각했다.

민우가 은조를 데리고 간 곳은 커피숍도 아닌 홀 가운데에 커다란 연탄난로와 열대어가 플라스틱 물풀 사이로 노니는 수족관이 놓여 있는 다방이었다. 수족관 옆에는 한눈에도 시골 사람 티가 팍팍 나는 사람이 앉아서 은조를 쏘아보듯이 바라보고 있었다. 영문을 알 리 없는 은조는 어리둥절할 수밖에 없었다. 민우는 인사를 하라고 했다. 아버지라고.

그를 처음 대면하는 순간이었다. 뛰쳐나오고 싶었다. 민우 아버지를 은조가 만나야 할 이유가 없기 때문이기도 했고 첫눈에도 어디 시골 오일장터에서 샀을 것 같은 싸구려 옷에 고약한 인상이 가슴을 오그라들게 하였다. 민우의 눈과 마주치지 않았다면 은조는 담대하게 뛰쳐나왔을 텐데 민우의 간절한 눈빛 때문에 주춤했다. 형광등 불빛 아래에서 입을 쪽쪽 맞추고 있는 키싱구라미 때문이기도 했다. 사심 없이 노닐고 있는 듯한 베타와 구피와 엔젤피시에게 부끄러웠다. 그는 은조 얼굴에서 눈을 떼지 않고 있었다. 그러다가 이윽고 한마디 내뱉었다.

"며느리들 중에 제일 예쁘겠군."

은조는 그에게 처음이자 마지막으로 예쁘다는 소리를 들은 날이었다. 그리고 죽을 때까지 그의 입에서 칭찬 비슷한 소리 한 번 듣지 못했다.

그날이 민우가 은조를 그에게 선을 보인 날이었다. 민우는 은조에게 한마디의 말도 없이 혼자서 계획을 세우고 그를 데리고 바다가 있는 소도시까지 버스를 타고 왔다. 이렇게 민우가 은조에게 한마디의 상의도 없이 일을 벌인 것은 이유가 있었다.

얼마 전 대학 졸업식 때 그는 은조 부모와 상견례를 제안했는데 은조가 반대하자 그는 졸업식 때라도 보기를 원했다. 하지만 은조는 그것도 싫었다. 민우와 사귀는 사이기는 하지만 장래를 논할 단계는 아니라는 생각에서였다. 그날 저녁에 민우를 만났었는데 그때까지 은조 몫의 꽃다발을 들고 있었다. 장미는 모가지가 댕강 떨어져 나갔고 백합은 실컷 얻어맞은 권투선수처럼 꽃잎에 누런 멍이 들었고 노란 튤립은 모가지가 간신히 간당간당 매달려 있는 잔뜩 시들어버린 꽃다발을 은조에게 강제로 안겨주었다. 쓰레기통에 버리는 것도 알아서 버리라고 했다. 그때 그 꽃다발을 민우가 보는 그 자리에서 쓰레기통에 던져버렸다면 어떻게 되었을까? 은조는 세련된 꽃다발도 아닌 꽃집에 있는 꽃이란 꽃은 다 조합한 것 같은 아주 촌스러운 꽃다발을 물끄러미 내려다보고만 있었다. 왜 그것을 휴지통에 버리지 못했을까. 만신창이가 되어버린 꽃다발을 물끄러미 내려다보기만 하는 이런 은조를 민우도 물끄러미 바라보기만 했다.

그 다음부터는 일이 일사천리로 진행이 되었다.

그가 민우와 함께 은조 집 대문을 두들겼다. 사방이 희뿌염한 이른 새벽이었다. 잠자리에서 갓 일어난 은조 엄마는 겉에 스웨터만 대충 걸치고 대문을 열었다. 대문 앞에는 그와 민우가 이슬을 잔뜩 뒤집어쓴 채 서 있었다. 일면식도 없었던 은조의 부모는 그야말로 혼비백산을 했다. 미리 연락을 해주었으면 좋았을 텐데 민우는 자기도 모르게 진행이 되었다고 했다. 그냥 그가 앞장서라 해 앞장서서 밤 기차를 타고 밤새도록 왔다고만 했다. 전화할 짬이 없었다고 했다. 지금처럼 핸드폰이 있던 시절이 아니었다. 그때는 민우의 말을 은조는 믿지 않았다. 들판에는 벚꽃이 난분분한 계절인데도 그의 옷차림은 바다를 끼고 있는 소도시의 키싱구라미가 노니는 다방에서의 바로 그 옷차림이었다. 은조 부모가 혼비백산한 여러 이유 중에 은조처럼 그의 옷차림도 들어가 있었다.

다음의 순서는 은조가 시댁에 정식으로 인사를 가는 것이었다. 민우가 때마침 배달을 가고 나자 이곳에 처음 온 은조가 얼떨결에 가게를 지키고 있었다. 그가 가게 안으로 성큼성큼 들어서며 민우를 찾았다.

물건 배달을 갔다고 대답하자 점심은 먹었냐고 물었다. 아직 먹지 않았다고 은조가 대답을 하자 그는 그럼 빵이라도 먹어야 하지 않겠냐며 벌떡 일어섰다. 빵을 사오겠다는 것이다. 은조는 너무도 황망하여 거듭 괜찮다고 하면서 곧 민우가 올 것이라고 했다. 그러자 그는 다시 자리에 앉았다.

"하긴 빵을 먹고 나면 밥맛이 없지."

그는 혼잣말하듯이 이렇게 중얼거리고는 아주 조금 망설이는 듯하더니 민우와 결혼을 하면 같이 살자고 했다. 은조는 너무 놀랐다. 민우와의 결혼에서 마음에 드는 구석이 있었다면 딱 한 가지 위에 형들이 있어 부모를 모시지 않아도 될 것 같아서였다. 그런데 기껏 잘 살고 있는 사람을 내보내고 그들을 들이겠다는 청천벽력 같은 소리에 은조는 고개를 숙이고 가만히 있었다. 그도 가만히 앉아 있었다. 은조 입에서 '네'라는 소리가 듣고 싶었던 모양이었다. 하지만 은조도 결혼을 안 하면 안 했지 그와 같이 살고 싶지 않았다. 너무 무섭게 생긴 얼굴 하며 촌스러운 옷차림에 무엇보다 아궁이에 군불을 때서 난방을 하고 밥을 짓는 집에서 단 하루도 살고 싶지가 않았다. 물론 그의 부인인 시어머니가 있긴 하지만 첫눈에 알아보았다. 집안에서 아무 권한도 행사를 못하고 일만 한다는 것쯤은. 아무리 기다려도 은조 입에서 '네'라는 소리가 나오지 않자 마침내 포기하는 모양이었다.

"싫으면 할 수 없지."

그리고는 가게 문을 열고 나가버렸다. 은조가 처음이자 마지막으로 그 앞에서 은조 고집대로, 은조 이성대로 행동했던 날이다.

은조는 배달을 하고 돌아온 민우에게 눈물을 펑펑 흘리면서 울었다. 민우는 은조가 서럽게 울자 배가 고파서 우는 줄 아는 모양이었다. 점심 때가 한참 지나기는 했지만 아무려면 배가 고프다고 그렇게 대성통곡하듯이 펑펑 우는 여자가 있을까. 민우는 아버지가 정말 그렇게 말했느냐고 오히려 의아해하면서 자꾸만 물었다. 남은 지옥을 오락가락하는데 한국말도 못 알아듣는 민우가 야속했다. 민우는 마침내 빙그레 웃으면서 아버지가 은조를 아주 마음에 들어하는 모양이라고 했다. 그러면서 덧붙이길 걱정하지 말란다. 시댁에 들어가고 싶어서 울며불며 매달릴 때까지는 절대로 집에 들어갈 생각을 하지 않을 터이니 마음을 놓으라고 큰소리를 펑펑 쳤다. 은조는 민우의 그 큰소리에 지옥을 오락가락하던 절망적인 마음이 눈 녹듯이 사라지면서 이미 다 식어버린 돈가스를 아주 맛있게 다 먹었다. 원래 그런 법이다. 죽을 만큼 고민을 했었는데 알고 봤더니 아무 것도 아니었을 때 느끼는 해방감, 은조가 바로 그 짝이었다.

민우는 은조와의 약속대로 집에 들어가서 살자는 말은 하지 않았다. 그도 마찬가지였다. 하지만 시도 때도 없이 그들 부부를 불렀다.

칼국수를 해놨으니 와라. 정어리가 싱싱해서 몇 마리 샀다. 무 넣고 삼삼하게 졸여놓으라 할 테니 저녁 먹지 말고 와라. 콩죽을 해놨다. 동짓날이면 옹심이 든 팥죽을 먹어야 나이를 먹는 법이다. 늦지 말고 와라. 이런 식으로 날마다 전화를 하는 사람은 대부분 그였다. 전화가 없는 날은 몸소 그들의 가게로 왕림하는 날이다.

가게에 붙어 있는 쪽방에서 살림하고 있을 때였다. 은조는 결혼을 하자마자 가족 계획을 세울 사이도 없이 아이가 들어서서 입덧을 심하게 하고 있었다. 민우는 배달 때문에 자주 가게를 비웠다. 쪽방에 누워 있다가 문소리가 나면 미닫이문을 열고 나와 볼펜도 팔고 스타킹도 팔고 복사용지도 팔고는 다시 방으로 들어가 누워 있었다.

그가 올 때는 쪽방에 누워서도 다 알 수가 있었다. 다른 사람보다 특이했다. 두 다리를 팔 자로 약간 벌리고 길바닥에 기어다니는 개미도 다 눌러버릴 것 같은 기세로 쾅쾅 힘차게 내딛는데도 다른 사람들이 눈치를 채지 못할 정도로 신발을 끌었다. 민우의 발걸음 소리도 그의 발걸음 소리와 많이 닮았지만 그와 구분을 할 수가 있었다.

발걸음 소리는 역시나 가게 출입문 앞에서 멈추어 섰다. 조금 이따 보면 출입문이 열리면서 출입문 위에 설치해둔 종이 울릴 것이다. 역시나 짤랑짤랑 종소리가 났다. 대부분 손님은 출입문을 열고 들어섰다가 주인이 없으면 그 자리에서 움직이지 않고 서서 주인을 부른다거나 다시 문을 열고 나가게 마련인데 그는 조금도 주저하지 않고 가게 안쪽으로 성큼성큼 들어오면서 가게를 비워놓고 어디에 갔느냐고 소리를 질렀다. 은조가 방안에 누워 있을 거라고는 짐작을 하면서도 마치 어깃장을 놓는 사람 같았다.

은조 몸은 물조차 받아들이지 않아 그녀는 방바닥에 굴을 파고 들어가고 싶을 정도로 일어나는 것이 귀찮았다. 하지만 그는 조금도 기다려 줄 기미가 없었다. 여차하면 방 미닫이문을 드르륵 열어젖힐 태세였다. 겨우 몸을 일으켜 가게로 나가면 그때야 가게에 놓여 있는 빨간 플라스틱 의자에 앉았다. 은조가 임신한 것을 알고 있을 터인데도 주머니에서 담배를 꺼내면 옆에 있는 재떨이를 그 앞에 살짝 밀어놓았다.

"야는 어디 갔나?"

담배 연기를 아주 기세 좋게 내뿜으면서 민우를 찾았다. 배달 갔을 거라고는 짐작을 하고 있으면서도 언제나 그렇게 물어보았지만 은조는 그가 물어볼 때마다 다소곳한 어조로 대답했다.

"배달 나갔어요."

그가 담배를 다 태울 때까지 그들은 나눌 말이 없었다.

"야 오면 저녁 먹으러 와라."

기껏 한다는 말이었다. 아무리 시골 구멍가게일망정 손님은 있는 법이었지만 그는 그런 것에 전혀 신경을 쓰지 않았다. 민우도 마찬가지였다. 그냥 와라, 하면 은조를 옆에 태우고 뜨르르 갈 생각뿐 가게 때문에 갈 수가 없어요, 라는 말은 한 번도 하지 않았다.

옆 가게는 화장품을 파는 가게였다. 나이가 지긋한 화장품가게 여자가 저녁을 먹고 돌아온 그들에게 한마디 했다. 마치 벼르고 벼르다가 작정을 한 사람처럼 평소와는 달리 가게에 들어오자마자 의자부터 찾아서 앉았다. 장사는 언제 하려고 가게를 그렇게 자주 닫느냐고 했다. 그 새 손님이 얼마나 많이 다녀갔는지 아느냐고 했다. 가게는 손님이 오든 안 오든 언제나 열려 있어야 장사가 잘 되는 법이라고 했다. 젊었을 때 돈을 벌어야지 돈이 언제나 막 벌리는 것이 아니라고도 했다.

"아버지 때문에 어쩔 수 없어요."

민우가 풀 죽은 목소리로 힘없이 대답하자 화장품가게 여자는 이런 민우를 물끄러미 바라보며 한마디 하고 나가버렸다.

"장사를 알 만한 양반이……."

부부는 정확히 화장품가게 여자의 말을 다 알아듣지 못했다. 학교를 졸업하자마자 결혼해서 그들은 사회 경험이 전혀 없었다. 거기다가 은조는 민우보다 더 형편없었다. 돈은 어디서 저절로 생기는 줄만 알았다. 혼수품으로 가지고 온 비싼 식기 세트가 어설픈 설거지로 이빨이 빠지면 세트였던 대접까지 같이 버렸다. 세트는 세트로만 사용되는 줄 알았었고 버리면 저절로 채워지는 줄만 알았다. 스스로 번 돈으로 찻잔이나 식기 세트를 사야 한다는 것을 깨달은 것은 한참이 지나서였으니 화장품가게 여자의 말을 다 알아들을 수 없는 것은 당연했다.

찬바람이 깨진 유리창을 통해

나눌 형제자매가 많아 말 그대로 산더미처럼 배추를 쌓아놓고 김장을 했다. 배추김치만 해도 힘이 들 판인데 총각김치와 깍두기와 백김치와 갓김치까지 그의 아내와 은조 단둘이 하느라 아침부터 시작한 김치는 날이 어둑어둑해도 끝날 것 같지가 않았다. 은조의 배는 맹꽁이처럼 불렀지만 쉴 수가 없었다. 김치냉장고가 나와 있지 않던 시절이었다. 마당가 살구나무 밑에 있는 김치광으로 그의 아내는 은조가 양념을 버무려놓으면 양동이에 담아 날랐다. 은조를 배려해서 은조는 앉아서 일하고 그녀는 서서 나르는 일을 맡았지만 분업이라는 것은 손발이 착착 맞아야 하는 법이라 한 사람이 쉬지 않으면 절대로 쉴 수가 없었다. 오후가 되자 은조의 아랫배는 털실뭉치처럼 똘똘 뭉쳐져서 손가락을 찔러도 들어가지 않을 정도로 딱딱해졌다. 따뜻한 방바닥에 눕고 싶었지만 김치를 끝내기 전에는 불가능해 죽을 둥 살 둥 김치를 버무릴 수밖에 없었다.

그는 온종일 은조 옆에서 술 냄새를 풀풀 풍기면서 자고 있었다. 자다가 술이 깨면 벌떡 일어나 앉아서 술을 벌컥벌컥 마시고는 다시 잠이 들었다. 웅크리고 잘 때도 있었고 큰대자로 잘 때도 있었다. 저녁 때가 되자 또 술이 깨는지 벌떡 일어나 앉았다. 은조는 손을 더 바삐 움직였다. 그런데 누군가가 이런 은조를 쳐다보는 것만 같아서 주위를 둘러보았는데 그가 노려보고 있었다. 눈동자가 핏발이 서서 붉었다. 눈꺼풀은 멀겋게 부풀어 올랐다. 머리카락은 기름에 절어 찍 달라붙었고 털어낸다면 한 종지는 족히 될 것 같은 고춧가루 같은 허연 비듬이 덕지덕지 달라붙어 있었고 입고 있는 고동색 폴로셔츠의 깃에도 허옇게 쏟아져 있었다. 뒷머리는 반은 위로 솟구쳐 올랐고 반은 다리미로 눌러놓은 것처럼 아래로 달라붙었다. 그런 그의 눈과 마주치자 은조는 순간적으로 움찔했다. 그는 그제야 상황이 파악되는지 한마디 했다. 아주 커다랗고 기분 나쁜 목소리였다. 혀가 꼬여서 발음이 어눌했지만 정확히 들을 수는 있었다.

"맛대가리 없게 만들면 죽을 줄 알아."

그런 다음에 두루마리 화장지를 둘둘 풀어 요란스럽게 코를 풀어 바닥에 휙 던져놓고는 재떨이에 가래침을 칵하고 뱉었다. 갑자기 화가 났는지 거친 욕설과 함께 재떨이를 창문에 휙 던졌다. 창문이 와장창 깨지면서 담배꽁초가 우수수 쏟아져 내렸다. 누런 가래침은 창문에 덜렁덜렁 매달려 있었다. 기다렸다는 듯이 찬바람이 깨진 유리창을 통해 득달같이 들어오자 그는 춥다고 또 욕을 했다.

처음 보는 그의 폭력에 은조는 몸이 사시나무 떨리듯이 떨렸다. 술을 많이 마신다는 것은 알았고 술을 마시면 잠만 죽도록 자는 줄만 알았지 그런 폭력성이 숨어 있는 줄은 몰랐었다. 김칫독에 김치를 넣고 빈 양동이를 들고 들어온 그의 아내는 난장판이 되어 있는 상황을 보더니 은조에게 그만 집으로 돌아가라고 했다. 아직도 버무려야 할 배추는 함지박 가득 쌓여 있었지만 그의 아내는 은조를 쫓아보내려고 서둘렀다. 그가 원숭이처럼 쭈그리고 앉아서 눈에 불을 출출 흘리며 노려보고 있자 더 허둥지둥했다. 가게로 무슨 정신으로 돌아왔는지 몰랐다. 민우는 은조가 들어서자 왜 전화도 없이 그 먼 거리를 걸어왔느냐고 물었다. 말은 그렇게 했지만 기가 질려 있는 은조 얼굴을 자꾸만 뜯어보고 있었다. 민우의 얼굴이 복잡했다. 하지만 은조는 화장실이 급했다. 그가 큰대자로 누워 있는 발치를 지나서 화장실을 가야 하는 것이 싫어 아니 그의 잠을 깨울까봐 화장실 가는 것도 참았더랬다. 소변을 보고 일어서는데 뜨뜻하고 미끄덩거리는 것이 다리를 타고 흘러내렸다. 경험은 없었지만 일이 잘못되고 있다는 것은 직감적으로 알 수 있었다. 배 속의 아이는 이제 칠 개월에 접어들었는데 양수가 먼저 터져버렸다. 밤중에 부랴부랴 병원 응급실로 들어가서 칠삭둥이를 수술로 낳을 정도로 그의 폭력은 끔찍했었다.

아이엠에프가 터지지 않았다면 은조 사전에 그와 같이 살 일은 결단코 없었을 것이다. 국가적인 대란은 곧 그들 부부에게도 큰일이었다. 장사하고 있던 건물의 주인이 가게를 내놓으라는 통보를 했다. 서울에서 번듯한 직장을 다니고 있다던 아들이 이번 사태로 직장을 잃어버린 모양이다. 젊은 사람이 놀고먹을 수는 없어 가게를 하나 내줄 작정이라고 했다. 그것이 하필이면 그들 가게가 표적이 되었다. 하긴 주인이 가게를 내놓으라고 하면 내놓을 수밖에 없었다. 이런 경우를 대비해서 건물 주인들은 언제나 가게 사용 기한을 일 년짜리 계약서를 썼다. 그것은 곧 일 년에 한 번씩 가겟세를 올릴 수도 있다는 얘기였고 만에 하나 가게를 비우라 해도 세입자들이 꼬투리를 잡을 수가 없기 때문이었다.

은조는 아이를 둘러업고 가게를 구하러 다녔다. 지금처럼 방이 딸린 가게를 구해야 했지만 그런 가게는 구할 수가 없었다. 대출을 받아서 집을 따로 구할 방법은 있었지만 아이엠에프로 대출 이자가 두 배로 뛰어버렸고 그나마 대출받는 것 자체도 힘이 들었다.

그가 집으로 들어오라고 했다. 죽기보다 싫었지만 방법은 없었다. 집이라도 번듯했다면 번듯한 맛에 위안을 받았겠지만 쓰러지기 직전의 옛날 집이었다. 본체와 분리된 방을 준다면 그래도 다행일 텐데 그 방은 이미 다른 사람에게 세를 놓은 상태라 꼼짝없이 안방과 붙어 있는 윗방에 살림을 꾸역꾸역 집어넣을 수밖에 없었다.

그는 새벽마다 텔레비전을 온 동네가 떠나갈 듯이 소리를 키웠다. 처음에는 그의 귀가 어두워서라고 생각했었는데 한참 지나서야 은조를 깨우려는 방편이라는 것을 깨달았다. 어쩌다 늦게 일어나게 되면 은조는 거실로 나가는 것이 죽기보다 싫었다. 은조 부부 방에서 거실을 통해야만 부엌으로 갈 수가 있는데 그가 거실에 있는 텔레비전 앞에 떡 버티고 앉아 있기 때문이었다. 할 수만 있다면 그냥 방바닥으로 꺼진다거나 지붕을 뚫고 사라졌으면 좋겠다는 생각을 은조는 언제나 했다.

장돌림

그의 직업은 장돌림이었다. 시골의 오일장을 돌아다니면서 돈이 되면 무엇이든지 팔았다. 그는 십대에 시작해서 군대 삼 년 뺀 나머지 오십여 년을 똑같은 일만 했다. 그에게는 남들이 젊었을 때 한 번씩 꾸었음직한 공명이나 부귀영화 같은 단어는 없었다. 단지 굶어 죽지 않고 하루하루를 버티는 것이 가장 큰 목적이었다. 근동에서 부잣집이라는 소리를 들을 정도로 꽤 많던 전답을 그의 아버지가 노름으로 하루아침에 다 날리는 일이 한국전쟁이 발발하기 이듬해 전이었다. 그리고 곧이어 닥쳐온 전쟁 때는 그의 아버지와 함께 부산까지 걸어서 피난을 떠났더랬다. 전쟁이 끝나자 땅 한 뙈기 없는 시골 살림은 말 그대로 목구멍에 풀칠하기도 어려웠다. 그의 어머니가 장터에 나가 여름에는 올챙이국수와 겨울에는 팥죽 장사를 하면서 근근이 생계를 꾸려갔다. 그가 동네의 장돌뱅이인 천 씨를 따라 본격적으로 근방의 오일장을 돌아다니며 장사를 배우기 시작한 것은 초등학교를 졸업하자마자였다. 상급학교 진학은 그에게 사참했다.

처음에는 천 씨의 물건을 져나르는 짐꾼이었다. 그의 몸보다 더 큰 짐짝을 날마다 져날랐지만 힘들지 않았다. 배가 고프지 않았으니까. 집에서는 멀건 옥수수죽이라도 하루 세 끼 먹어보는 것이 소원이었다. 업혀 있는 어린 동생도 배가 고프기는 마찬가지라 자꾸 울 수밖에. 그러면 그의 어머니는 업어주기 싫어서 엉덩이를 꼬집었다며 지겟작대기든 장작개비든 눈에 띄는 대로 가리지 않고 주워들고 그를 두들겨 팼다. 그의 친구들은 들로 산으로 뛰어다니며 놀아도 그는 한 번도 친구들과 함께 동네 어귀도 나가보지 못했지만 그것은 그의 처지에 바라지도 않았다. 그렇지만 그의 어머니의 어깃장에는 너무 서러워서 뒷간 옆에 있는 늙은 대추나무 밑에 쪼그리고 앉아 많이 울었다. 그런 그이고 보니 천 씨가 아무리 무거운 물건을 그의 등에 짊어지워도 그 물건의 무게로 그의 아직 여물지 않은 몸이 부러지고 땅속으로 꺼진다고 해도 그는 묵묵히 견딜 수 있었다.

오일장터는 군데군데 떨어져 있어서 어느 고장에서 온종일 물건을 팔고 다음 날 열리는 장터를 향해 밤새도록 걸었다. 하늘에 떠 있는 달과 별, 그리고 칠흑 같은 어둠이 유일한 동무였다. 그는 배가 고프지 않자 또 다른 바람이 생겼다. 실컷 자 보는 것이 소원이었다. 늘 잠이 모자라 걸어다니면서 잠을 잤다. 잠을 자면서도 두 다리는 익숙한 길을 따라 본능적으로 뚜벅뚜벅 잘 걸었다. 지금처럼 빵빵 뚫린 길도 아닌 산등성이를 몇 개나 넘고 다리가 놓여 있지 않은 깊은 강물도 건넜다. 시퍼런 강물을 만나면 본능적으로 옷을 훌훌 벗어 머리 위로 올렸다가 강물을 다 건너면 옷을 다시 입었다. 이렇게 하룻밤에도 몇 번씩 옷을 입고 벗었다가 했지만 물떠러지처럼 쏟아지는 잠을 깨우지 못했다. 처음에는 강물을 첨벙첨벙 건너면서도 잠을 자다가 뼛속까지 스며드는 냉기로 인해 잠이 확 깼다. 그러나 그것도 익숙해지면 어떤 날은 강물의 흐름에 휩쓸려 강물과 함께 떠내려갔다. 한참을 떠내려가다 보면 그때야 전과 다른 익숙하지 않은 기운에 잠이 깨곤 했다. 본능적으로 위험을 감지하는 모양이었다. 천 씨는 먼저 저승으로 간 장돌뱅이 귀신들이 지켜주기 때문이라고 했다. 대부분 큰 강물과 만나는 합수머리나 커다란 소(沼)가 눈앞에서 뱅뱅 돌고 있을 때였다. 아니면 폭포 같은 낭떠러지에 떨어지기 직전이었지만 가슴을 쓸어내리는 안도감도 잠시 잠깐이고 등에 짊어진 비단 피륙들이 물에 젖어 모두 버려야 하는 현실이 눈앞에 떡 기다리고 있었다. 십중팔구 천 씨에게 갖은 욕설과 함께 매를 맞겠지만 손실을 배상할 형편이 아니고 보면 죽었다 하고 참을 수밖에 없었다.

처음에는 천 씨와 함께 길을 걸었다. 하지만 어린 그가 익숙하게 잘 해내자 천 씨는 그에게 모든 물건을 몽땅 짊어지워 보내고 슬슬 딴짓했다. 그가 밤새도록 걸어와서 첫 국밥을 먹을 새도 없이 난전에 물건을 펼쳐놓으면 천 씨는 그때야 장터에 어슬렁어슬렁 나타났다.

어찌하다가

그는 천 씨 밑에서 십 년 가까이 갖은 고생을 겪은 후에 본격적으로 장돌림을 시작했다. 군대 삼 년을 마치자 다른 일을 찾아보려고 했지만 알고 있는 일이나, 할 수 있는 일이나, 자신 있는 일이 장돌림밖에 없기도 했다. 그는 포목이면 포목, 방물이면 방물, 잡곡이면 잡곡, 어물이면 어물 하여간에 돈이 될 만하면 그 무엇도 가리지 않았다. 그것을 짊어지고는 잠도 자지 않고 밤을 낮 삼아 뚜벅뚜벅 걸었다.

어찌하다가 강 건넛마을의 양반집 규수를 아내로 맞이하는 좋은 일도 생기게 되었다. 하긴 그에게는 좋은 일이 아니었다. 그때 이미 그는 마음에 둔 여인이 있었다.

"천 씨에게 장사만 제대로 배우라 했지 술집 작부 꾀어내는 일까지 배우라고 했더란 말이냐?"

그의 어머니가 이렇게 결사적으로 반대만 하지 않았다면 집에 들이고 싶은 여인이었다. 원래 누가 말리면 더 하고 싶은 것이 인지상정인지라 그는 쳐다보지도 못할 양반집 딸을 맞이했다고 동네 사람들 모두 부러워했지만 한 번도 아내 된 여자의 얼굴을 제대로 바라보지 않았다. 온갖 고생을 할 때 만났던 여인이라 주막에서 술을 따르는 여자일지라도 마음에서 쉽게 지울 수가 없었다. 그 여인 때문에 천 씨의 모진 구박과 때로 무지막지한 구타에도 버틸 수가 있었다. 그런데 그의 어머니는 술집 여자라서 마음에 안 들고 과부라서 기가 막히고 더 나아가 천 씨가 데리고 놀던 여자라는 소문까지 들은 터라 그의 어머니의 뜻을 거역할 수가 없었다.

양반집 규수인 그의 아내는 그의 어머니의 기대를 깡그리 무너뜨렸다. 다른 평범한 집의 딸보다 혼수가 더 보잘것없었기 때문이다. 내세울 것 없는 집안이라 얕봐서라며 그의 어머니는 성난 사자처럼 사나워졌다. 툭하면 그의 아내의 머리채를 꺼들었고 부엌 봉당의 부지깽이는 그의 아내를 구타하는 데 더 많이 이용되었다. 꼬투리를 잡고 밥을 굶길 때도 부지기수였다. 하지만 그는 모른 체했다. 아이마저 잘생기지 않자 그의 어머니는 그걸 구실로 그의 아내를 더 구박했지만 그는 그럴수록 더 그의 아내 곁에 가기 싫었다.

그가 장가를 갔지만 그의 어머니는 장사를 그만두지 않았다. 어쩌면 그의 아내를 괴롭히기 위해 장사를 그만두지 않는다는 생각이 들 정도였다. 이제는 그의 아내가 도맡아서 팥죽을 쑤고 심지어 판매도 했다. 그의 아내가 한숨도 자지 않고 팥을 삶고 그것을 체에 걸러 찹쌀로 동글동글 빚은 새알심을 넣고 커다란 가마솥에 펄펄 끓여낼 동안 그의 어머니는 간밤에 손님과 거나하게 술을 마시고 시큼털털한 막걸리 냄새를 풀풀 풍기며 잠을 실컷 자고 나와 팥죽이 묽다니 되다니 하면서 타박을 했다.

그의 어머니는 원래도 술꾼이긴 했지만 그의 아내를 들이고부터는 술을 부쩍 더 많이 마셨고 주사도 더 심해졌다. 손님보다 주인인 그의 어머니가 더 술을 많이 마시고는 술주정을 해 손님들이 혼비백산해서 달아날 때가 허다했다. 그의 어머니 술 주사는 동네 사람이 다 알 정도로 유명한데 그게 보기 싫어서 그가 더 밖으로 돈지도 몰랐다.

그가 아직 아이였을 때는 그의 어머니 술 주사로 인해 아무 이유 없이 매를 맞는 경우가 많았다. 하지만 그에게만 불똥이 떨어졌다면 동네 사람들의 입에 그리 오랫동안 오르내리지는 않았을 것이다. 그의 어머니는 술만 마셨다 하면 그의 아버지에게 덤벼들었다. 그의 아버지 상투를 잡는 것은 아주 양반이었고 심할 때는 그의 아버지의 양물을 움켜쥐고 장마당을 돌아갈 때였다. 그의 아버지는 그의 어머니에게 상투가 잡혀 있을 때는 그래도 남자의 힘으로 어찌해볼 수가 있었다. 그의 아버지의 키가 그 시절에는 드문 팔 척이나 되었고 덩치도 좋지만 그의 어머니는 오 척 단신에 날카로운 성정이 말해주듯이 피골이 맞닿아서 아무리 그의 아버지의 상투를 잡고 길길이 뛴다 해도 덩치로 간단히 제압

할 수가 있었다. 그렇게 되면 약이 바싹 오른 그의 어머니는 그의 아버지의 양물을 답삭 그러잡고는 사람들이 많이 모인 우시장 마당으로 끌고 나왔다. 양물을 잡힌 그의 아버지는 대책 없이 그의 어머니가 끄는 대로 고삐를 바투 잡힌 소처럼 아구구 아구구 신음을 뱉으며 끌려 나올 수밖에 없었다.

"이놈아, 그 많은 전답 계집질과 노름으로 다 해처먹고도 뭐 잘한 것이 있다고 하루 세 끼 밥을 축내냐. 이 식충이 같은 화상아."

"어구구, 어구구."

"이 귀신도 안 잡아갈 화상아. 나 같으면 벌써 새(혀)를 깨물고 죽었다. 이놈아. 이 육시랄 놈아."

"어구구, 어구구."

"벌건 대낮에 뭐 빨 거 있다고 낯바대기를 처들고 다니냐. 귀신도 안 잡아갈 이 육시랄 놈아, 개좆이나 빨고 다닐 이 육시랄 놈아."

"어구구, 어구구."

언제나 똑같은 레퍼토리를 토씨 하나 틀리지 않고 주저리주저리 내리 읊을 동안 그의 아버지는 꼼짝없이 그것을 잡힌 채 앓는 소리를 하면서 허리를 구부리고 있어야 했다. 그의 어머니 사설은 그 자리에 몰려들었던 사람들이 다 가버려야 끝이 났다. 옆에는 미처 팔리지 못한 누런 소들이 한가롭게 긴 꼬리로 엉덩이에 달라붙은 쇠파리를 쫓으며 바닥에 소똥을 철퍼덕철퍼덕 싸고 있었다. 그 중에 한 마리가 길게 울음을 울면 그에 화답이라도 하듯이 이곳저곳에서 소들이 덩달아 울었다. 울다가 폭포수처럼 오랫동안 요란하게 오줌을 누는 소리도 그의 어머니의 악다구니를 덮어씌우지 못했다.

그러나 술이 깨면 그의 어머니는 그의 아버지를 대하는 태도가 완전히 바뀌었다. 현모양처도 그런 현모양처가 없을 것이다. 다른 식구들 모두 멀건 옥수수죽으로 끼니를 때우더라도 그의 아버지만큼은 기름이 좔좔 흐르는 쌀밥에 갖은 양념으로 고명을 얹어 쪄낸 조기로 밥상을 차렸다. 좋은 음식이 입에 밴 사람이라 거친 음식은 먹을 수가 없다는 것이 그의 어머니 지론이었다. 그의 아버지에게 입힐 옷도 여간 정성을 들이는 것이 아니었다. 장사하는 그 바쁜 와중에도 없는 사람일수록 옷차림이 깨끗해야 하는 법이라며 희다 못해 오히려 푸르게 보이는 바지저고리에 두루마기도 풀을 빳빳이 먹여 손이 베일 정도로 손질해서 입혀 내놨다. 그런데 그 일도 그가 장가를 가자 그의 아내의 몫으로 떨어지고 말았다. 그의 아내가 온갖 정성을 들여서 그의 아버지의 두루마기를 지어놓으면 있는 트집 없는 트집 다 잡았다. 품이 짝짝이라고 또 깃이 넓다고 또는 깃이 지나치게 좁아서 상것이나 입을 옷을 만들어 놓았다며 가위로 싹둑싹둑 잘라내고는 다시 만들라고 소리를 질렀다. 그의 아내는 그의 어머니의 어깃장에 한 번도 대거리하지 않고 그의 어머니의 마음에 들 때까지 죽어라고 다시 만들 뿐이었다.

그의 아내가 그렇게 살 동안 그는 언제나 모른 척했다. 어쩌다 집에 들어온 날에 잠결에 부스럭부스럭하는 소리에 눈을 떠보면 그의 아내가 그의 발치에 웅크리고 앉아서 뭔가 작업을 하고 있었다. 손이 터서 피가 철철 흐르는 것을 약도 바르지 않은 채 비닐로 싸고 있는데 딴에는 남편의 잠을 깨울까봐 불도 켜지 않은 어둠 속에서 조심조심 손을 싸매느라 한없이 더디기만 했다. 그는 그런 아내의 모습이 애처롭기보다는 청승스러워서 부아가 치밀어 올라왔다. 마음에 두고 있는 여자의 부드러운 손이 떠오르면서 저 꼬락서니니 마음을 줄 수가 없지 하고는 자리에서 휙 일어나 그 길로 길을 떠났다. 동네 개를 지나다니는 사람들이 모두 밉다고 발길질을 하면 밉지 않은 사람까지 덩달아 발길질을 하는 것처럼 그도 그 꼴이었다. 그것은 그가 마음에 둔 여자를 공공연하게 드러내놓고 들락거려도 될 이유가 되고 말았다.

그런데 곧 죽을 것같이 힘들게 살아가는 그의 아내 대신 그의 어머니가 갑자기 죽었다. 마른하늘에 날벼락은 이럴 때 쓰는 단어였다.

그해 겨울 날씨는 사상 유례없이 참 추웠다. 삼일장을 치르는 내내 얼마나 추웠던지 동네 사람들은 죽어도 꼭 성질머리대로 땡땡 추운 날을 골라 죽었다며 수군거렸다. 사람들은 그의 어머니의 죽음에 대해 갖은 억측을 불러일으켰다. 며느리를 구박하다 못해 제 성질을 못 이겨 죽었을 거라는 것은 아주 양반에 해당하는 억측이었다. 술만 취하면 남편의 양물을 틀어잡고 개처럼 끌고 다니다가 결국은 남편의 양물을 못 쓰게 만들어서 그 충격으로 죽었을 거라는 점잖지 못한 말까지 난무했다. 사람들은 자기가 믿고 싶은 것만 골라 믿는 모양이었다.

하긴 그날도 그의 어머니는 그의 아내의 머리채를 잡고 우시장 마당으로 끌고 갔다. 이번에는 팥죽이 싱거운 게 원인이었다. 삽시간에 구경꾼이 빙 둘러서자 그의 어머니는 흥분이 되어 소들이 철썩철썩 똥을 싸고 있는 쪽으로 자꾸자꾸 다가가는 것도 몰랐다. 소는 사람들이 한 덩어리로 엉켜 고래고래 소리를 지르면서 가까이 오자 겁이 났는지 콧

김을 뿜으며 그의 어머니에게 힘차게 뒷발질했다.

그 무렵 그는 마음에 둔 여자와 살림을 차리겠다고 나섰다. 그의 어머니는 죽으면 죽었지 그 꼴은 볼 수 없다고 반대했다. 그는 자기 어머니를 이해할 수가 없었다. 그의 아내가 미워 날마다 구박했기에 두 팔을 벌려 환영까지는 못하더라도 그가 강하게 밀고 나가면 마지못해 승낙할 거라는 믿음이 있었기 때문이다. 그래서 애초에 집안에 들일 생각을 일보 양보해서 조그마한 집 한 칸 마련해 마음에 둔 여자와 살림을 차려버렸다. 그런데 그의 어머니가 보란 듯이 갑자기 뇌진탕으로 죽자 그는 꼭 자기 때문인 것 같아 하늘이 무너지는 심정이었다.

그의 어머니의 죽음 앞에서 그가 하고 싶어도 할 수 있는 것은 아무것도 없었다. 가장 먼저 마음에 둔 여인을 마음에 가두고 집으로 들어왔다. 집에는 그의 아버지가 선한 눈빛으로 그를 맞이해주었다. 그의 아내는 그가 바깥으로 돌아도 말없이 묵묵히 자기 앞에 떨어진 일만 했지만 그가 완전히 바깥에 둔 여인을 청산하고 돌아와도 자발나게 반기지도 않았다. 아궁이에 불을 좀 더 많이 땔 뿐이었다. 그의 아내가 살림하는 틈틈이 깊은 산속에 들어가서 해온 싸리나무가 살구나무와 대추나무가 서 있는 울 밖으로 촘촘히 둘러싸여 있었다. 그것을 불을 때기 좋게 도끼로 몽당몽당 잘라서 아궁이가 터지도록 집어넣기만 했다. 바싹 마른 싸리나무는 불땀이 좋아서 그의 아내의 얼굴을 붉게 물들었고 맞은편 부엌 벽으로 그의 아내의 검은 그림자가 길게 비쳤다.

마을에 사는 지관이 그의 어머니를 조상 대대로 내려오는 선산 앞으로 넓게 펼쳐진 수수밭 귀퉁이에 모시라고 했다. 그곳은 온종일 햇볕

한 줌 들어오지 않은 응달이었고 너럭바위가 발 밑에 깔려 있어서 관을 모실 구덩이를 파는 것도 여의치 않은 곳이었다. 거기다 뒤로는 깎아지를 듯한 산에다 찔레나무나 딸기나무나 엉겅퀴 같은 가시가 많이 달린 나무가 빽빽이 자리잡고 있었다. 또 온갖 뱀들의 집단 서식지라서 땅꾼들도 혀를 내두르는 습지고 음습한 곳을 명당이라고 하니 그는 여간 고민이 될 수가 없었다. 하지만 그의 아버지는 지관의 말을 따르라고 했다. 팔뚝만한 구렁이 한 마리를 쫓아내고 묘를 쓸 수가 있었다. 뱀을 좋아하는 동네 사람들도 그 크기에 놀라 감히 포획할 생각을 못할 정도로 지금껏 볼 수 없었던 구렁이였다. 그런데 그의 어머니를 모신 자리가 명당자리였던지 그의 어머니를 장사 지내기 위해 들여온 쌀이 장사를 지내고 나도 떨어지지 않았다. 멀건 옥수수죽도 겨우 먹던 생활이 청산되고 하얀 이밥을 끼니 때마다 먹어도 쌀은 화수분처럼 자꾸만 생기는 놀라운 일이 생겼다. 그리고 지관의 말대로 운도 따랐다. 지관이 그의 어머니를 너럭바위 위에 모시면 집안에 운이 필 것이라고 장담을 했었다.

그때부터

마음에 둔 여인과 살지 못했던 그는 이따금 허허로웠다. 허허로우면 그는 그 화풀이를 그의 착한 아내에게 다 풀었다. 그의 아내는 말없이 그의 횡포를 다 받아주었다. 태생적으로 착한 여인이었기에 태생적으로 사나운 그에게 대거리할 수는 없었다. 원래 좋아했던 술이었지만 쌀 한 톨 목으로 넘기지 않고 인사불성이 되도록 술을 마시기 시작한 것은 그의 어머니가 돌아가시고부터였다. 그의 어머니가 죽으면서 그에게 술버릇을 고스란히 넘겨준 줄도 모르겠다. 아니면 그의 피돌기 어디쯤 박혀 있던 술 유전인자가 이제야 슬슬 본색을 드러낸 줄도 모르겠다. 원인이야 어디서 온 것인 줄은 모르겠지만 그렇게 되면 그의 장돌림에 차질이 많을 수밖에 없었다. 그렇지만 그는 단 한 번도 술 때문에 장사를 나가지 않는 날은 없었다. 굴러서라도 오일장터에 나와 앉아 있었다. 비틀걸음에 술 냄새를 팍팍 풍기며 붉게 충혈된 눈에서나 입에서 술이 한 사발이나 쏟아져 나올 것 같았지만 그는 그날 팔 물건들을 난전에 펼쳤다. 무엇을 집어들어도 천 원짜리 물건들이었다. 천냥하우스가 유행하던 시절이었다. 천 원짜리 물건들은 천 원어치 값밖에 할 줄 몰라 물건들의 크기가 오종종했다. 그는 덜덜 떨리는 손으로 물건들을 정리하자니 정신을 집중해야 했다. 첫날밤 새색시의 옷고름을 푸는 것보다 더 신중했고 더 얌전하게 물건을 진열했다. 바람 한 자락이 옆에 커다랗게 서 있는 은행나무를 건드리자 은행잎이 우수수 그의 물건 위로 떨어졌다. 그는 은행나무를 쳐다보며 욕을 아주 옹골차게 퍼부었다. 그리고는 아주 신중하게 은행잎을 한 장 한 장 그의 물건에서 걷어내었다. 행동은 한없이 굼떴다. 그는 자꾸 욕을 했다. 자기는 정신을 바싹 차리고 잘하는 것 같았지만 은행잎은 물건 위에서 걷어내는 것보다 물건 위로 다시 날아오는 것이 더 많았기 때문이다. 겨우겨우 다 걷어내고 한숨 돌리고 나자 또다시 바람 한 자락으로 지금껏 걷어냈던 것보다 더 많은 은행잎이 물건 위로 우수수 떨어지고 말았다. 그렇게 되면 그는 남들 평생을 살아도 듣지도 못할 기상천외한 욕설을 퍼부었다. 그 옆에서 나란히 물건을 펴놓고 장사를 하는 장사꾼들은 고개를 돌려버려야 했다. 괜히 눈이 마주치기라도 하면 같이 덤터기를 쓸 수 있었으니까. 물건들이 얼추 정리되고 나면 그는 길바닥에 쭈그리고 앉아서 잘 때도 있었지만 절대로 그의 근무지를 이탈하지는 않았다.

술을 마시지 않는 날 밤이면 그는 늦게까지 잠을 자지 않았다. 주로 편지를 썼다. 마음에 둔 여인에게 쓰는 편지였지만 우체국에 가서 부치지는 않았다.

그의 삶을 통틀어 유일한 낭비는 술을 인사불성이 되도록 마시는 일과 부치지 못하는 편지를 쓰는 일이다. 그는 한평생 좋은 옷을 입어본 적이 없었다. 혀가 절로 춤을 추는 좋은 음식도 탐하지 않았다. 당연히 남들 호기심에서라도 한 번씩은 가보는 소문난 음식점은 물론이고 같은 동네에 있는 중국 음식점도 한 번 가서 편하게 식사를 해보지 않았다. 아이들이 커가면서 짜장면 타령을 하면 처음에는 윽박지르다가 정 안 되겠다 싶으면 정육점 가서 돼지고기 한 근 사와 그것도 허연 비계가 반쯤 차지하는 고기에 양파와 호박을 잔뜩 넣고 집에서 직접 짜장면을 만들어주었다. 인사불성이 되도록 술을 마시는 기간이 일 년 중에 반을 넘게 차지한다고 할지라도 그는 강소주 체질이었다. 김치쪼가리 한 점 필요 없는 술은 그의 내장을 망가뜨릴지언정 그의 주머니를 축내지는 않았다. 아마 기름진 안주가 필요한 술 취향이었다면 그는 애초에 술을 끊었을지도 모르겠다. 한 번도 정갈한 음식점에서 제대로 대접을 받으며 식사를 한 적이 없었다. 사람이 살다보면 가끔 모임 자리가 있을 터인데 말이 되는 소리를 하쇼, 하는 사람도 있을 것이다. 그는 모임

자리에서 술만 마시고 오는 사람이었다. 술을 마시게 되면 공격적으로 변해 사람들은 그와의 회식 자리를 은근히 피하게 되자 눈치가 구단인 그는 알아서 자리를 피하고 말았다. 그도 그런 자리가 별로 편하지 않았으니까.

그는 누구에게 대접받는 것 자체가 익숙하지 않은 사람이었다. 그렇게 한평생을 검박하다 못해 초라한 식습관은 아이들이 장성해서 결혼을 시킬 때가 되자 문제가 되었다. 사돈과 상견례 자리에서 나오는 음식이 그가 평생 구경도 못한 음식이 나와 눈치만 보고 있는 상황에 그나마 소주라도 나온다면 그것에 위안을 받겠는데 소주는 술로 취급하지 않는 고급 식당을 잡고 보면 영 불편하고 부아가 치밀어 오를 수밖에 없었다. 그렇다 보니 줄줄이 딸린 자식들의 상견례 때에는 미리 한 달 전부터 스트레스를 받아 그때쯤이면 술이 머리 꼭대기까지 올라가 인사불성이 되고 말았다. 어찌어찌 상견례 자리에 나와도 한마디 말도 없이 고개를 처박고 앉아 있다가 올 뿐이었다. 그것이 그가 사돈될 사람에게 할 수 있는 최선의 예의였다. 오직 술을 마시지 않고 상견례 자리에 나온 날은 은조 집에 민우를 앞세워 찾아왔던 그 서늘한 아침이 다였다.

막내아들의 상견례 자리에서도 그가 고개를 처박고 탁자만 내려보고 있자 민우가 땀을 뻘뻘 흘리면서 변명을 해야 했다. 말주변이라도 있는 민우라면 보기에 안쓰럽지는 않았을 것이다. 안사돈이 멋들어지게 차려입고 상견례 자리에 나와 보니 인사불성으로 취해 제대로 앉아 있지도 못하는 바깥사돈만 보이자 좌불안석이었다. 그는 어떤 자리에도 그의 아내를 대동하지 않았다. 그는 술에 취해 있으면서도 민우가 땀을 삘삘 흘리며 더듬거리는 것은 못마땅한지 그럴 때마다 소리를 빽 질렀다. 안사돈뿐 아니라 바깥사돈까지 움찔할 정도로 소리는 컸고 욕설도 섞여 있었다.

그는 평소에도 욕을 참 잘했었는데 술에 취하면 모든 것이 다 적으로 보이는지 더 공격적이고 파괴적으로 변해서 입만 벌리면 욕부터 나왔다. 욕의 종류도 참 다양했고 찰지고 모지락스러웠다. 그런 상견례를 치렀지만 결혼이 성사되지 않은 적은 한 번도 없었다. 상견례라는 것은 이미 결혼을 시킬 작정으로 사돈끼리 인사를 나누기 위한 자리인 만큼 시아버지 자리가 술에 취해 있다고 해서 파탄될 일은 아니었다. 오히려 시아버지 자리가 술을 좀 과하게 마신다는 정보쯤은 입수했고 보면 그 실체를 눈으로 확인하는 정도였다. 무엇보다 시아버지 술버릇 때문에 결혼식을 파탄내기에는 사위 자리나 며느리 자리가 탐이 나기 때문에 참고 있을 것이다. 어차피 시아버지와 한집 살림을 하지는 않을 테니까 아무 상관이 없는 일이기도 하니까.

그는 본인을 위해 전혀 돈을 쓰지 않는 대신에 아이들의 교육만큼은 물불을 가리지 않고 덤벼들었다. 집집이 아궁이에 불을 때서 밥을 하는 옛날식을 살기 편리하게 입식으로 고치는 것도 그는 관심 밖의 일이었다. 한 폭짜리 창호지 문은 넘어가는 햇살을 한 폭밖에는 못 끌어안았다. 그나마 그때만큼은 온종일 어두침침했던 방이 환해지는 때였다. 어두컴컴하고 좁은 방에 그럴듯한 가구는 둘 데도 없었고 필요성도 느끼지 않았다. 그의 아내는 한 번이라도 그에게 무엇을 원하지 않았다.

하긴 발을 뻗을 때 자리를 보고 뻗으라는 말이 괜히 있는 것은 아닐 터이다.

그가 밤을 하얗게 지새우면서 편지를 쓰는 날에는 그의 아내의 그릇 다루는 소리가 유난히 거칠고 마당 귀퉁이에 묶어둔 덩치 큰 똥개의 비명이 이따금 들리는 정도였다. 그도 그렇고 그의 아내도 그렇고 편지에 대해서는 마치 딴 세계의 다른 사람의 일인 양 입 밖으로 꺼내지 않았다. 그가 평생 그를 위한 호사는 그 정도였다.

물론 자식들이 공부를 잘한 것도 한몫했겠지만 장돌뱅이 수입으로 아들 셋에 딸 셋을 모두 대학 공부를 시켰다. 자식들이 한창 공부할 때에는 집에 돈을 들고 올 수가 없었다. 등록금만 필요한 것이 아니었다. 밥 먹고 뒤돌아서도 배가 고픈 그들의 왕성한 식욕과 여섯 명이나 되는 자식들의 입을 옷가지와 도시와 심지어 외국으로 유학 간 자식들의 학비와 생활비를 늘 술에 취해 인사불성이 되어 있어도 다 해결해주었다. 나머지는 그의 아내의 몫이었다.

유일하게 남아 있는 선산을 끼고 앉은 오백 평 정도의 밭에다 식구들이 한 해 동안 먹을 감자, 옥수수, 콩, 고구마, 배추, 고추, 팥 등등 온갖 것들을 부지런히 심어 가꾸었다. 들판이 얼기 시작하는 겨울이 되면 식구들을 추위에 떨지 않기 위해 산으로 다니며 나무를 해 날랐다. 그의 아내가 손톱이 자랄 사이가 없이 일하는 동안 그는 여전히 모르쇠로 일관했다.

술과의 전쟁

술로 인해 더는 장돌림을 할 수가 없었는지 그는 스스로 장사를 접었다. 다른 장돌림보다는 이른 나이이긴 했지만 다른 장돌림보다 햇수로는 더 길었다. 오십 년이나 넘게 장터를 누볐으니까. 그는 은행잎 때문이라고 했다. 눈 때문이라고도 했고 비 때문이라고도 했지, 술 때문이라는 말은 하지 않았다. 평생 자기의 속마음을 내보인 적이 없었던 그의 아내는 그가 장사 접는 것을 반기지 않았다. 매일 갈 곳이 있어도 주야장천으로 술독에 빠진 사람이 갈 곳이 없다면 말을 해 무엇하겠냐고 했다. 그의 아내의 예측대로 그는 본격적으로 술과의 한 판 전쟁에 돌입했다. 처음에는 둘 다 만만치 않았다. 결국에는 그가 병원에 입원하면서 결론이 나고 말았지만 그는 매번 마치 이번에는 기필코 이기고 말 거라는 전의를 불태우며 돌입했다.

장돌림 생활을 그만두면서 그의 새로운 습관이 하나 생겼다. 하루에 몇 번씩 그의 통장을 꺼내서 책상에도 아닌 방바닥에 엎드려서 계산기도 쓰지 않은 채 볼펜으로 주로 달력 뒷장 같은 이면지에 직접 계산을 했다. 이자가 제때 들어왔는지 세금은 제대로 빠져나갔는지를 확인하고 또 확인했다. 한평생을 장돌림을 하면서 근검절약으로 모은 돈이었다. 많은 돈은 아니었지만 노후를 보내기는 충분했다. 술을 마시지 않은 맨정신일 때 그 작업은 일도 아니었지만 술에 취하면 그 작업이 빨리 끝날 수가 없었다. 본인은 엄청난 집중력으로 계산하지만 계산은 할 때마다 달라서 그는 누구에게라도 할 것 없이 욕설을 퍼부으면서 그 작업을 계속했다. 그러다가 정 불가능할 것 같으면 은조를 불렀다. 은행에 있는 놈들은 다 도둑놈들이라서 매일 확인해야 한다고 했다. 그의 생각이야 그렇다 하더라도 이자라는 것이 매일 들어오는 것도 아닌 월말이나 되어야 들어올 것이고 각종 세금도 대부분 월말에 빠져나갈 터인데 그는 상관이 없었다. 은조가 계산기라도 들고 오면 그는 학교 다닐 때 산수도 배우지 않았냐고 윽박질렀다. 그깟 뭐 계산기로 두들길 게 있다고 그것을 들고 설치냐고 책망을 했다. 하긴 매일 똑같은 숫자일 텐데 계산하고 자시고 할 게 뭐가 있겠냐만 그래서 대충하는 기미만 보이면 눈치가 구단이라서 욕설이 난분분했다. 술이 들어가면 들어갈수록 입은 더 거칠어지고 행동은 더 난폭해진다는 것을 익히 알기에 은조는 급기야 죄 없는 그의 통장이 원수 같았다. 그의 통장을 불태워버리거나 짝짝 찢어버리고 싶었다. 차라리 통장이 없었다면 이런 고통은 당하지 않을 것 같았다. 은조는 그의 거친 욕설이 참을 수가 없었다. 자존심이 상했고 남편의 아버지고 자식의 할아버지라는 사실이 수치스러웠다.

그의 아들과 딸들은 그의 그런 행동이 맘에 들지는 않지만 어렸을 때부터 익히 보아왔던 것이라 무덤덤했다. 기껏해야 일 년에 명절 두 번과 그의 생일에만 마주치면 되는 것이기에 엄밀히 말하면 문제될 것도 없었다. 은조가 문제였다. 한집에 살면서도 눈길 마주치는 것이 싫었다. 한 식탁에 앉아서 밥을 먹는 것도 싫었다. 그의 밥을 푸는 것도 그의 수저를 식탁에 세팅하는 것도 싫었다. 현관에 그의 신발이 놓여 있으면 은조도 모르게 신발을 밟아버리고 심할 때는 휙 걷어찰 때도 있었다. 여전히 모닝글로리를 운영했지만 근처에 새로 생긴 대형 할인점 때문에 장사가 시원치 않았다. 학생이라도 많다면 나누어 먹기라도 하겠지만 노인들만 북적거리는 농촌이라 잘 팔리지 않는 것도 그에게는 은조의 무능력 탓으로 돌려버리고는 역정을 내었다.

어쩌다 민우가 출타를 하고 집에 돌아오지 않는 밤이면 일부러 더 늦게까지 가게 문을 열어놓고 있었다. 밤이 깊어지면 거리에는 사람은커녕 지나다니는 차량도 없이 할 일 없는 바람만 굴렁굴렁 굴러다녔다. 오히려 손님이 문을 열고 들어오면 반갑기보다는 놀라서 가슴이 철렁 내려앉을 때가 더 많았지만 그가 눈에 불을 철철 흘리며 웅크리고 앉아 있는 집에는 들어가고 싶지 않았다. 만약 아이가 집에 잠들어 있지 않았다면 그 길로 밤을 도와 도망을 갔을지도 모를 일이었다. 도살장에 소 끌려가듯이 억지로 집에 도착하고도 대문을 열기 싫어서 대문 앞에 쭈그리고 한참을 앉아 있을 때가 많았다. 꼭 지옥에 들어가는 심정이었다. 한 시간도 좋고 두 시간도 좋고 대문 앞에 쭈그리고 앉아서 하늘에 떠 있는 별도 쳐다보고 달도 쳐다보고 이따금 하늘을 나는 새도 바라보면서 한밤중에 급하게 갈 데가 있는 새가 부러웠다. 귀는 열어두었다. 아이가 잠을 깨고 울까봐서였다. 아이보다 지나가는 사람이 먼저 대문을 열게 하였다. 집에 들어가지 않고 한밤중에 대문간에 쭈그리고 앉아 있는 모습이 다음날에 동네 사람들의 가십거리로 오르는 게 싫었다.

그는 어딜 가도 하룻밤 자고 오는 법이 없었다. 하긴 그의 고약한 성질을 다른 며느리들이 받아줄 것 같지가 않았다. 그도 아마 그런 맥락에서 하룻밤도 자지 않고 밤중이라도 허겁지겁 집에 오겠지만 그의 아내는 뒤처질 때가 있었다. 해산구완을 위해 한 달씩 다른 자식 집에 가 있는 날에는 그 한 달 동안이 고역 그런 고역이 없었다. 그의 아내는 까칠한 그의 수발을 들지 않게 되어 오히려 반기는 표정을 숨기지 않았지만 은조는 그의 아내가 다시 집으로 돌아오는 그날까지 정신을 바싹 차리고 긴장해야 했다. 나름대로 최선을 다해 끼니 때마다 다른 반찬으로 올리지만 그의 아내에게 하던 습관대로 한 번이라도 흡족한 표정을 짓거나 맛있게 먹는 모습을 보지 못했다. 언제나 못마땅해서 혀를 끌끌 찼다. 그것은 곧 그가 술을 마실 수밖에 없다는 빌미를 제공하고 싶어서였을 것이다. 술을 마시게 되면 술을 마실 수밖에 없는 이유를 원고지 천 칸이라도 채울 수 있을 정도로 다양했는데 결국은 자기 합리화였다.

참다못한 민우가 술을 감추어 두었다. 술이 없으면 술을 마실 수가 없을 것이고, 술을 마실 수가 없으면 술을 깰 것이고 그러면 폭력적이지도 자기 합리화를 위한 이유같지 않은 이유를 주절주절 내뱉지 않을 것 같아서였다. 그러나 민우의 처방은 자기 수준의 생각 안에 갇힌 잘못된 처방이었다. 그것도 낮에는 술을 감추어두어도 소용이 없었다. 자전거를 타고 시장에 올라와서 술을 잔뜩 사서 싣고 오기 때문이다. 술만 먹고 지내기를 여러 날이었으니 그의 발걸음은 허깨비처럼 비칠비칠했다. 그와 한평생 함께했던 짐 자전거가 마당 구석에 웅크리고 서 있었다. 그처럼 늙어 군데군데 칠이 벗겨졌고 녹이 슬었고 끽끽 듣기 싫은 소리도 났다. 그의 몸보다 더 큰 짐 자전거를 마당에서 꺼내다보면 대문 밖으로 나오기도 전에 몇 번은 자전거와 함께 넘어졌다. 하지만 그의 술을 사 오겠다는 일념은 멈추지 않았다. 무슨 일이 있어도 헬

멧은 꼭 썼다. 벌벌 떨리는 손으로 침착하게 헬멧을 쓰고 역시 벌벌 떨리는 다리로 겨우 자전거에 올라타고 끽끽 느리게, 느리게 시장에 올라갔다. 가는 날이 장날이라고 장을 보러온 옛 친구를 만나게 되면 가게 앞 들마루에 앉아서 신김치에 소주 한 병을 두꺼비 파리 잡아먹듯이 마시고 올 수도 있겠지만 대체적으로는 자전거 뒤에 달린 바구니 가득 술을 싣고 집으로 돌아와서 안주 없이 벌컥벌컥 들이키고는 다시 잠에 떨어지기 일쑤였다. 이런 그인지라 민우는 나름 머리를 썼다. 낮에는 술을 숨기지 않고 있다가 밤에 그의 술을 모두 감추었다. 역시나 술이 깨면 잠이 깨는 법. 그는 한밤중에 일어나자마자 술을 찾았다. 그가 둔 곳에 술이 없자 갑자기 허둥거리기 시작했다. 급기야는 민우를 불렀다. 술을 찾아오라고 했다. 민우는 모르겠다고 딱 잡아뗐었다. 평소에는 그에게 한없이 공손했지만 그가 술만 마시기 시작하면 엉덩이에 뿔 난 송아지처럼 불뚱거렸다. 그는 욕설을 퍼부었다. 민우는 그가 소리를 지르든지 욕설을 퍼붓든지 상관치 않고 눈을 꾹 감고 전의를 불태우고 있었다. 마치 오늘 밤 술만 건네지 않으면 그의 아버지가 술을 끊을 거로 생각하는 모양이었다. 그는 욕설을 퍼붓다가 급기야는 그의 주위에 있는 물건을 벽에 던지기 시작했다. 깨지는 소리가 났다. 아마 재떨이로 거울을 깨트린 모양이었다. 그쯤 되자 은조가 좌불안석이었다. 민우는 이런 은조를 보고 한 걸음도 움직이지 말고 방안에 가만히 있으라고 소리를 질렀다. 가늘디가는 여린 성품이라서 언제나 그에게 끌려다니던 민우에게 이런 독기가 숨어 있는 것이 놀라워서 은조는 이러지도 저러지도 못하고 가만히 있을 수밖에 없었다. 급기야는 벽을 꽝꽝 쳤다. 오래된 옛날 집은 그만한 충격에도 집이 부서질 것만 같았다. 벽에 걸려 있는 아이의 백일사진이 흔들거렸다. 곤히 잠이 들었던 아이가 입을 삐죽이며 일어나 앉았다. 민우는 여전히 꿈쩍도 하지 않았다. 귀가 먹은 사람 같았다.

"에미야~~."

그가 은조를 불렀다. 아마 지하 동굴 속에서 백 년 동안 잠들어 있다가 처음 입 밖으로 내보는 소리면 이런 소리일 것 같았다. 섬뜩할 정도로 소름이 끼쳤다. 민우를 흘낏 바라보았다. 민우는 귀가 먹은 것이 확실했다. 여전히 미동도 없이 눈을 감고 있었다. 그가 민우를 부를 때는 민우가 그에게 가고 안 가고는 그가 판단할 일이지만 그가 은조를 부를 때는 은조는 그곳이 저승이라도 가야 했다. 도덕적인 관습이었다. 은조는 그에게 맞아 죽을 작정을 하고 그가 웅크리고 앉아서 소리를 지르고 욕설도 내뱉고 재떨이도 던지고 주먹으로 벽도 쾅쾅 치는 그곳에 주춤주춤 다가가서 가만히 서 있었다. 그가 앉아 있는 주위는 난장판이 되어 있었다. 그는 은조를 노려보았다. 눈에는 붉은 불이 철철 흘러넘쳤다. 은조를 통째로 불태울 것만 같아서 그녀도 모르게 눈을 꼭 감았다. 그는 주머니를 뒤지더니 꼬깃꼬깃한 천 원짜리 지폐를 한 장 꺼내 은조 발 앞에 휙 던지더니 술을 한 병 사오라고 했다. 자정이 넘은 한밤중에 어디 가서 술을 사올 수 있을지 난감했지만 밖으로 나올 수밖에 없었다. 민우는 그에게 술을 먹이고 싶지 않았지만 며느리인 은조는 술을 사오지 않으면 그의 눈에서 나오는 불꽃에 타 죽을 수도 있었다. 가로등 불빛마저 시든 거리에 그것보다 더 희미한 구멍가게의 빛은 구원의 천사 같았다. 그는 은조가 사온 술을 거칠게 빼앗더니 손을 벌벌 떨면서 뚜껑을 따고 벌컥벌컥 한 병을 단숨에 다 마시고는 은조를 빤히 쳐다보았다.

"술을 조금씩 주면서 끊게 해야지 무식하게 단번에 끊게 할 작정을 하다니, 사는 게 어디 그렇게 호락호락한 줄 알았느냐?"

"네?"

"니 남편이란 인간이 그 모양이라서 니도 고생이 많겠다."

혀가 꼬여서 발음이 정확하지는 않았지만 다 알아들을 수 있는 말을 마치 속삭이듯이 했다. 그리고는 마른 볏짚 넘어가듯이 모로 비스듬히 쓰러지더니만 이내 코를 골았다. 천장을 뚫을 것 같은 천둥 같은 소리에 고약한 술 냄새가 거실을 가득 메웠다. 옆에 아무렇게 굴러다니는 이불을 그에게 덮어주고 방으로 들어오자 민우는 벽 쪽으로 돌아누우며 가느다랗게 한숨을 쉬면서 나지막하게 말했다.

"불 꺼."

들판이 끝나는 지점

은조 부부는 아침에 눈 뜨자마자 밥 한술 얼른 먹고는 일찌감치 가게로 오면 한밤중에야 잠만 자기 위해 집으로 들어갔다. 그의 아내도 이런 그가 싫기는 마찬가지였다. 추수철이라서 밭에는 그의 아내의 손길을 기다리는 것이 많아서 다행이었다. 아침에 간단하게 도시락을 싸서 집을 나와 더는 들판에 곡식이 보이지 않을 즈음에야 온종일 추수한 것을 일부는 머리에 이고 일부는 잘 갈무리를 해놓고 집으로 걸어왔다.

잘 갈무리한 것은 민우가 차로 싣고 올 것이다.

그의 아내는 해가 완전히 넘어가고 사방이 어둑어둑해 들판에 희부옇게 형체만 보이는 이때를 참 좋아했다. 들판이 끝나는 지점에는 하늘을 찌를 것같이 높은 굴뚝이 서 있었다. 은색의 매초롬하게 생긴 아주 세련된 굴뚝이었다. 이쪽 끝에 하나가 서 있었고 저쪽 끝에 하나 서 있었는데 들판과 맞닿아 있는 산이 거대한 짐승처럼 거무스름하게 변하면 하늘과 맞닿을 것 같은 굴뚝에서 붉은 불이 꽃처럼 피어나왔다. 예전에 쓰레기를 메웠기에 쓰레기에서 나오는 메틸알코올을 연소하기 위해 밤이나 낮이나 불꽃이 타올랐기 때문이다. 하지만 붉은 태양이 세상을 비추는 대낮에는 기억 속에서 까맣게 잊고 있을 때가 많았다. 그러다가 어둠이 들판을 덮을 때야 '아! 저것이 저기서 꽃을 피우고 있었지' 하고 마냥 반가웠다. 그의 아내는 그 불꽃을 보려고 일부러 어둠이 들판에 내려앉을 때까지 일했다. 마치 잃어버린 물건을 찾은 것처럼 눈앞에 붉게 타오르는 불꽃을 볼 작정이면 이 세상에 그녀와 불꽃만 존재하는 것 같아 마음이 편안해졌다. 한 세상을 살아가는 것 자체가 별 것 아니라는 생각도 들었다. 별 것도 아닌 것에 욕심을 내며 살아가느라 힘든 것 같았다.

천년만년 살 것처럼 그렇게 그녀를 모지락스럽게 굴었던 그녀의 시어머니가 맞은 편 산자락 밑에 낮게 엎드려 있었다. 그 맞은편에 둥실하게 자리잡은 것은 당시에는 드물게 망백을 넘기도록 장수했던 그녀의 시아버지 무덤이었다. 그 옆에는 자손조차 연락이 되지 않아 무연고나 다름없는 묘가 납작하게 엎드려 있었다. 무덤 뒤로는 아름드리 소나무가 섬처럼 군락을 이루고 있어 늘 푸른 모자를 풍성하게 쓰고 있는 것 같았다. 불꽃을 바라보고 있으면 먼저 와 무덤 속에 누워 있는 조상들이나 집에 가기 싫어 어둠 속에서 밭고랑을 뒤지는 그녀나 집에서 인사불성으로 술에 취해 있을 그녀의 남편이나 별반 다름이 없다는 생각이 들어 편안했다.

그의 아내가 이렇게 마음을 비우자 그는 술을 마음껏 마실 수가 있었다. 그에게는 춘추전국시대가 도래한 것이나 마찬가지였다. 그의 아내가 나이를 먹자 젊었을 때는 하지 않았던 종주먹을 들이대며 술을 못 먹게 잔소리를 하자 이만저만 성가시지 않았다. 마치 숨바꼭질하는 것처럼 그가 찾지 못하는 곳에 술병을 감추기도 했고 호박죽이나 잣죽 같은 것을 그에게 억지로 먹이려고 했다. 그러다 보니 본의 아니게 그는 자기 아내를 두들겨 팰 일이 더 많았다. 당장 술을 마시지 않으면 죽을 것 같은 사람에게 술을 마시지 말라며 술병이나 감추고 속에서 받지도 않는 죽이나 쑤어서 먹기를 종용하니 죽사발은 벽으로 날아가는 것이고 그것이 속상해서 그의 아내가 훌쩍거리기라도 한다면 열이 확 받쳐서 그의 아내의 머리채를 잡고 돌릴 수밖에 없었다. 부엌에서 날이 시퍼렇게 서 있는 식칼을 그의 아내 목에 들이대자 그녀는 질겁하며 무릎을 착 꿇었다. 물론 감추어두었던 술병도 꺼내왔다. 부엌쯤에 훌쩍거리는 그의 아내의 울음소리를 안주 삼아 한 잔 쭉 시원하게 들이켜고는 다시 고꾸라져 잠이 들 때까지 세상에 존재하는 모든 욕설을 그의 아내에게 퍼부었다. 생각할수록 그의 아내가 괘씸했기 때문이다.

따지고 보면

따지고 보면 이렇게 술에 빠져 사는 것도 다 그의 아내가 그에게 시집을 오고부터지 싶었다. 마음에 둔 여자를 강제로 이별하게 만들고 시집을 왔으면 그의 어머니의 마음이라도 사로잡을 것이지. 그의 어머니에게 두들겨 맞고 뒤란 굴뚝 옆에 쭈그리고 앉아서 훌쩍거리고 있는 것을 보면 그의 마음도 편할 리가 없었다. 그의 어머니가 눈을 번뜩이고 있어서 그의 아내에게 다가갈 수도 없었다. 아니 위로할 마음이 들지 않는 것에 화가 났다. 술이 몇 잔 몸에 들어가면 조금 전까지 자신을 괴롭히던 화는 눈 녹듯이 사라지는 것이 좋아서 그럴 때마다 술을 조금씩 홀짝거리게 되었다. 술은 그렇게 시작되었는데도 무턱대고 마시지 말라니 그는 더 화가 났다.

그래도 그때까지는 충분히 술을 이길 수가 있었다. 술이 좀 과하다 싶으면 술을 마시지 않으면 되었지만 그의 이성으로 제동을 걸 수가 없게 된 것은 즉 술이 그의 주인이 되어버린 것은 첫 아이를 잃고 나서부터였다.

누구에게나 첫 아이에게 느끼는 감정은 각별하겠지만 그에게는 각별함의 차원이 아니었다. 숨통이었다. 첫 아이는 그에게 생명이었다. 그런 생명을 잃어버리자 그는 살아도 산목숨이 아니었다. 그나마 술에 발목이 잡히는 바람에 살 수 있는 세월이었다.

갓 태어난 아이가 이렇게 이목구비가 또렷한 아이가 있을까 싶게 아이는 참 잘 생겼었다. 오일장을 돌아다니며 포목장사를 하던 시절이었는데 아이를 낳았다는 기별을 어느 장터에서 받았다. 마치 릴레이 경주를 하는 것처럼 동네 사람이 다른 동네 사람에게 전해지기를 여러 차례 끝에 그에게 도달할 수가 있었다. 그 소식을 전해 들었을 때만 해도 그는 별로 반갑지가 않았다. 아이를 가졌다면 달이 차면 낳는 것은 당연한 일이고 아들이라고 하지만 그의 어머니나 좋을 일이지 그는 좋을 것도 없었다. 단지 아들이라니 아내가 그의 어머니의 구박에서 조금은 벗어날 수 있다는 것은 다행이었다. 해산 어미에게 끓여줄 미역을 사서 오라는 전갈은 그의 어머니의 고도 전략이었다. 그의 어머니는 아들의 마음을 다 읽고 있으면서 언제나 모른 척했다. 그가 미역을 들고 들어가지 않으면 십중팔구 해산 어미는 첫 국밥도 못 얻어먹을 것이다. 썩 내키지는 않았지만 그날도 늦도록 장사를 하고 어둠이 땅바닥까지 내려올 즈음에 집에 들어갔다. 여덟 달 만이었다. 아이는 강보에 싸인 채 어미의 젖을 빨고 있었다. 젖이 잘 나오지 않는지 아이는 두 주먹을 불끈 쥐고 이마에 퍼런 힘줄이 툭툭 불거질 정도로 있는 힘 모두 끌어모아 젖을 빨고 있었다. 마치 이 젖을 먹지 못하면 죽기라도 할 것처럼 이판사판으로 어미에게 덤벼드는 것을 그는 물끄러미 내려다보는데 가슴에는 형용할 수 없는 어떤 뜨거운 기운이 차올랐다. 슬픔일 수도 있겠고 기쁨일 수도 있겠고 미움일 수도 있겠고 어쨌든 어떤 한 단어로 표현할 수는 도저히 없는 그런 기운 때문에 그는 오래도록 아이를 바라보았다. 그의 어미가 자꾸만 아이를 안아보라고 했지만 윗목에 있는 목침보다 더 작아 손가락 사이로 빠져나갈 것 같아 두려웠다. 갓난아이는 대체로 못생겼다는데 이목구비가 또렷한 것이 아주 잘 생겼다. 이대로만 커준다면 여자들이 줄을 설 것 같았다. 그의 어머니가 오랜만에 장작 인심을 썼는지 무엇보다 아이 다리 길이의 반은 되어 보이는 척 늘어진 불알을 보는 순간 그만 밖을 떠돌고 집으로 들어와 이 아이와 살아야겠다고 마음을 먹었다. 아이를 예뻐하다 보면 아내도 밉지 않을 것 같았다. 하긴 이미 아내가 밉지는 않았다. 여전히 남편을 대하는 것이 데면데면해서 오히려 섭섭할 지경이었다. 마음에 둔 여자처럼은 하지 못하더라도 좀 살포시 안기는 맛이 있다면 못 이기는 척하고 집으로 돌아올 터인데 아내라는 것이 아궁이 옆에 있는 장작개비같이 건조하고 딱딱해서 오히려 무안할 지경이었다.

아이는 살이 오를수록 점점 그를 닮아갔다. 입이 달린 사람들은 아이의 영특함에 대해 칭송할 정도로 아이는 또래 아이들과 어느 면에서든지 달랐다. 외탁했는지 뼈대 있는 집안의 후손처럼 귀티도 졸졸 흘렀다. 내 자식이었지만 내 자식처럼 만만하게 대할 수가 없는 어떤 기운이 그 아이에게서 뿜어져 나왔다. 아이를 바라보고 있으면 그 순간만큼은 마음에 둔 여인도 잊을 수가 있었다.

시기한다는 말이 있었다. 너무 탐이 나서 데리고 갔을 거라고도 했다. 이 세상에서는 딱 그만큼만 살다갈 운명이었기에 아이가 그렇게 탐이 났을 거라고도 했다. 하지만 어떤 사람이 무슨 말을 해도 그에게는 들리지 않았다. 아이가 얼마나 뜨거웠을까 생각밖에 들지 않았다. 전지전능하고 거룩하고 짓궂은 신이 처음부터 예정해놓은 프로그램이라서 취소를 할 수가 없다면 그가 아이 대신에 그 역할을 감당하고 싶었다. 아이가 그 배역을 담당하기에는 너무 어렸고 너무 끔찍했기 때문이었다.

그날 따라 아이는 자꾸만 제 어미 곁에 맴돌았다. 제 어미는 아이를 돌볼 여유가 없었다. 장날 아침에는 눈코 뜰 새 없이 바빴다. 장꾼들이 장터에 나오기 전에 미리 팥죽을 쑤어야 했다. 만약에 장꾼들이 장터에 한두 명이 어슬렁거리는데도 팥죽이 만들어지지 않았다면 여지없이 그의 아내는 그의 어머니에게 세상에 존재하는 욕설 중에서 가장 고약한 것으로 골라 듣는 것은 물론 그의 어머니에게 머리채를 잡힌 채 장꾼들 앞에서 조리돌림을 당해야 했다. 구경 중에 특히 싸움 구경이 제일인지라 사람들은 그의 어머니가 입에 거품을 물고 그의 아내의 머리채를 잡고 조리돌림을 하는 구경을 빼놓을 리가 없었다. 더군다나 식전 댓바람부터 펼쳐진 구경거리에 사람들은 혀를 차기도 하고 빙글빙글 웃기도 했다. 여유 있게 팔짱도 끼고 구경을 하는 사람에 어떤 사람들은 손가락질하면서 모여들자 삽시간에 씨름판처럼 둥그렇게 원이 그려졌다. 그의 어머니는 사람들이 자꾸만 모여들자 그의 아내의 틀어진 머리카락에 더 힘이 들어갔고 침을 탁탁 튀기면서 욕도 더 잘했다.

그런 꼴을 당하지 않으려면 그의 아내는 무슨 일이 있어도 장꾼들이 장터에 나오기 전에 팥죽을 다 쑤어놓아야 했다. 거기다가 그즈음에는 물건 품목도 늘어서 두부까지 만들어야 했다. 아이는 이런 엄마의 바쁜 심정과는 아랑곳없이 자꾸만 칭얼거렸다. 아이가 작기라도 하면 얼마든지 업고 일을 하겠지만 이제는 업고 일을 하기에는 너무 벅찼다. 어젯밤부터 아이 이마가 짤짤 끓었지만 밤새도록 불은 콩을 맷돌에 가느라 아이 이마에 손도 한 번 짚어보지 못했다. 그의 어머니는 초저녁부터 술 냄새를 풀풀 풍기며 코까지 골며 자고 있었고 그의 아버지는 장

죽에 담배를 재며 헛기침이나 했지 아이를 한 번 불러주지도 않았다.

하필이면 아이를 콩물이 슬슬 끓고 있는 가마솥 옆에 내려놓았을까? 돌이켜보면 신이 시켰을 테지만 그의 아내는 새벽바람에 아이가 추울까 걱정이 되어 따뜻한 부뚜막 위에 내려놓는다는 것이 결과적으로 콩물이 술렁술렁 끓고 있는 커다란 가마솥 옆이 되고 말았다. 아이를 내려놓고 그의 아내는 잠시 자리를 비웠다. 헛간에 커다란 함지박을 가지러 갔었지만 밖으로 나간 김에 뒷간에도 들렀다. 콩물을 조금 더 끓인 후에 간수를 주면 몽올몽올 순두부가 될 것이다. 그것을 자루에 퍼담아 잘 갈무리한 후에 맷돌을 올리면 다 된 것이라 무엇보다 늦지 않을 것 같아 안도의 한숨이 절로 나왔다. 그의 아내는 느긋하게 뒷간에서 볼일을 보고 콩물이 술렁술렁 끓는 가마솥에 다가와 커다란 나무주걱으로 콩물을 조금 떠보고는 간수를 주었다. 간수를 주자마자 콩물은 몽실몽실해지면서 순두부로 변해갔다. 우윳빛 같은 순두부 사이로 파란 줄무늬 셔츠가 보일 때까지도 그의 아내는 아이를 까맣게 잊고 있었다. 가마솥 옆에 내려놓은 아이가 보이지 않았다. 부뚜막에서 바깥으로 나가자면 봉당으로 내려가서 부엌문을 열고 나와야 했지만 세 살짜리 아이의 키로는 아이의 키보다 훨씬 높은 부뚜막에서 봉당으로 내려가는 것이 불가능했다. 유난히 호기심이 많은 아이였다. 콩물이 부글부글 끓는 모습이 아이에게는 어떤 호기심으로 작용했을 것이다. 이마에 미열도 아이의 호기심을 억누르지 못했다. 아니면 기다리는 엄마가 오지 않자 엄마를 찾아나선지도 모르겠다. 자기 키보다 높은 부뚜막에 내려서는 것보다는 그 옆에 가마솥을 안고 있는 야트막한 부뚜막이 더 접근이 쉬웠을 것이다. 영특한 아이였으니까.

신은 인간에게 숨 쉴 구멍은 남겨두고 고통을 주는 모양이었다. 그래야 신의 뜻에 따라 그럭저럭 연명하면서 살아갈 터였다. 그것이 바로 신의 노림수였다. 만약에 이 세상에 술이 없었다면 그는 아마 미쳐버렸을 것이다. 술은 그에게 생명줄이었다.

아이를 그렇게 어이없게 잃고 나자 그는 자기 아내에게서 완전히 마음이 돌아섰다. 마음에 심어두었던 여인과 정리를 하고 곰 같은 아내에게 돌아올 생각을 잠시나마 했던 것이 심장을 도려내고 싶을 정도로 수치스러웠다. 그의 어머니도 마찬가지로 싫었다. 그의 아내를 얼마나 구박했으면 제 아이가 콩물이 술렁술렁 끓고 있는 가마솥에 빠진 것도 모른 체 두부나 만들었을까.

한때는 살기 위해 술을 마셨지만 이제는 술에 발목이 붙잡혀서 의지대로 할 수가 없어 술을 마셔야 했다. 그는 가끔 생각했다. 술에 발목을 붙잡혀서 한평생을 살아왔기에 그런 대로 평탄한 삶을 살았을 것 같았다. 맨정신이 아니었기에 자식 구실도 할 수 있었고 남편 구실도 할 수 있었고 대추나무에 연 걸리듯이 주렁주렁 딸린 자식들의 아비 구실도 할 수 있었지 만약 술에 발목이 잡히지 않았다면 이 모든 것을 감당했을 것 같지가 않았다.

딱 한 번

딱 한 번 술 때문에 후회를 한 적이 있었다. 그의 아내도 더는 술에 대해 어떤 것도 잔소리하지 않게 되었을 때였다. 그는 말 그대로 살판이 났다. 데리고 사는 며느리가 조금 눈치가 보였지만 언제부터인지 그에게 눈길 한 번 제대로 주는 것 같지가 않아 잘 보일 필요도 없어지고 보니 오히려 홀가분했다.

그의 아내가 옥수수며 수수며 콩을 잔뜩 추수를 해와 들마루 여기저기에 펼쳐놓았고 마당 한가운데에 있는 펌프 수돗가 주위로 마른 잎들이 굴러다니는 늦가을쯤이다. 아침저녁으로 쌀쌀해지자 그의 아내는 아침저녁으로 아궁이 한가득 불을 때 주었다. 술에 취해 세상 모르게 잠에 떨어진 그가 눈을 뜬 이유는 추웠기 때문이었다. 방안의 기물이 아슴푸레하게 보이는 것은 그가 술에 취해서 제대로 보이지 않는 것도 있겠지만 날이 저물어가고 있다는 뜻도 되었다. 요즈막에는 그의 아내가 밭에서 돌아오는 시간도 점점 늦어질 때였다. 해가 점점 짧아지는 늦가을이라 그만큼 밭일 할 시간이 부족하기 때문이라고 술기운이었지만 그 정도는 생각할 수 있었다. 그렇지만 그는 화가 났다. 방이 식기 전에 군불을 때주었다면 춥지 않았을 텐데 남편은 개코같이 여기고 일에만 매달려 있는 것 같아서였다. 그는 화가 나면 통제가 되지 않는 것이 문제였다. 술만 먹기 시작한 지가 이십 일이 넘어버렸기 때문에 눈에서도 입에서도 귀에서도 땀구멍에서도 술이 다시 나올 정도였다. 이쯤 되면 감정을 조절할 수 있는 기능은 이미 물 건너갔다고 봐야 했다. 화가 나서 견딜 수가 없었다. 창자가 다 녹아버렸는지 속은 아파 죽겠는데 춥기까지 하자 화는 걷잡을 수가 없었다.

집을 불태워 버려야겠다고 생각했다. 집이 훨훨 타버리면 그의 아내가 눈물을 흘리며 반성을 할 거라는 생각에 기분이 좋아지기도 했다.

그를 홀대한 그의 아내에게 멋지게 복수를 하는 셈이었으니까. 마침 아슴푸레한 빛 속에서 라이터가 그의 눈에 띄었다. 라이터를 발견하자 그는 행동에 옮겨야 했다. 이제는 집에 불을 지르는 것이 숙명처럼 받아들여졌다. 방안에는 개지 않은 이불과 담요가 그의 발치에 둘둘 말려 있었다. 그는 그것을 회심의 미소를 지으면서 바라보다가 떨리는 손으로 라이터를 켰다. 그가 손을 떤 이유는 그래도 집에 불을 지르게 되어 겁이 났기 때문은 아니었다. 흥분이 돼서도 아니고 수전증 때문이었다. 방안이었지만 라이터의 불꽃이 꺼질까봐 그는 라이터를 들지 않은 손을 바가지처럼 오므려서 불꽃을 감싸 이불까지 갔다. 이불에 라이터를 대기 전에 아주 잠깐 망설이긴 했다. 이성이 지배하는 시간이었지만 아쉽게도 그것은 찰나에 불과했다. 이성보다 더 강력한 어둠의 세력이 속삭였다. 그것도 솜사탕보다 더 달콤하고 은밀한 목소리로 소곤거리자 그는 잊고 있었던 아니 잊기 위해 죽도록 노력했던 젊었을 때 마음에 둔 여인이었지만 함께하지 못했던 사람이 생각났다. 먼저 보낸 잘 생긴 아들도 생각났다. 그 바람에 라이터는 불꽃을 펄렁거리며 이불 위에 맥없이 떨어졌고 그것이 떨어지자마자 마치 깊은 동굴 속에 호시탐탐 기회를 엿보며 백 년 동안 기다려왔던 거대한 동물처럼 캐시미어 이불은 붉은 혀를 날름거리며 춤을 추고 있었다. 그는 따뜻해서 기분이 좋았다. 뭔가 장한 일을 한 것 같아서 그의 아내가 돌아오면 자랑이라도 하고 싶었다. 두 손을 쫙 펴고 불을 쬐기도 했다. 붉은 혀가 캐시미어 이불을 순식간에 호로록 태우고 그 옆에 있는 담요 쪽으로 옮겨가자 그때야 뭔가 잘못되어 가는 것 같았다. 겁이 나기 시작했다. 도마뱀처럼 날름거리는 붉은 혀를 잡아뽑아야 할 것 같지만 쉽지 않았다. 연기 때문에 눈이 매웠고 기침도 났다. 그의 아내가 밭에 나가기 전에 차려놓은 밥상이 눈에 보였다. 그것을 덜렁 들어서 붉은 혀 위에 던져보았지만 중과부적이었다. 오히려 지저분하기만 했다. 붉은 혀는 이제 담요도 다 삼키고는 그 옆에 있는 그의 머리자국이 선명하게 찍혀 있는 베개로 남실남실 접근하고 있었다. 베개 옆에는 텔레비전이 있고 그 옆에는 장롱이 있고 또 그 옆에는 반닫이가 있고 그 옆에는 옷이 잔뜩 걸려 있는 옷걸이가 있다. 그는 그 와중에도 붉은 혀가 텔레비전 수상기로 옮겨가기 전에 탈출해야 할 것이라고 깨달았다. 방문을 열고 마루로 나가기도 쉽지가 않았다. 무엇보다도 숨을 쉴 수가 없었고 뜨거웠지만 엉덩이로 한 걸음도 움직일 수가 없었다. 어찌어찌해서 들마루로 기어나와 마당으로 굴러내리자마자 기다렸다는 듯이 방안에서는 펑하는 소리가 났고 붉은 혀는 창호지 문을 통과해 마루로 혓바닥을 날름거리고 있었다. 마을 사람들이 몰려오고 소방차가 요란스럽게 달려와 물을 뿌릴 동안 그의 아내는 보이지 않았고 그는 두 무릎 사이에 얼굴을 쑤셔박고 울고 있었다.

은조는 그가 흙바닥에 쭈그리고 앉아서 어린아이처럼 입을 삐죽이며 가죽만 남은 시커먼 손으로 연신 눈물을 훔치고 있자 그도 울 수 있는 사람이었구나 하고 생각했다. 기름이 줄줄 흐르는 머리카락은 떡이 져 있었고 무릎이 빠져나온 초록색 운동복 바지에 재색 폴로셔츠를 입고 있었지만 미처 신발을 꿰지 못한 맨발은 뽀얗게 흙이 묻어 있었다. 그 와중에 그의 뽀얀 발이 아이의 그것처럼 귀여워 보였다.

그의 아내는 그날도 날이 완전히 저물어 들판에 어둠이 내려앉아 은색의 날렵한 굴뚝에서 뿜어져 나오는 붉은 꽃을 보고 또 본 후에 온종일 추수한 옥수수를 짊어지고 집으로 내려왔다. 들판에서 집으로 오자면 야트막한 고개를 넘어야 하는데 고개 정상에 올라서면 동네가 한눈에 다 보였다. 드문드문 켜져 있는 가로등 불빛에 습관적으로 집을 찾아보려다가 눈앞에 낭자한 불꽃에 그만 아연했다. 세련된 굴뚝에서 뿜어져 나오는 붉은 꽃과 차원이 달랐다. 은색의 굴뚝에서 뿜어져 나오는 붉은 꽃은 그냥 고고하게 아름다워서 경이롭기까지 한 꽃이라면 눈앞에 낭자하게 펼쳐져 있는 그 꽃은 폭력과 비극을 불러일으킬 음산한 악의 꽃이었기에 그의 아내는 정신이 아득해지면서 다리에 힘이 풀려 그 자리에 주저앉았다. 그러다가 이내 정신을 수습하고 집에 한달음에 내려와 그때까지 마당에 원숭이처럼 쭈그리고 앉아서 훌쩍거리고 있는 그의 멱살을 잡았다. 그의 아내가 그의 멱살을 잡는 일은 그때가 처음이면서 마지막이었다. 그는 자기 아내가 멱살을 잡고 흔들면 흔들리는 대로 몸을 맡기고 있었다. 그의 아내는 그의 멱살을 잡고 흔들면서 울부짖었다. 너 죽고 나 죽자는 말도 했고, 콱 업어져 죽으라고도 했다. 철천지원수라고도 했고, 이놈의 화상은 왜 개도 안 물어가는지 모르겠다고 했고, 등신이라고도 했다. 은조가 다가가서 말려야 했지만 그러고 싶지 않아서 보고만 있었다. 오히려 은조가 그에게 하고 싶은 말을 그의 아내가 다 퍼부어서 속이 시원할 지경이었다. 마을 사람들이 그의 아내에게 다가가 말려보려 했지만 그의 아내의 눈빛을 보고는 물러나고 말았다. 눈에서 불이 철철 흘러나왔기 때문이다. 이러다가 그의 아내가 먼저 잘못될까 걱정이 된 마을 사람들은 은조를 흘깃흘깃 바라보았다. 어찌해 보라는 것이다.

두 대의 소방차가 정신없이 물을 뿌려댔지만 이미 낡은 지붕을 뚫고 나오는 불길을 잡을 수가 없었다. 순식간에 뼈다귀만 남기고 집은 홀랑 다 타버렸다. 그것이 그냥 있어도 흉물스러울 것인데 물을 뚝뚝 흘리며 서 있자 바닥은 여름날 한 차례 소낙비가 온 후에 여기저기에 빗물이 고인 것처럼 검게 질퍽거렸다.

그와 그의 아내는 동네 마을회관으로 가고 은조 식구는 가게로 갔다. 가게에 딸린 조그마한 창고에 전기장판을 사서 깔아놓고 이불집 여자가 가지고 온 이불을 덮고 자리에 눕자 그때야 눈물이 나왔다. 가구는 커녕 아이 돌 사진 한 장 들고 나오지 못한 것이 서러워 큰소리로 울어버렸다. 까짓 그의 아내도 동네 사람들이 다 보는 데서 할 소리 안 할 소리 다 하면서 우는 판에 은조가 한밤중에 눈물을 철철 흘리며 운다고 뭐라 할 사람은 없을 것 같았다. 민우가 이런 은조를 한 번 물끄러미 바라보다가 몸을 돌려 누워버리는 것이 다였다. 세상에 자식이 부모 속을 썩이는 집은 많이 봤어도 이런 집은 대한민국에서 우리 집뿐일 거라고 추임새를 내가면서 울고 있어도 민우는 아무 미동도 없이 가만히 누워 있기만 했다.

민우는 홀랑 다 타버린 집을 불도저로 밀어버리고 새 집을 지을 동안 감독이면서 조수 노릇을 했다. 민우의 작정대로 첫눈이 오기 전에 집을 다 지을 수가 있었다. 군불을 때서 방을 덥히던 재래식 아궁이 대신에 기름보일러에 입식 부엌을 들여앉히고 거실에 피아노도 다시 들여놓았지만 아이들은 피아노 뚜껑을 한 번도 열 수가 없었다. 그는 넓은 자기 방을 외면한 채 언제나 거실에서 숙식을 해결했기 때문이었다. 아이들 피아노 소리가 그의 텔레비전 시청을 방해했기 때문이었고 보든 안 보든 온종일 텔레비전을 켜두어야 했기 때문이다. 소파에 깊이 잠이 든 것 같아 살그머니 텔레비전을 끌 작정이면 전원 스위치를 누르자마자 벌떡 일어나 앉아서 텔레비전 리모컨부터 찾아서 다시 꽝꽝 소리가 울리도록 켜놓고는 잠에 떨어졌다. 늘 텔레비전 앞에서 독상을 받았지만 한동안 마시지 않던 술을 새 집에 입주하자마자 보란 듯이 다시 시작했기에 밥보다는 쭈그리고 앉아서 강소주를 들이키며 담배를 피우는 날이 더 많았다.

그때 분연히

어쩌다가 은조는 그에게서 천만 원을 빌린 적이 있었다. 물론 그에게 돈 얘기를 먼저 하지는 않았다. 그가 파놓은 함정에 은조가 빠진 격이었다. 가게 보증금을 천만 원이나 올려달라는 통보는 은조에게 다른 생각을 할 수 있는 빌미를 제공했다. 이참에 가까운 소도시로 이사하고 싶었다. 무엇보다 그와 한집에서 사는 자체가 엄청난 스트레스로 작용하고 있는 것이 은조뿐만이 아니었다. 민우는 그에 관해서는 무척 말을 아끼는 사람이었지만 이따금 신음처럼 멀리 도망을 가서 살자고 했다. 그가 없는 곳이라면 모래바람이 몰아치는 사막도 상관이 없다고 했다.

어느 날 가게 주인이 뒷짐을 지고 가게로 들어서서 보증금을 올렸으니 그게 싫으면 가게를 빼달라고 아주 점잖게 얘기를 했다. 그러자 은조 부부는 서로 마주 보며 눈을 맞추었는데 눈은 빛이 날 만큼 생기가 돌았고 입은 마치 잔칫날을 기다리는 노총각처럼 벙싯댔다. 가게 주인은 세상에 보증금을 천만 원이나 올려달라고 하는 마당에 부부가 마치 연애 중인 사람처럼 눈이나 맞추고 히죽거리자 어안이 벙벙해 하면서 하루 빨리 돈을 입금하라는 말을 남기며 총총히 사라졌다. 부부는 어느 도시로 갈까 하면서 들떴다. 물론 소도시로 이사해 무엇을 해먹고 살 생각도 하지 않았고 가장 기본적인 집도 구할 여력도 없었지만 상관이 없었다. 거리에서 어묵을 팔더라도 그와 함께 사는 것보다는 나을 것 같을 정도로 몸도 마음도 피폐해 있을 때였다.

결과적으로는 꿈만 꾸다 말았다. 어떻게 그것을 알게 된 그는 집주인에게 보증금을 입금하고는 은조에게 매월 마지막 날에 은행 이자보다 훨씬 높은 사채 이율로 이자를 입금하라고 했다. 통보였다. 의견을 묻지도 않았다. 그때 분연히 떨치고 일어났다면 그에 대한 앙금이 이 정도는 아닐 것 같았다.

은조는 달력에다 매달 말일마다 붉은 사인펜으로 커다랗게 동그라미를 그려놓고는 그 밑에다 이자 내는 날이라고 써놓았다. 그리고는 한 번도 잊어버리지 않고 꼬박꼬박 이자를 잘 냈다. 그런데 어느 날 그만 하루 깜빡하고 입금하지 않았다. 아마 어디를 다녀오느라고 시간상으로 여유가 없었을 것이다. 아니면 그 동안 날짜를 하루도 늦추지 않고 잘 입금했으니 하루쯤은 늦어도 될 것 같은 안일함이 그런 여유를 부리지 않았을까 싶다.

이자를 내야 하는 날이 하루 지나고 그 다음 날이었다. 민우가 일 때문에 출타했었기 때문에 혼자서 가게를 보고 있었다. 그의 전화가 왔다. 다짜고짜 민우를 찾았다. 민우가 출타 중이라는 것은 그가 더 잘 알고 있었다. 가까운 친척의 칠순잔치였다. 이젠 집안의 대소사도 그 대신 민우가 다녀야 했다. 그의 목소리는 벌써 술로 폭 잠겼다.

은조는 아범이 아직 오지 않았다고 대답했다. 때마침 가게에 들어온 손님은 반짇고리를 찾다가 못 찾고는 은조가 있는 곳으로 왔다. 전화기는 유선이라서 전화를 끊기 전에는 반짇고리를 찾으러 갈 수가 없었다. 수화기를 귀에 댄 채 손짓으로 구석을 가리켰다. 가장 구석자리가 반짇고리를 놓아두는 장소였지만 손님은 은조 손짓을 알 길이 없는지 눈만 멀뚱히 뜨고 전화가 끊어지기만 기다리며 서 있었다. 그는 당장 집에서 나가라고 소리를 질렀다. 꼴도 보기 싫다고 했다.

그는 은조를 제대로 불러본 적이 없었다. 아주 기분이 좋은 날이면 아이 이름을 앞에 붙인 누구 에미라고 불렀고 기분이 나쁜 날에는 니가로 통했다. 니가 잘한 일이 뭐가 있냐고 했다. 시아버지를 위해 음식을 제대로 만들기를 했나, 시장을 제대로 봐오길 했냐면서 그 동안 참을 만큼 참았지만 도저히 참을 수가 없으니 이참에 갈라서자고 했다. 니들 꼴을 안 보고 살아야 제명을 다 할 수 있을 것 같다고 일침을 놓았다. 은조는 너무 억울했다. 민우에게 만약 이런 식으로 나온다면 얼씨구 좋다고 하면서 당장 짐을 싸서 나올 것이다. 그걸 잘 알기 때문에 민우가 없는 틈을 타서 이런 식으로 은조에게 화풀이를 했다. 이자가 입금되지 않아 화가 나서 전화를 해놓고는 이자 얘기는 눈곱만큼도 하지 않았다. 그런 그가 은조는 너무 무섭고 한편으로는 너무 억울해서 수화기를 든 채 엉엉 울고 있자 반짇고리를 찾던 손님은 어느 순간 나가버렸다. 또 다시 문을 열고 들어온 손님은 울고 있는 은조를 흘끔흘끔 보면서 진열대 위에서 수성펜을 한 개 들고 와 값을 내놓고 나가버렸다. 나가면서 참 애잔하고 복잡한 표정으로 은조 얼굴을 한 번 더 흘낏 바라보았지만 은조는 그 손님에게 창피하지도 않았다. 창피함을 느낀다는 것은 자기 코가 석 자로 빠져 있지 않을 때 이야기였다. 적어도 이자에 대한 변명이라도 들어봐야 하지 않았을까.

은조는 민우가 오기만을 기다렸지만 막상 오자 아무 말도 하고 싶지가 않았다. 이런 일로 분가를 한다는 것은 동네 사람들의 입방아에 올라가기 쉽기 때문이었다. 은조 혼자 참으면 만사가 편안할 것 같았다. 민우는 평소와 다른 은조의 표정을 읽고는 대뜸 한마디 했다.

"아버지가 전화했군."

확실히 그에 대해서는 은조가 미처 파악하지 못한 부분이 아직도 많은 모양이었다. 그런데 더 황당한 것은 민우와 가게 문을 닫고 집에 들어가자 그는 전에 없이 아주 다정한 표정과 목소리로 맞이했다. 낮에 있었던 일은 귀신이 그의 목소리를 흉내낸 것 같았다. 야비하고 비열했다. 그의 아내도 과장된 친절함으로 은조의 눈치를 할금할금 살피기만 했다. 가슴속에 커다란 불덩이가 박혀 있는 은조만 그날 밤새도록 한잠도 잘 수 없었을 뿐 다른 것은 아무 것도 달라지지 않았다.

그에게서 전화가 왔다. 오랜만에 부부 동반 모임이었다. 첫눈이 들판을 살짝 덮을 정도로 내려 거북이 운전이었지만 은조는 모처럼 만의 바깥바람으로 인해 숨통이 탁 트였다. 그녀는 아침부터 저녁 모임의 설

렘 때문에 가게는 뒷전이었고 온종일 거울만 쳐다보았다. 그럴에서 고기가 구워지자 앞에 있는 술잔을 들고 건배를 했다. 오늘의 만남을 위해서라며 복창을 하며 술잔을 부딪치고 입으로 가지고 가려 할 때 전화벨이 울렸다. 민우는 한 손에는 술잔을 든 채 주머니 이곳저곳을 뒤지며 줄기차게 울리는 핸드폰을 찾았다. 은조는 내심 남편이 전화를 받지 말았으면 했다. 민우도 은조를 흘낏 쳐다보았다. 순식간이었지만 부부는 음모를 꿈꾸는 모반자처럼 눈에서 불꽃이 튀었다. 그는 지금 빨리 집으로 오라고 했다. 은조가 아침에 저녁 모임이 있다고 말하면서 조금 늦을지도 모르겠다고 덧붙였다. 그는 아무런 대꾸도 없이 텔레비전만 쳐다보고 있었지만 은조 부부의 일거수일투족을 다 파악하고 있었다. 심장이 답답해서 병원에 가봐야겠다고 했다. 은조 마음속에서는 119를 이용해도 될 것 같았다. 은조 부부가 집에 도착하는 시간보다 그것이 훨씬 빠르기 때문이었고 십중팔구 별 이상이 없기도 했기 때문이었다. 적어도 앞에 받아놓은 술잔은 들이키고 지글지글 잘 구워진 고기 한 점은 먹은 다음에 자리에서 일어나고 싶었다. 오랜만에 만난 친구들과 안부 인사도 제대로 하지 못했기 때문에 더 아쉬웠다. 캄캄한 밤중에 병원을 가는 것은 위급한 환자 말고는 대체로 피하게 마련이지만 그는 상관이 없었다. 민우는 자주 운전석 유리창을 내린 채 담배를 피우며 부지런히 운전했다. 살금살금 아주 소극적으로 내리던 눈이 밤이 되자 앞을 분간하지 못할 정도로 도로를 빽빽하게 점령하고 있었지만 속도를 낮추지 않았다. 눈멀미가 날 것 같았다. 꼭 블랙홀에 빠질 것만 같았다. 그 길을 뚫고 민우는 그를 모시고 도시에 있는 응급실로 들어갔다. 그는 어느 시기부터 소도시에 있는 병원 의사를 믿지 않아 무조건 대도시에 있는 병원을 선호했다. 응급실에 들어가서 온갖 검사를 다 했지만 가슴이 답답한 이유를 찾지 못했다. 며칠 입원해 있을 동안 만큼은 술과 담배를 할 수 없고 보면 가슴이 답답한 것은 자연 치유가 되는 법이었다. 더는 몸에서 술을 받아들일 수 없을 지경이 되면 이런 식으로 병원에 며칠 입원을 해 몸을 추슬렀다. 그리고 다시 퇴원해서 그 동안 마시지 못한 술의 분량까지 열심히 마셨다. 몇 번을 이런 식으로 자주 비상을 걸자 처음 몇 번은 혼비백산해서 모여들던 그의 다른 자식들은 이제 그를 양치기 소년으로 간주하고 말았다.

양치기 소년은 그 동안 실눈을 뜬 채 은근히 즐겼다. 그렇지만 어느 순간 더는 호응도가 없자 외로웠다. 강도를 더 세게 할 수밖에 없었다. 병원을 들락거리는 것이 멀쩡한 사람들에게는 아주 고역이겠지만 습관이 된 그에게는 병원에 가 있어야 안심이 되었다. 무엇보다 술을 마시지 않기 위해서는 병원밖에는 방법이 없었다. 이상하게도 병원에 가서 링거 주사를 맞기만 해도 술은 먹지 않았다.

그런 맥락일 줄

은조는 그날도 그런 맥락일 것으로 생각했다. 보름 동안 병상 생활을 하고 퇴원을 한 지가 얼마 되지 않은 날이었다. 그는 퇴원하자마자 관행처럼 그 동안 마시지 못했던 술의 분량까지 마시느라 몸을 추스를 여력이 없었다. 새벽에 그의 아내가 방문을 두드렸다. 그 소리에 민우는 옷부터 주섬주섬 찾아 입었다. 은조가 일어나 앉자 민우는 그냥 자라고 했다. 해마다 김장을 하고 나면 습관처럼 몸살이 나곤 했었는데 그때도 몸살 때문에 은조는 만사가 귀찮았다. 그래서 민우의 배려에 못 이기는 척하며 다시 자리에 누웠다. 귀는 열어두었다. 민우가 거실로 나가자 그의 아내는 만반의 준비를 하고 기다리고 있었다. 그의 아내는 보따리 하나만큼은 잘 쌌다. 그 중에 하나라도 빠지면 그가 불같이 화를 내기 때문에 아주 신경을 썼다.

언제 한 번 그가 아끼던 손거울을 넣어오지 않았다고 육인용 병실의 환자와 보호자를 포함한 그리고 병문안을 온 방문객이 보는 앞에서 뺨을 맞았다. 간호사가 쫓아와도 머리채를 놓지 않아 담당 의사까지 불러오는 해프닝을 생각하면 그의 아내는 아직도 정신이 아득하기만 했다.

그는 거울을 잘 들여다보았다. 지금은 마른 장작 같은 몸피에 등이 많이 굽었지만 그를 처음 본 날 은조는 널찍한 어깨에 풍채가 좋아서 민우의 왜소한 어깨를 새삼 슬쩍 바라보았었다.

장마철의 햇볕처럼 모처럼 기분이 좋은 날에는 그는 종일 손거울을 들고 다녔다. 손거울을 바라보며 코털도 제거하고 흰 머리카락을 찾아내어 족집게로 인상을 팍팍 쓰면서 뽑기도 했다.

은조는 안 봐도 보는 것처럼 머릿속이 그려졌다. 민우가 한 손으로 그를 부축할 것이고 한 손에는 미리 싸놓은 커다란 가방을 든 채 현관문을 나설 것이다. 그 뒤로 조그마한 손가방을 든 그의 아내가 따라나갈 것이다. 나가기 전에 거실을 환하게 밝힌 불도 끌 것이고 미처 끄지 못했던 그의 방과 주방과 욕실의 등도 새삼 점검했을 것이다. 그도 아마 그의 아들의 부축을 받고 나서면서도 집을 한 번쯤은 돌아봤을 것 같았다.

사람이 살아가면서 앞날을 얼마쯤은 내다보면서 살아갈 수 있다면 얼마나 좋을까? 그렇다면 은조는 그날 새벽에 몸살을 핑계로 누워 있지 않았을 것이다. 민우와 함께 병원까지 모셔가지는 못했을지라도 현관까지 배웅을 나와서 잘 다녀오시라고 인사를 드렸다면 이렇게 황당하지는 않았을 것이다. 그도 그 새벽에 부랴부랴 눈길을 헤쳐나가지 않았을 것이다. 그의 아내도 한숨을 폭폭 쉬지는 못했을 것이다.

그와 그의 아내는 마른 한숨을 참 잘 쉬었다. 특히 은조 부부와 마주치면 한숨부터 크게 쉬었다. 처음에는 그의 눈에 못마땅한 것을 한숨으로 표현하나 싶어서 은조는 몸 둘 바를 몰랐었는데 얼마쯤 지나자 그냥 습관이라는 것을 알게 되었다. 처음에는 그만 한숨을 쉬었는데 그의 아내도 어느 순간부터 그를 닮아서 마른한숨을 폭폭 잘 쉬었다. 그의 잦은 병원 출입이 그의 아내에게는 귀찮은 일이었지만 어쩔 수가 없어서 한숨을 폭폭 쉬면서 현관을 나섰다.

은조는 어느덧 다시 잠이 들었나 보다. 땅속에서 울려오는 것 같은 전화벨 소리에 얼핏 잠을 깼다. 습관적으로 창문을 바라보았고 시계를 쳐다보았다. 창문은 아직 어두컴컴했다. 날아간다 해도 병원에 도착할 시간은 아니었다. 더군다나 밤길이었고 눈이 오는 길에서는 그가 뒷좌석에 앉아서 아무리 재촉을 한다고 해도 불가능할 것이다. 그러는 동안에도 전화벨은 줄기차게 울렸다. 선뜻 핸드폰을 들고 싶지 않았지만 외면할 수도 없는 법이다.

"큰일났다."

민우의 목소리였다.

"뭐?"

핸드폰 저편에서 그의 아내의 울부짖는 소리가 들려왔다. 민우는 핸드폰을 든 채 아무 말이 없었다. 울음을 참는 모양인지 아니면 정신이 돌아오지 않는지 아니면 그 와중에 운전하고 있는지 은조는 알 수가 없었다. 정신이 없기는 집에 있는 은조도 마찬가지였다.

"여보, 갓길에 먼저 차부터 세워요."

"그래, 그래야겠지."

"아주버님께 연락해놓을 테니 당신부터 정신차려요."

"그래, 그래야겠지."

민우는 허깨비처럼 혼이 빠져서 똑같은 대답만 하고 있었고 그의 아내의 울부짖는 소리가 더 처절하게 들려왔다.

그는 자기의 불 같은 성질대로 그렇게 어이없게 갔다. 그의 집과 그가 자주 입원하는 병원의 중간지점인 고속도로 위였다. 제설작업 차량 때문이기도 했고 도로에 살짝 덮은 눈 때문에 제 속도를 내지 못하자 그는 혀를 끌끌 차기도 했고 신경질을 내기도 했고 심장이 답답하다고도 했다. 그가 어린아이처럼 성화를 부릴 때마다 그의 아내는 마른한숨을 폭폭 쉬었다. 그가 아무 말 없이 조용하자 그의 아내는 그를 흘깃 돌아보았다. 그의 아내는 멀미를 많이 하는 체질이라 차를 타고 단거리를 가든 장거리를 가든 민우 옆의 조수석에는 그의 아내의 자리였다. 그가 유일하게 그의 아내에게 배려하는 품목이다. 그의 머리가 옆으로 푹 꺾여 있는 것을 그의 아내가 보았지만 잠이 들었나 보다 했다. 덕분에 아들이 운전하기가 편할 것 같다는 생각도 했다. 얼마쯤 평화롭게 가고 있는데 뒤통수에서 서늘한 기운을 느꼈다. 그의 아내는 그의 아들을 힐끗 쳐다보았다. 그의 아들과 눈이 마주쳤다. 그리고 둘은 동시에 뒤를 돌아보았다. 심장이 덜컥 내려앉으면서 울음이 훅 복받쳤다.

"아버지."

"……."

그의 아들이 아주 작은 소리로 아버지를 불러보았다. 대답이 없자 이번에는 조금 큰소리로 불러보았다. 눈앞에는 제설차가 수십 개의 주황색 경광등을 번쩍이며 앞을 막고 있자 마치 그를 마중 나온 것 같아 섬뜩하기도 했다. 그의 아들은 이번에는 악을 쓰듯이 소리를 질렀다. 그래도 그에게서 대답이 없자 그의 아내는 '아이고 불쌍한 양반 같으니' 하면서 통곡을 했다. 그의 아들은 그의 아내의 통곡 소리를 들으면서 제설차를 비켜 앞으로 달리기만 했다. 머리가 도로에 내려앉은 눈처럼 하얗게 변해버려서 관성처럼 도로를 달리는 것밖에는 아무 것도 할 수가 없었다.

"그만 가고 집에 있는 에미에게 전화를 넣어라."

그렇게 한참을 가고 있는데 울음을 그친 그의 아내가 말했다. 그러자 그의 아들은 마치 구원병을 만난 것처럼 반가웠다. 할 수 있는 일이 고속도로를 달리는 일 말고 또 있다는 것에 안도감이 들 정도였다. 문제는 그의 아들은 은조 전화번호가 생각나지 않았다. 그의 집 전화번호도 물론 생각이 나지 않았다. 얼마큼 그냥 도로를 달릴 수밖에 없었다. 거대한 네온사인 간판이 자주 휙휙 지나가자 그가 다니는 병원이 가까워지는 것 같았다. 그의 아내는 통곡하다가 멈추었다가 통곡하다가 쉬었다가 했다. 마침내 그의 아들은 전화번호가 생각이 났다. 그의 며느리가 전화를 빨리 받지 않자 그의 아들은 전화번호가 틀렸는가 하고 걱정이 되었다. 그의 며느리 목소리가 들리자 그의 아들은 안도했다. 그의 며느리가 침착하게 차를 갓길에 세우라고 하자 그제야 그의 아들은 차를 세우기 위해 갓길을 힐끔거렸다. 그의 아내는 또다시 통곡하기 시작했다.

해설

식물들의 사생활

김나정/ 소설가, 문학평론가

식물의 삶

그들은 식물처럼 산다. 소설의 무대는 주로 "인구가 6천 명 정도밖에 안 되는데다 경제활동을 할 수 없는 노령인구 비율이 전체 인구의 70% 가 넘는 전형적인 농촌"이며 인물들은 농사를 짓거나 작은 가게를 꾸리며 살아간다. 고추나 배추를 기르는 일도, 장사를 하는 일도 모두 한 자리에 붙어 있어야 가능하다. 시간의 거름을 주어야 결실을 거두는 일들이다. 밭에 머물거나 터를 떠나지 못하는 그들은 '땅'에 뿌리박고 사는 셈이다.

붙박이로 사는 인물들은 제자리에 머물며 여일하게 살아간다, 식물처럼. 같은 토양에서 나는 작물이 정해져 있듯, 인물들의 삶의 양상은 어슷비슷하다. 타고 다니는 차는 너나없이 '세렉스'이며 성인남자들의 놀이터는 여지없이 다방'이다. 사랑에 빠지게 만드는 상대는 거개가 다방 여자다.

식물은 자신이 처한 삶의 조건에서 벗어나질 못한다. 씨앗이 움텄던 땅에 매어 산다. 바람이 불면 바람 따라 흔들리고 햇빛과 비를 받아들일 뿐이다. 거슬리지 않고 받아들일 수밖에 없는 식물의 속성처럼, 소설 속의 인물들은 대체로 순(順)하다. (껄끄러운 인물들은 주로 '카센터'를 운영한다. 자동차의 이동성과 속도는 식물의 속성과 상반되기 때문일까) 어수룩하고 미욱한 그들은 희롱당하거나 사기당하거나 이용당한다. 돈이 없으면 외상을 지고 로또를 사거나 놀음을 하고 응답받지 못할 연애에 빨려든다. 삶의 조건은 팍팍한데 마땅한 대책도 없다.

순하고 안쓰러운 사람들은 하나같이 달아날 방도를 모른다. 「하지 감자」의 남편은 구타를 일삼고 살림을 부수고 다른 남자와 눈이 맞아 달아난 아내에게 쩔쩔 매다 목숨마저 버린다. 「라스베가스로 간다」의 노름꾼 아버지 밑에서 자란 여자는 도박판을 맴도는 남편과 함께 산다. 다방 여자의 유혹에 속수무책인 남자들도 등장한다. 「검은등뻐꾸기」, 「어디선가 그 놈의 울음소리가 들리고」의 노총각들은 웃음을 뿌려대는 여자들에게 마음과 돈을 아끼지 않는다. 「땀띠물」, 「배추3」의 남자들은 외국인 아내에게 버림받고 목숨을 놓는다. 여자들의 삶도 여의치 않다. 「마당가 여자」의 아이가 딸린 넝마주이 여자, 주정뱅이 시아버지와 함께 사는 「허토」의 며느리에게도 삶은 팍팍한 것이다.

사랑도 생존도 호락호락하지 않다. 주어진 삶의 조건은 좀처럼 바뀌지 않는다. 발버둥을 쳐보지만 제자리로 돌아온다. 억울한 일을 당해도 적극적으로 대항하지 않고, 자기 삶을 바꿀 개선책을 발견하지 못한다.

거센 바람에 몸을 맡기고 땡볕에 시들어가는 식물의 삶. 감당만이 전부인 삶은 갑갑하다. 식물은 입이 없다. 말을 하지도 않고 표정도 없다. 지켜보기엔 답답하다. 왜 그렇게만 사는지 속내를 알고 싶다.

하지만 심봉순 소설의 인물들이 자기 속을 온전히 드러내는 법은 없다. 화자는 주로 관찰자에 자리에 머문다. 관찰자 역시, 식물과 닮아서 지켜볼 따름이다. 한 식물이 다른 식물을 바라보는 격이다. 하지만 이런 관찰자들은 가만히 봐주기에 적역이다. 오랜 시간 한 자리에 있기에 충실한 관찰자 노릇을 한다. "대청마루에 앉아 있으면 동네 입구가 한눈에 다 들어왔다." 인물화자가 등장해도 제 마음을 노골적으로 드러내는 법이 없다.

관찰자는 바라보고 짐작할 따름이다. 인물들은 있던 자리에서 피다 진다. 화자와 인물 사이에 '거리'를 두었기에 허투루 감정을 과장하거나 비극성을 강조하지 않는다. 심봉순은 식물관찰기록문을 작성하듯 바라보고 덤덤하게 기록한다. 이런 사람이 살았다, 이런 일을 겪었다. 얼마만큼 아팠는지 비명소리가 기록되지는 않는다. 식물은 입이 없다. 다만 충실히 기록된 내용은 그 상처를 상상하게 만들어준다.

식물 속의 '불'

식물의 삶이 단조롭다. 심심한 사람들의 삶을 담담하게 그려낸 소설은 밋밋하지 않을까? 하지만 이 소설이 주목하는 순간은, 식물이 극렬하게 움직이는 '한때'다. 식물이 제 몸을 여는 한때, 그 꽃 피는 시절에 초점을 맞춘다. 도박판에 뛰어든다, 사랑에 빠진다. 심봉순의 단편들은 꽃이 확, 피고 져버리는 그 순간을 담아낸다. 목숨을 건 사랑과 보답 없는 도박이 시작된다.

「금 따는 사람들」은 로또에 빠진 사람들 이야기다. 복권을 사는 사람들은 삶이 일거에 '역전'되기를 꿈꾼다. 삶이 팍팍한데, 개선할 만한 다른 방법이 없어서다. "로또 1등에 당첨되는 것 말고는 다른 방법이 없기 때문이기도 했다. 안산에서 카센터를 무리하게 확장했다가 크게 부도가 나서 빚쟁이를 피해 도망 다니는 신세라고 했다. 빨리 1등에 당첨되지 않으면 봉평에서도 오래 살 수가 없을 것이라고."「라스베가스로 가다」에 기술된 노름꾼의 속사정은 다음과 같다.

> 남편이 노름꾼이 될 수밖에 없는 것은 전형적인 농촌 마을이 한 몫 단단히 했다. 유난히 이곳은 하는 일 없이 빈둥거리는 사람이 많았다. 특히 들판이 꽁꽁 얼어 있는 겨울철이 되면 어디 한 판 벌어지는 것이 없느냐고 승냥이처럼 눈을 번뜩이는 것이 일이었다. (……) 꼭두새벽부터 배추 작업이나 무 작업을 나가 일당으로 몇 만 원씩 버는 그네들의 친구들은 천하에 좀팽이고 한심한 작자가 되어버렸다.
>
> —「라스베가스로 가다」

김유정의「금 따는 콩밭」에서 가난한 농민이 자신의 콩밭에서 금줄을 찾으려다 한 해 농사를 망쳤다. 식민지 시절, 금광 열풍은 당면한 삶에서 선택한 삶의 방식이었다. 또한 변함없이 삶을 뒤흔들 기회이기도 하다. 도박을 하는 사람들은 극단까지 몰아간다. 가진 것을 전부 건다. 밑천까지 털리는 도박과 자신을 온전히 거는 '사랑'과 닮은꼴이다.

봄이 오고 꽃이 피고 사랑이 온다. "벚꽃과 영산홍과 철쭉과 조팝나무와 라일락이 앞다투어 피기도 하고 지기도 하고 물이 잔뜩 오른 동네 어귀의 느티나무가 연두색 잎을 한껏 틔우던 시절" 풍기는 베트남 처녀를 데리고 돌아왔다. 소설에서 사랑은 꽃과 함께 찾아들게 마련이다.

꽃은 식물의 생식기관이다. 사람도 다른 여타 생물이 짝짓기를 하듯 몸과 마음을 붙일 사람을 찾는다. 식물이 제 몸에 불을 지핀다. 사람은 처지와 나이를 불문하고 사랑할 때 피어난다. 무료하고 서글픈 나날이 종지부가 찍힌다. 「땀띠물」에서 풍기의 "일생일대에 처음으로 도래한 그의 봄날"이 시작된다.

봄이 오는 데 까닭이 없듯, 사랑도 불현듯 온다. "아무 것도 모르는 새들도 목구멍에 핏대를 세워가며 지 짝을 찾"듯 자연스럽다. 까닭이 없다. 「검은등뻐꾸기」의 쉰 줄에 접어든 늙다리 총각은 다방 여자에게 빠진다. "눈뭉치가 퍽석하고 내 가슴에 떨어진 것 같았다.", "살다보면 특별한 이유도 없이 풍선을 한아름 삼킨 것처럼 마음이 붕 떠 있을 때가 있을 것이다." 「하지 감자」의 "귀신에 홀린" 몽당 빗자루를 처녀인 양 업고 왔던 오빠는 속내 모를 여자에게 홀린다. 오빠는 코끼리를 닮은, 의뭉스런 여자와 살림을 차린다.

누구를 사랑하는지는 따지지 않는다. 남자들은 다방 여자, 속내를 모른 여자, 외국 여자에게 쩔쩔 맨다. 돈을 떼이거나 학대를 당하거나 말이 통하지 않거나 이용당한다. 여자들은 노름꾼이나 반거들충이와 매어 산다.

하필이면 왜 그런 사람들만 사랑하는가? 사랑할 사람이 딱히 없어서다. 「어디선가 그 놈의 울음소리가 들리고」의 정우는 이렇게 말한다. "농촌에서 다방 여자 말고 여자 구경을 할 수 있어야 마음을 빼앗기든 어쩌든지 할 것 아니겠냐고. 오죽하면 여자 구경을 위해 비행기를 다 탈까." 외국 여자와 짝을 짓는 건 신붓감을 찾지 못해서다. 결혼적령기의 여자가 사라진 마을에서 눈길을 잡아끄는 다방 종업원뿐이다.

외롭다. 누구든 좋은 사람과 살과 마음을 붙이며 살고 싶다. 오죽하면 "암꽃과 수꽃이 같이 피어 있는 옥수수의 몸이 부러울" 지경이다. 이런 사람들은 사랑의 상대를 가리지 않고, 사랑을 할 때 셈속도 따지지 않는다.

'사랑'과 '도박'은 한순간에 자신의 전부를 건다는 공통점을 지닌다. "(풍기의) 여자는 그의 무턱대고 쏘아대는 사랑만으로는 살 수가 없는 영악한 여자였던 모양이다. 더는 팔아먹을 것이 없다는 것을 알아챈 여자는 정말 마지막인 그들이 사는 집을 팔자고 꼬드겼다.", "하루가 행복해야 일 년이 행복할 것이라고 민 양이 그의 어깨에 머리를 기대고 속삭이자 정우는 옥수수 걱정을 접어야 했다."

외로운 사람의 외사랑은 보답받기 힘들다. 사랑의 상대들은 영악하거나 손에 닿지 않거나 오해된다. 이런 상대와의 사랑은 파국에 치닫기 일쑤다. 자신을 돌보지 못하는 사랑, 자신을 온전히 내주는 사랑의 대가는 가혹하다. 사랑의 마음은 숭덩 잘려나간다. 재산을 잃고 어머니를 잃고 자기 목숨마저 버린다. 어쩌면 사랑의 속성이라 알려진 통념에 지극히 충실하게 복무하는 사람들이다. 사랑은 그들을 해코지한다. 얼마 안 되는 판돈을 걸고 덤벼든 노름판도 빈손으로 물러나기는 매한가지다. 그들은 건다, 모두 잃는다.

도박판도, 사랑도 끝장이 난다.

꽃처럼 지다

사랑과 도박은 엎질러지는 것이다. 모든 걸 걸었다 송두리째 잃는다. 인생에 이런 시절은 다시 오지 않는다는 듯, 자신을 탕진한다. 방책이 없는 삶은 대책도 없이 뭔가에 빠져든다.

「땀띠물」의 "제 마누라가 예뻐 눈이 뒤집힌" 풍기는 장소와 시간을 가리지 않고 아내와 몸을 섞는다. 아낌없이 사랑에 복무한다. 사랑은 꿈같이 와서 꿈결처럼 사라진다. 그들은, 도박꾼들은 가족의 원성을 듣거나 마지막 동전까지 쏟아부어도 도박장을 벗어나지 못한다. 다음 기회를 노리며 다시 로또를 산다. 끝장에 다다를 때까지 스스로를 탕진한다. "대한민국에서 농사를 짓는 일은 서울 강남에서 대장간을 하는 것과 똑같다." 노동력을 투입하여 얻어내는 농사의 반대편에 도박이 자리잡는다. 아무리 열심히 일해도 전망이 보이지 않는다. 어떤 품종을 선택하느냐에 따라 생사가 갈린다. 대출금은 늘어간다. '농사'는 도박이 된다. 구멍가게를 내지만 손님은 없고 밥벌이하기도 버겁다.

도박으로 간신히 모은 돈을 단숨에 잃어버린다. 사랑에 모든 걸 걸고, 그 사랑을 잃자 자신을 버린다.

「하지 감자」의 오빠는 그라목손을 마시고 절명한다. 이 지독한 농약을 목구멍으로 넘기면 구해낼 방도가 없다. 불처럼 몸을 태우고 들어간다.

「배추3」의 남자도 같은 약으로 삶을 거둔다.

> 웨이보다 때로 더 유혹적인 그라목손은 한 마디로 시시했다. 그것을 목구멍에 털어넣는 데는 시계 초침이 두 번밖에 움직이지 않았다. 마음 같아서는 배추밭 한가운데에 가서 아주 폼나게 드러눕고 싶었지만 목구멍이 불붙은 것처럼 뜨거워서 그럴 수가 없었다. 부드러운 배추의 감촉은 다 어디로 가고, 차갑고 딱딱하기만 했다. 배추는 이 순간에도 참 마음에 안 들었다.
>
> —「배추3」

배추는 서리를 맞고 농협의 대출상환일은 다가오지만 돈을 갚을 수가 없다. 농사를 고집했기 때문에 아내들을 잃었다. 이번에는 사랑하는 웨이마저 잃을까봐 불안하다. 벼랑 끝의 그는 웨이를 죽이고 목숨을 끊는다.

희망이 없다. 내몰렸다. 사랑과 도박에 자신을 거는 이유는 다른 데는 걸 데가 없어서다. 끝장이 오기 전에 마지막으로 꽃이나 뿜어본다. 그 사랑이 끝나면 식물 같은 사람들은 '농약'을 마시고 단번에 죽는다. 시드는 대신, 단숨에 죽는다. 꽃과 함께 시작된 사랑은 꽃처럼 진다.

봄날 사랑에 빠졌던 풍기는 꽃이 질 때 죽음으로 걸어들어간다. 꽃처럼 피었던 사랑은 한꺼번에 진다. "그 해는 마치 누구에게 쫓기듯이 벚나무와 영산홍과 조팝나무와 철쭉과 돌배나무가 한꺼번에 와락 피어났다. 한꺼번에 피어난 꽃은 한꺼번에 땅바닥에 쏟기도 하고 지기도 할 즈음에 마치 깊은 꽃잠에 빠졌다가 깨어난 사람처럼 풍기가 거리에 허적

허적 나타났다." 그는 죽음을 택한다. 아내를 잃고 노모마저 "자귀나무 꽃이 활짝 피어 있는 산으로 아주 올라간" 뒤 풍기는 공원에서 노숙을 하다가, 꽃 시절 아내와의 함께 물장난 치던 '땀띠물'에 엎어져 죽는다.

> 웨이는 어느 순간 도망간 아내가 되었다가 도망간 샛별다방 아가씨였다가 머리 좋은 형이었다가 했다. 그들은 똘똘 뭉쳐서 나에게 덤벼들었다. 손톱을 세우고 낄낄 웃으면서 비웃었다. 그들에게 잡아먹히기 전에 나는 힘껏 식칼을 휘둘러야 했다. 내가 살 수 있는 방법이었으니까. 정신을 차리고 보니 바닥은 끈적끈적한 물로 홍수가 났고 꽃무늬 커튼이 반쯤 쳐진 커튼에 꽃무늬 색보다 더 붉은 꽃이 점점으로 피어났다. 내 얼굴과 손과 옷에는 이 모든 것보다 더 많은 꽃이 피어 죽죽 흐르고 있었다.
>
> —「배추 3」

꽃은 피면 여지없이 진다. 불은 꺼졌다.

화양연화花樣年華

하지만 열기를 품은 재를 남기고, 꽃이 진 자리에 열매가 달린다. 도박꾼들은 노름판에 있을 때 자신이 생생히 살아 있다는 걸 느낀다고 한다. 모든 신경을 곤두세우고 희망에 판돈을 건다. 현재를 털어 미래에 건다. 사랑은 현재에 모든 걸 건다. 보답 받지 못할 사랑이라고 해서 상처만 남겼다 한들, 그 사랑이 없는 삶보다는 낫다.

"풍기에겐 월남댁과 땀띠물에서 놀던 그 시절이 화양연화였을 거야."

겨울 땀띠물에서 죽은 풍기는 남들에겐 수수께끼였다. 멋모르는 사람들은 풍기가 여자에게 속았다고 하지만 그에게 있어 아내와 가장 행복했던 순간이 꽃피던 시절이었을 것이다. 아무리 고약한 땀띠라도 씻은 듯이 치료되는 신기한 샘물 "땀띠물"에는 봄날의 추억이 고여 있다. 그는 그 기억에 잠겨 숨을 거둔 것이다. 가장 찬란했던 시절로 돌아가려는 몸부림으로 죽는다.

아이러니하지만, 가장 아름다운 순간은 삶이 엎질러지는 순간 직전에 온다. 식물은 한순간, 제 온몸을 끌어모아 '꽃'을 터트렸다. 다시 오지는 않지만 꽃의 시절이 있었다. 후회하지 않기 위해, 자신마저 그 사랑에 등 돌리지 않기 위해 사랑을 잃은 남자들은 단숨에 죽는 것은 아닐까.

모든 것은 순간이고 스쳐지나간다. 허무하지만, 반면 더욱 찬란하다. 꽃은 줄기처럼 힘이 세거나 뿌리처럼 강하지 않다. 다만 최선을 다해 찰나를 살다 간다. 하여 더욱 애틋하고 아름답다. 작가는 순하고 미욱한 사람들이 누린 꽃의 시절을 보여준다. 슬픔은 어쩔 수 없지만, 꽃 시절은 기억된다.

'허토'는 장사를 지낼 때에 상제들이 봉분하기에 앞서 흙 한 줌을 관 위에 뿌리는 것을 이른다. 소설 「허토」는 한 남자의 일대기를 다룬 '전(傳)'의 형식을 취하는데 며느리인 은조의 눈으로 본 시아버지의 이야기와, 시아버지가 화자가 되어 자신의 인생을 상술한 부분이 번갈아서 등장한다. 자기 얘기를 하는 주관적인 내용과 관찰자가 기술하는 관찰이 갈마들어 한 남자의 생을 입체적으로 그려낸다.

소설은 은조의 시아버지 장례에서 시작된다. 죽은 시아버지는 술주

정뱅이에 몹쓸 사람이었다. 횡포를 일삼아 가족들을 괴롭힌다. 은조는 상견례를 할 때부터 그가 마음에 들지 않았다. 시부모의 가겟방에 곁들여 살면서부터 미움은 더욱 깊어진다. 시아버지가 폭력을 휘두르고 술에 취해 횡포를 부리는 걸 가까이 지켜만 봐야 했기 때문이다. 은조가 초반에 시아버지를 바라보는 시선은 차갑다. 하지만 화자가 은조의 시아버지인 '나'로 바뀌면서 독자는 점차 이 못돼먹은 인간의 속사정을 알아가게 된다. 아버지는 무능했고 어머니는 주사가 심해서 아들을 박대했다. 어릴 때부터 장돌림하며 온갖 고생을 하다가 겨우 자리를 잡았다. 하지만 사랑하는 여자는 술집 여자라고 해서 맺어지지 못하고 양반집 규수와 억지로 혼인했다. "마음에 둔 여인과 살지 못했던 그는 이따금 허허로웠다. 허허로워지면 그는 그 화풀이를 그의 착한 아내에게 다 풀었다."

은조의 시선으로 본 시아버지의 주사에 이어, 시아버지가 자신의 입으로 왜 술에 빠지게 되었는지를 기술한 부분이 등장한다. 모진 시어머니에게 들볶이는 아내를 애틋하게 바라볼 무렵, 정을 담뿍 줬던 아들이 부뚜막에서 놀다가 펄펄 끓는 솥에 빠져 절명했다. 그는 그때 이후로 내내 취해서 살게 된다. 남들이 질색하는 그의 술버릇에도 내력과 사연이 있었던 것이다.

"술에 발목을 붙잡혀서 한평생을 살아왔기에 그런 대로 평탄한 삶을 살았을 것 같았다. 맨 정신이 아니었기에 자식 구실도 할 수 있었고 남편 구실도 할 수 있었고 대추나무에 연 걸리듯이 주렁주렁 딸린 자식들의 아비 구실도 할 수 있었지. 만약 술에 발목이 잡히지 않았다면 이 모든 것을 감당했을 것 같지 않다." 그에게도 할 말은 있었던 것이다. 또한 시아버지가 함께 사는 시간이 늘어나면서 은조는 조금 그를 이해하게 된다.

"그와 그의 아내는 마른 한숨을 잘 쉬었다. 특히 은조 부부와 마주치면 한숨부터 크게 쉬었다. 처음에는 그의 눈에 못마땅한 것을 한숨으로 표현하나 싶어서 은조는 몸 둘 바를 몰랐었는데 얼마쯤 지나자 그냥 습관이라는 것을 알게 되었다."

시아버지에 대한 진저리치게 싫은 감정과 이해해가는 과정이 갈마든다. 앞으로 한 걸음, 뒤로 한 걸음, 춤을 추듯 한 사람에게 멀어지다가 다가가기를 반복한다. 은조는 시아버지가 화자로 전개한 내용을 알지 못하기에 그를 전부 안다고 할 순 없다. 시아버지가 화자인 대목은, 어떤 의미에선 (대다수가 그러하지만) 자기 입장의 변명도 많아서 한 사람을 온전히 바라보지 못하게 한다. 그러나 소설은 이 두 화자의 시선을 동시에 보여주었기에, 한 사람의 생을 더욱 풍성하게 되살려낸다. 누군가를 이해하는 과정은, 그가 살아온 이력을 알아가는 과정과도 같다. 아무리 못난 사람에게도 애쓰고 꽃피던 시절이 있었다. "어느 누구도 아무 것도 남기지 못하고 죽을 만큼 가난하지는 않다. — 파스칼"

소설은 한 망자의 삶을 복원시켜준다. 마치 기나긴 제문처럼. 그는 죽었지만 글로 다시 처음부터 되살아보는 것이다. 이 소설 자체가 '허토', 무덤에 던지는 흙이 된다. 망각으로 사라지기 전에 기억해주는 행위로서의 글쓰기가 된다.

그리고 삶은 지속된다

노름판이 끝나고, 사랑이 끝나면 무엇이 남을까. 한해살이 식물, 두해살이 식물도 있지만 사람은 여러해살이 식물이다. 죽지 않는 사람들은, 살아가야만 한다. 어떻게든 삶을 지속할 방법을 찾아야만 한다.

「라스베가스로 가다」의 아내는 노름꾼 남편이 마뜩치 않다. 하지만 결정적으로 반발하지 못한다. 마중 나갔다가 몸을 숨기는 정도가 노름꾼 남편에게 대거리하는 방법이다. 여자는 마지막에 중얼거린다. "그래 인생이 뭐 별 건가? 아등바등 돈만 벌어서 뭐할 것인가? 부부가 서로 사랑하며 사는 것이 제일이지, 뭐! 아주 인심 좋게 결론을 내리는 밤이었다." 어쩔 수 없는 것들을 받아들이는 것은 식물의 생존법이기도 하다.

「마당가 여자」의 혼자 사는 쉰이 넘고 만삭인 여자는 동네를 돌아다니며 재활용품을 모아들인다. 남들이 버린 것들을 닥치는 대로 모아 자기 삶을 꾸린다. 아이와 함께 살기 위해 갖은 애를 쓴다. 허랑한 남자들을 방에 들이기도 한다. 여자는 자신의 운명을 애도하는 대신, "자기처럼 팔자 드센 년은 닥치는 대로 죽을 둥 살 둥 일하다 보면 꽉 막혀 있던 것이 어느 순간 열리기도 한다고 했다. 먹을 것 안 먹고, 입을 것 안 입고, 잠 안 자고, 한마디로 몸뚱이를 편하게 두지 않으면 된다고 했다"고 담담히 말한다. 식물은 바람을 받아 안는다. 비바람에 시달렸던 식물은 천천히 몸을 편다.

「땀띠물」에서 친구의 죽음에 대해 "자기 탓인 양 어린아이처럼 훌쩍훌쩍 소리를 내며 한참을 울었다. 그러다가 너무나도 멀쩡한 목소리로 휴지를 달라고" 한다.

그의 아내는 통곡하다가 멈추었다가 통곡하다가 쉬었다가 했다. 마침내 그의 아들은 전화번호가 생각이 났다. 그의 며느리가 전화를 빨리 받지 않자 그의 아들은 전화번호가 틀렸는가 하고 걱정이 되었다. 그의 며느리 목소리가 들리자 그의 아들은 안도했다. 그의 며느리가 침착하게 차를 갓길에 세우라고 하자 그제야 그의 아들은 차를 세우기 위해 갓길을 힐끔거렸다. 그의 아내는 또다시 통곡하기 시작했다.

—「허토」

누군가 죽어도 코를 풀고 전화를 해야 하는 게 삶이다. 작가는 죽음과 일상적인 행위들을 섞어, 죽음을 삶 속에 녹아낸다. 비장미를 강조하기보다는 시치미를 떼며 죽음을 대한다. 죽음이 왔다가도 삶은 지속되기 때문이다. 이런 면모는 소설 속에 자주 등장하는 식사 장면에서도 드러난다. 대단한 반찬이나 유별난 메뉴가 아니라 가정식 백반이나 늘 먹던 것들을 상에 차리고 둘러앉는다. 끼니와 끼니가 이어져 삶이 된다. 죽어가는 남자는 유언 대신 '감자'를 먹고 싶어한다. 소설집 곳곳에는 농작물을 기르는 모습이 상세히 기술된다. 그 꼼꼼한 기술은 시간을 들여 공들여 기른 것들에 대한 애정을 보여준다. 넌더리를 내던 일은, 결정적으로 괴로울 때 버팀목이 되어준다. 그들은 땅으로 돌아간다.

「검은등뻐꾸기」의 '나'는 땅문서까지 팔며 여자의 마음을 잡아보려다가 노모를 잃는다. 그는 그 파국을 견디기 위해 밭으로 간다. 달리 갈 데가 없고, 달리 살 방도가 없을 때 제자리로 돌아갈 수밖에 없다.

봄이 오고 있다는 것이 이렇게 반갑기는 농사를 짓기 시작하고 처음 있는 일이었다. 일이 많아지면 생각도 단순해질 거라는 믿음에서였다. 그렇지만 사람이 작정한 대로 살아갈 수가 있다면 얼마나 좋을까. 몸과 마음은 전혀 상관없는 관계였다. 그녀를 마음에서 보내려고 애써봤지만 그럴수록 자석처럼 더 달라붙었다. 할 수 없어 숨 쉬는 것처럼 자연스럽게 옆에 두자 그 놈의 검은등뻐꾸기가 호로롱 날아와서 슬슬 놀려 먹었다.

—「검은등뻐꾸기」

인물이 겪었던 일의 무게에 비해 결말은 다소 담담하다. 파국으로 교훈을 얻거나 다시는 그렇게 살지 말아야지 결심하지도 않는다. 기회만 닿으면 반복될 일임을 인정한다. 농사일은 그를 궁지로 몰아넣었지만 그가 위안을 찾는 곳은 애초에 뿌리를 내렸던 그곳이었다.

「배추3」의 남자는 "창고 깊숙이 보물처럼 숨겨두었던 그라목손을 찾아들고 배추밭으로 휘청휘청 걸어갔다. 이 와중에 찾아갈 곳이 있다는 것이 다행이었다. 배추는 내가 무슨 짓을 해도 나를 받아주고 용서를 해줄 것 같아 위안이 되었다."

하찮은 꽃은 없다. 그냥 피었다가 가는 꽃은 없다. 모든 꽃들은 세상의 한 편을 빛내다 사라졌다. 꽃의 시절은 갔다. 하지만 기억은 씨앗이 된다. 심봉순의 소설은 꽃을 기억하듯, 사람을 받아 안아준다. 씨앗을 받아내서 기르는 땅처럼.

심봉순 소설집
라스베가스로 간다

지은이_ 심봉순
펴낸이_ 조현석
펴낸곳_ 북인
디자인_ 푸른영토

1판 1쇄_ 2016년 11월 07일
출판등록번호_ 313 - 2004 - 000111
주소_ 121 - 842 서울 마포구 서교동 467 - 4, 301호
전화_ 02 - 323 - 7767
팩스_ 02 - 323 - 7845

ISBN 979-11-87413-05-9 03810

이 책은 한국문화예술위원회, 강원도, 강원문화재단 후원으로 발간되었습니다.